U0589153

繁星之下

岛顿/著

贵州出版集团
贵州人民出版社

图书在版编目（CIP）数据

繁星之下 / 岛顿著. –– 贵阳 : 贵州人民出版社,
2016.7（2020.3重印）
ISBN 978–7–221–13426–4

Ⅰ.①繁… Ⅱ.①岛… Ⅲ.①长篇小说—中国—当代
Ⅳ.①I247.5

中国版本图书馆CIP数据核字(2016)第183904号

繁星之下

岛 顿 著

出 版 人	苏 桦	
出版统筹	陈继光	
选题策划	蔡杭蓓	
责任编辑	陈继光	胡 洋
流程编辑	胡 洋	
装帧设计	颜小曼	
封面绘制	老八tujian	

出版发行　贵州人民出版社（贵阳市观山湖区会展东路SOHO办公区A座，邮编：550081）

印　　刷　三河市华东印刷有限公司

开　　本　880×1230毫米　1/32

字　　数　130千字

印　　张　9

版　　次　2016年8月第1版

印　　次　2016年8月第1次印刷

　　　　　2020年3月第2次印刷

书　　号　ISBN 978–7–221–13426–4

定　　价　45.00元

目录

T a S i Q i n g F e n g L a i

目录

TaSiQingFengLai

/ 楔子 /
这女人真他妈的漂亮。

我在纽约街头，面对着一座百货商厦驻足，他们正在换上新的画报。

画报从高处滚滚而落，上面的漂亮女人，我一眼就认出，是周襄。

毕竟，曾经我还是她的助理。

不是有意要涉足娱乐圈，虽然只是一个助理。

我也数不清那是我的第几份工作，之前我做过便利店收银员、网店客服、韩国料理店送餐员等等。

我只是顺手投了一份简历，听说人事部也是顺手就点了发送面试通知。

一年如果按三百六十五天算，我有三百天需要时时刻刻，在她身边待命。

周襄出道时接下的第一部剧，就是女二号。公司给的资源，带资进组，导演当然对她很客气。

人事部的丽姐曾听公司的高层说，她是公司准备力捧的演员，肯定背景硬，脾气如何不太清楚，总之别得罪她。

我第一次见到周襄，就记忆深刻，不光是因为她长得漂亮。

那时她正在吃着东西，我看着她，她也看着我。我们对视了一会儿，她摊开手掌，上面有几颗腰果。

"要吗？"

她认真地问我。

我的感受是，这女人真他妈的漂亮。

这部剧里的女二是个整天黏在男主身边、仗着自家有钱就飞扬跋扈撒泼打滚的千金小姐，应该个是招人嫌的角色，但可惜，现在的人只看脸。周襄生在这个时代，太占便宜了。

因为她的长相讨好了观众，且演技与颜值成正比，竟然把一个任性的小公主，演得让人心疼。硬生生把当时童星出道、号称国民初恋的女一号给比下去了。

神奇的是，她和国民初恋成了好友，大有发展成闺蜜的趋势。

这剧热播后，一时之间，无论是正面，还是负面的热门话题里都有她。趁着有些小名气的势头，周襄接下了她的第二部剧。

不巧，还是女二号。

只是这次不抢男主了，反而是跟男二号有感情戏，是这剧的副线。该剧中周襄饰演的角色从女孩长成女人，从一个普普通通的高中生变成万人迷的大明星。

她手里的糖果，也换成了指尖夹着的细长香烟。现实中原本单纯善良的性格，变成镜头里的凌厉刻薄，是个坏到极致的角色。

周襄演得非常到位，真的很到位，有时连我都觉得，她可能在演她自己。于是，在她的微博底下出现了许多骂声，与日俱增。甚至还有人煞有介事地说，她在剧中如此得心应手地抽烟，生活中应该也是个老烟枪吧？

其实大多数的明嘲暗讽，都来自又帅又高的男二的粉丝。粉丝们接受不了自己的偶像，死心塌地地爱着这样的女人，而这个女人却还不知好歹地对他冷眼相待。

在网友们争吵最激烈的时候，周襄却很平静，惬意地啃着玉米，看着美剧，剧中主角在杀僵尸，血溅满屏。

我说："难道不可以像上部剧那样，虽然很坏，但是不招人恨吗？"

她放下手中的平板电脑看着我，咽下嘴里的玉米，一会儿才说："那样多没意思。"

随着剧情深入，揭开了数年前男二为了挽救父亲的公司，而将青梅竹马的女二送到影视公司老板床上的真相。

此时她的坏分毫不减，却让看的人沉默了。

剧情的最后，这个坏女人自杀了。

在装潢得像个宫殿一样的浴室里，她死前化着浓妆，对着镜子哭时的神情，俨然是最初的那个女孩。她拿着无意间从男二家里找到的手枪，对准了自己的太阳穴。而男二赶到门口时，还来不及踹门，就听见里头"砰"的一声。

一切都结束了。

她藏了他的作案凶器，以死替他顶罪。

这场戏让导演拍手称赞，看样片的时候就觉得效果不错，播出后更是虐哭一大片人，再去翻看言论，已是瞬间倒戈。

我看着那一条条的留言，终于知道，只有观众才是入戏最深的人。

这部戏，不仅仅是赚足了人气，更是让周襄顺利接下 Ski 的代言。那是一个主打欧美市场的牌子，她代言了最新一季的手表。

Ski 在芸芸奢侈品牌中不算如雷贯耳，可是口碑极佳。他们在选择代言人时很慎重，经纪公司用周襄最新的银屏形象，很轻松就拿下了。

再加上她出道至今，从来没上过综艺节目，微博偶尔发一张图片，配一句简单的话，有时是一个表情。周襄的真实性格更是让观众有足够的遐想空间和话题。这个牌子，就是需要一种神秘的、高贵的感觉。

Ski 巨幅的海报在纽约一座百货大楼外，高高挂起。她托着下巴，手腕上戴着最新款的表，看着镜头微笑的表情，在繁华的大都市里熠熠生辉。

演艺事业的顺风顺水，让我怀疑上帝太眷顾她，直到她绯闻缠身。绯闻对象是一个偶像团体中的成员。这位小鲜肉长得帅，腿很长。粉丝眼中的他是台上的男神，台下的暖男。

作为周襄的助理，我经常能见到他，腿是很长，但暖男却有点名不符其实。

粉丝都是不理智的，在她们眼里是周襄死皮赖脸地纠缠他，并且不知道从哪里罗列出一条条她的黑历史。当时只要上网，铺天盖地的都是关于她的事。

公司出面澄清那些黑历史都是子虚乌有的，是恶意的编造。粉丝又说这是洗白，网络媒体收钱删话题。

恶评如潮，网友们天天叫她滚出娱乐圈。

国民初恋作为过来人，劝周襄看开一些，像她就习惯了，观众说她除了一张清纯脸，演什么都像傻白甜。出道十几年，被骂了十几年，始终在一线二线间徘徊。

说着说着，国民初恋就哭了，最后反倒是周襄在安慰她。

我有一种错觉，感觉这段恋情像是一场谋杀，是周襄在谋杀她自己，而暖男只是她的作案工具。

周襄的第一部电影，是日本一个擅用色彩鲜艳光影的导演执导。传言是他点名要她出演女主角，也是唯一的主角。

航班全程五个小时，她睡了四个半小时，半个小时吃饭。下飞机后，她就马不停蹄地到酒店和导演见面。

她自然地向导演问好，我愣了一下，并不知道她还会日语。她很无所谓地说："你不知道的还多着呢。"

整部影片讲述了一个女明星从最辉煌的时刻，到最后跌入深渊的故事，结局令人唏嘘。

也难怪会选周襄，她最近在大众心中的形象，不能更符合了。

导演很有名气，周襄更是有大尺度的奉献精神，电影上映后在日本票房飘红。回到国内虽然遭限制上映，也算造足了话题，反正网络资源很多，云盘很大。

我知道在这个圈子女艺人比男艺人发展要难，不光只靠努力，有时候还要学会各种陪喝陪玩的技能。而被潜的人，也多半都是自愿的。

人都想要往更高的地方爬，这无可厚非。

但周襄的态度很明确，与其将时间花在跟所谓"能助你上位"的老男人滚床单，还不如多看一会儿型男杀僵尸。

所以她有颜值有演技，碰上好的剧本，转个弯就被别人睡走了，离一线花旦，永远差临门一脚。

另外，她大概是个不会有粉丝说"你都不知道她有多努力"的艺人了。

因为"努力"这个词，让她成为大老板办公室的常客，经常一谈就是两三个小时。

谈话内容从大老板小时候饿到偷人烤地瓜，到今时今日的地位，是如何拼搏努力并坚持不懈，以此教育周襄要积极进取。

而她的关注点却在："大老板你烤地瓜吃皮吗？"

大老板竟然认真地想了想，回答她："吃！"

周襄点头说着："对嘛，烤地瓜的皮才好吃！"

如果将来她有幸拿了奥斯卡，我觉得，在她心中这可能会翻译为"最佳员工奖"。

她的经纪人 Joey，也是个海归。Joey 和我不同，我是出国留学，Joey 则是从出生到大学一直在加拿大，中文说得很有韵律，感觉随时都能来一段 Rap。

Joey 经常提醒我要多和周襄说说话，我到现在还不明白这是为什么。她不是老年痴呆，我不是话痨，所以这项工作进行得比较难。

没有通告时，周襄的日常无聊到令人发指。

早上九点之前会起床，吃完早餐后躺在床上玩消消乐，然后，就没有然后了。她可以一整天躺在床上，连饭都不吃，甚至一句话都不说。

"你就不打算动一下吗？"我忍不住问。

她看着我，翻了个身。

她的性格中有百分之九十，都是无趣又无聊的，但和她相处的时光却让我感到莫名的舒服，很自然，不说话也不觉得尴尬。也许她没有发现自己这神奇的一面。

有一段小插曲，发生在去年冬天。我如往常一样到她家按门铃没有人回应，打了十几通电话没有人接。最后打给 Joey，他说周襄在医院。我吓了一跳。

等我赶到医院后，周襄已经醒了，手背上还插着输液针，我问她这是怎么了。

她说："他们终于发现我不是人类了，要抓我做实验，你快走吧不要管我了，我不想连累你。"

我不知道该用什么表情来面对她一本正经的胡说八道。

当我告诉 Joey，下个月我就辞职的时候，他皱着眉说："唉，真的让我 So sad。"

我说："Sorry，就这一次，以后不让你 sad。"

周襄的反应是："你是不是家里出事了？"

我好笑地看着她说："姑奶奶你别诅咒我，本来我也只是回国来历练一下，谁知道怎么就跟你结了段孽缘，现在我准备回去重修了。"

她看着我，缓慢地眨了下眼睛，随后笑："嗯，也好。"

在首都机场准备登机的时候，收到她的短信，简单的四个字"长命百岁"。

我笑了。

周襄觉得一路顺风很不吉利，所以在告别时，喜欢用别的词代替。

幸好我走的时候，她已经分手了。

希望她过得开心，有缘能再见。

/ 01 /

我小时候，就一直想嫁给吴鸿生。

　　我经常有种感觉，无论去到哪里，无论沿路有多繁华喧嚣，都像在只有自己的世界里流浪。

　　一个人晒太阳，一个人吃烛光晚餐，一个人夜里起床倒水。

　　这种可以简称为孤独的疾病，让我找了许多俗套的治疗方法，可还是无药可医。

　　直到他说，你不用勉强自己去改变什么，我来迁就你。

　　我猜故事的最终，他所带来的温柔，会是我的解药。

　　做了一个噩梦。

　　周襄睁眼，从床上坐起身。

她揉了揉眼睛，抓过床头柜上的手机，屏幕一亮，凌晨四点。

不太熟悉酒店房间的环境，她摸索了半天，才打开墙上的壁灯。"啪"的一声，暖黄的光亮起来，光晕却很小一块。她掀开被子爬下床。

拉开窗帘，外面的夜景很美，此地正是英国首都伦敦，它是世界三大金融中心之一。江边的游船早已停歇，不然还能看到它闪烁而过的影子。

她扯起一条毯子披在肩头，蹲在小型的冰箱前，拿出一罐苏打水。

"刺"的一声，拉开易拉环，仰头，冰凉的液体顺着喉咙滑下。她裹着毛毯坐在地上，背靠着落地窗。

她凉得一咬牙："嘶……"

啊，忘记了梦见什么。

塔桥和白金汉宫即使被极具现代感的光束照着，却依然散发着百年的古典气息。从酒店的落地窗正好能看见大本钟，却从来没听见钟声，或许她每次都错过了。

也不知道等了多久，一罐苏打水见底，微弱的光线才从大桥的方向出现。周襄打了个哈欠，伸了个懒腰，感觉骨头咔咔作响。

日出了。晨光扫过脸庞，连瞳孔的颜色都变淡了许多。

都说日出是希望，是新的开始。抱着这个想法，周襄从地上爬起来，甩开毯子，奔到床边拿起手机。

手指停在通讯录上，却迟迟按不下去。最终她还是放弃地扔下了手机，砸在被子上，连声响都没有。

她缓缓地跪在地毯上，将头埋进床被里。日光渐亮，她深呼吸，背脊微微起伏。

突然，手机振动起来。

她猛地抬起头，抓住手机。等她看清来电显示的名字，又蔫了。

她的经纪人 Joey。

他一口不标准的普通话，在手机里响起："哇，你又起这么早。"

"睡不着，还看了日出。"

"早上十点的采访就在酒店，我让朱迪先到你那边去，九点之前我到酒店。"

周襄问："你堵车？"

Joey 要在脑袋里转个弯，才明白她是在问自己为什么会晚到。

"Boss 临时开会，会不会说你的事？"

她诧异："大老板来伦敦了？"

那个发誓不踏出国门一步的人，怎么可能会来这里？

"视频会议，数人头的那种。"

周襄信誓旦旦地保证："放心开，我最近很乖的。"

"Good boy！"

朱迪是周襄的临时造型师，其实在周襄出道时他们就开始合作了，但前不久他从原来的工作室辞职，自立门户。巧的是，他的工作室就在伦敦。

朱迪带了他的新助手来，是个白白净净的女生。周襄开门，让他们进来。

女生拿着一柄长伞，穿着浅蓝色的圆领毛衣。她有些紧张地走进来，对周襄点点头，跟着朱迪的步伐往房间里走。

周襄突然心血来潮，伸手捏了一下女生背包上挂着的毛球。

徐瑶缩了下肩膀，回头，看周襄指了指门旁的鞋柜："可以靠在那儿。"

她愣了一下，才反应过来，急忙把手上的雨伞靠了上去，轻轻对周襄说了声："谢谢。"

这是徐瑶实习的第二天，第一天在来伦敦的飞机上。

徐瑶落地后等了一个小时的行李，在困倦不已的时候见到了，戴着墨镜披着红大衣的朱迪，他看起来就像一只火凤凰。他手里拿着一张纸，纸上是用马克笔写下的张牙舞爪的字迹，是她的名字。

朱迪边走边说话，且语速极快，主要是介绍了自己，以及工作的内容和日程安排。而还没有适应时差的徐瑶，上车后才知道要去给周襄上妆，瞬间清醒了。

她对周襄最深的印象，是这个明艳动人的女生拿着一瓶矿泉水，面无表情地往助理脑袋上浇。当然，那是电视剧里演的。

作为观众，看到只在屏幕里出现的人，就这么活生生地出现在自己面前，感觉有点不可思议。

徐瑶走神的片刻，就见朱迪握着卷发棒在她面前挥了挥："Wake up！你现在是在上班，不是粉丝见面会。"

她立刻接过卷发棒，左找右看地发现了插线板，插上电急忙递给他。朱迪翻了个白眼，捏着两个夹子撩起周襄的几缕头发。

闻着朱迪袖口的淡淡香水味，周襄想起第一次见到朱迪时，他就用一副尖酸刻薄的样子迅速征服了她，让她把所有对造型的提议全部吞下烂在肚子里。

相处的时间长了，她对朱迪有了更多的了解，也许他觉得对人温柔太累了，直接凶人比较快速达到他要的效果。

至于他的性取向问题，大家心照不宣。

新来的助手显然没有进入状态，朱迪那根发飙的神经，已经绷到极限，对徐瑶嚷道："你把这些东西都先整理出来，这样就不浪费时间啦！"

周襄忍不住说："你温柔一点。"

"严师出高徒懂不懂，我看Joey就是没抽你，不然你肯定比现在老实。"

"你别提醒他还有这招。"

周襄闭上眼睛，感觉沾着粉底的海绵轻轻地按在眼睛周围。听他轻声说："你又熬夜了？"

她点点头。

朱迪好奇地问："阿阳呢？"

这时，徐瑶正专心致志地挑起一缕头发，缓缓地卷上，轻轻吹着热气。阿阳是周襄原来的助理，个子很高，性格很单纯，笑起来挺朝气的男生。

周襄说："他辞职了，回美国念书去了。"

朱迪笑了："都多大了还念书？"

周襄也笑："活到老学到老嘛。"

"也是，要是让我重回中学时代，我一定好好念书。"

周襄认真地摇头："你不行。"

朱迪停下手上的动作，问："我怎么不行？"

她惋惜地看向他："你脑子不行。"

"徐瑶，烫花她的脸，回去给你涨工资。"

本来很专注的人听到朱迪这么说着，吓了一跳，立刻竖起卷发棒。

周襄严肃地服软："我开玩笑的，你在我心中一直是美貌与智慧并存，雅典娜什么样你什么样。"

朱迪扯了个冷笑送给她，又说道："跟你提个事儿，到月底前我都没接到你的跟妆安排，应该是放你假了。"

他话音刚落，周襄眼睛一亮。

来英国拍广告前，她就把一些基本能推掉的通告，都推了。她忘了去看一眼接下来的工作日程，这突如其来的假期，就像从一件尘封许久的大衣口袋里掏出钱来。

朱迪看她乐不思蜀地捧着脸，立刻打掉了她托着腮帮子的手，轻轻抬起她的脸。

他一边装饰着这张脸蛋，一边说着："18 号我朋友在伦敦的 somerset 有场秀，反正你也有空，就过去坐坐。"

"什么朋友？"

周襄一挑眉："要是普通朋友，那我就去睡觉了；要是好朋友的话，我就考虑考虑。"

朱迪没有回答，反而从口袋摸出一颗糖，飞快地搓开包装塞进周襄的嘴里。

出其不意的甜味在口腔里蔓延开，周襄愣了一下，然后笑了："时间到了记得提醒我。"

她含着糖，一扬下巴说："看在椰子糖的面上。"

他说："到时候我来接你吧。"

收拾工具箱的徐瑶听了这段对话，有点好奇。好像明星都是要看公司或者经纪人的安排，周襄怎么自己就定了要去干什么。

此后，周襄的形象在徐瑶心里就变得，有点酷。

徐瑶当然不知道，每次周襄擅作主张后，都被骂到狗血淋头的惨状。

朱迪他们离开后的半个小时，Joey 风尘仆仆地赶来。他看房门没锁，微微掩着，像是在等待他。Joey 走了进去，反手关门。

　　周襄正盘腿坐在沙发里翻着杂志，精致妆容，一头蓬松的卷发。纯白的毛衣，牛仔裤，简约又慵懒。

　　房间里光线充足，落地窗外伦敦的风景一览无余。

　　Joey 问："你早餐吃了没？"

　　周襄一合手里的杂志，直了腰背："没！"

　　"那就别吃了，把这个看一下。"

　　采访稿从天而降，落在她手里拿着的杂志上。

　　周襄十分难过地说："我想阿阳了。"

　　有个助理的好处就是能有饭吃，经纪人简直无情无义。

　　听到她提起这个名字，Joey 坐在沙发另一头，打开电脑的动作稍稍顿了一下，说着："哦对，你的新助理……"

　　他望着天花板上的吊灯，想了很久，摇摇头："叫什么我忘了。"

　　周襄扯了下嘴角。

　　他接着低头手指在键盘上敲打，边说着："反正她下午两点之前跟你联系。"

　　周襄低头看着手里的采访稿，扉页上的 Valentine's Day，让她愣了一下。情人节的专题。

　　她漫不经心地说着："现在才十一月，谈情人节也太早了吧。"

　　粗略地翻了一下，没有提及那位和她传绯闻的当红偶像团体的成员。问的大概都是些无关痛痒的问题，页尾还有手写的一行大字，而且是用的红色水笔。

　　提醒她带上同公司男艺人为情人节当日上映的电影宣传。

　　周襄看着这幼稚的字体，忍不住说："我小时候听人家说，用红笔写别人的名字，就是咒他死。"

他手一顿，抬头惊恐地说："工作室没笔了，我写你的名字时也用的是红笔。"

"算你狠。"

她突然想起了开会的事，就问道："早上大老板说什么了？"

"Ski 的代言。"Joey 眼睛不离电脑地回答。

Ski 是一年前她代言的手表牌子，2001 年诞生于美国。去年是因为准备扩展亚洲市场，所以才找她当代言人，并在国内北上广深开了为数不多的专卖店。

当时签的合约期是一年，见过一次 Ski 亚洲区的 CEO，他们的理念是极简主义，因此只需要在打入市场的第一年向国内传递品牌信息的代言人。

Joey 将屏幕与键盘分离，就变成一个平板，递给周襄看，并说着："是论坛先有的话题，后来 FB 也开始了，动静很大，Boss 才临时开会。"

开了有四五个新闻窗口，大意均是，Ski 换海报，引发热议。

周襄看配图上的这座百货大楼，就是原本挂着自己代言照，那张巨幅海报的地方，如今换成了新款手表，没有人像，配色干净。

Joey 说："目前情况来看，今年再拿一次代言的可能性很大。"

她手指滑着屏幕，漫不经心地点头："祝贺。"

"同喜同喜。"

"哎哟，最近中文学得可以啊。"

新闻中截图了事情的导火线——

某网友在论坛中发的一个帖子内容为："我每天上班都经过大楼，会和我的情人相视一笑，她是带给我幸运的，我的甜心！可是今天换成了一块手表，一块手表啊！我的甜心去了哪里？！"

帖子竟然被回复成热帖了，下面的回复五花八门，让人忍俊不禁。

比如："她已经和我结婚了，我不让她再见别的男人了，你死心吧。"

类似这样的回复，带着逗乐大家的意图，成了娱乐帖。

主要还是因为这座百货大楼外墙，一年来都没有换过海报，每天路过的人大概都习惯了她的脸。突然间就不见了，难免引起关注。

她在欧美没有什么知名度，有一个她的粉丝，很认真地写了一大段英文科普周襄其人。得到的却是一句："她不是周襄，她是我的爱人。"也不知道是该哭还是该笑。

周襄关了网页，怀疑地问道："大老板要炒话题？"

"不会。"Joey 斩钉截铁地说。

他又补充道："他能想到的永远只有明天再说。"

周襄想了想，表示赞同地点头。

就像爆出她在香港迪士尼和许欢哲的照片，疑似两人热恋的新闻时，大老板找他们开会。

愣生生地坐了一个小时，几双眼睛你看我我看你，最后大老板说："冷处理，别回应，反正明天谁离个婚就能把这事盖过去了。"

接着大老板一搓手，说："好了，散会吧，去吃饭，我看前面路口新开的粤菜馆子挺好的。"

绯闻风波后，Joey 终于知道了为什么这么多年，周襄都没和公司解约的原因。

有什么样的老板，就有什么样的员工。他们在性格上，不能更合拍了。

想到许欢哲这个麻烦的根源，Joey 抬头看了一眼周襄。她还是很平静地翻着杂志，好像被甩的人不是她一样。

Joey 对她说："还有点时间，我叫早餐上来吧。"

杂志派来采访的记者是个年轻英俊，有着一张东西方混血的脸，一头栗色头发的男人。

他对周襄不好意思地笑了笑，将录音笔放在稿子上，在身上摸索出一支笔，又发现笔记本忘了从包里拿出来，慌忙的感觉像个新手。

酒店的会议室很大，设计简洁，光线透亮。

他们分坐在 L 字形的白色沙发两端，Joey 搬了张椅子在不远的地方坐下。摄影师倒是个纯正的欧洲人面孔，托着相机，正调整焦距。

周襄尽量让自己的笑容显得很亲和，采访开展得比较流畅，没有提及一些敏感的问题。原以为全程都能如此愉快的进行下去，直到他问："你相信一见钟情吗？"

她一怔，就走神了。因为曾经有人，问过她同样的一个问题。

也是还没有到深冬的季节，在香港亚洲国际博览馆举办了一场音乐盛典，是亚洲最大的音乐庆典之一，向五大洲 90 个国家进行现场直播。

如此规模浩大，当然不只有歌手出席，主办单位也请了许多大牌演员作为颁奖嘉宾参加盛典。前不久刚热播过的电视剧中，十分出彩的女二号周襄，也在邀请名单内。

周襄肤白貌美身材好，走红毯时挽着自家公司刚出道的男歌手出现，闪光灯将夜色打亮，按快门的声音快要没有间隔。

从红毯到后台，陈逆僵直着身子走过。到了休息室，他终于松了一口气，摊开掌心给周襄看："周襄姐，你看我是不是太紧张了？"

周襄飞快地穿上递来的外套，瞥了一眼他湿漉漉的手心，抽了一张纸巾放在上面。

"不会，新人嘛。"

他稍微放松了些，用纸巾擦着手，又听周襄说："一开始都会紧张，怂着怂着就习惯了。"

陈逆拉下脸，没几秒又嘻嘻笑着说："周襄姐也是这样怂过来的？"

她诚实地点头："我怂得都不敢看重播。"

周襄觉得陈逆的名字起得好，陈逆，沉溺。开始她还以为是艺名，后来这小孩直接亮出了户口本，虽然不知道他为什么随身携带户口本。

1997 年生的大男孩，身高 181，还在待生长的年纪。就是偏瘦了些，不过今天挽着他的手臂，感觉他竟然是有肌肉的。他出道后粉丝也是疯长，凭空多了几万个妈妈姐姐，几十万个怪阿姨。

趁着 Joey 在和导播对颁奖词的空当，周襄躲在应急出口的楼道里吹风，天气还不算太冷，但是室内暖气开得足，有点闷。本来应该只有她一个人才对，可偏偏多出了一个脚步声。

她拉上窗户，转身后视线停留在他的喉结上，未免离得也太近了。她下意识地退后，鞋跟却碰到了墙。

与此同时，他也发现了关于距离的问题，忙着往后退了一步。

周襄认识他，仔细点说，是在屏幕上认识的。红到不行的偶像团体成员之一，典型的小鲜肉，笑容很迷人。

她以为许欢哲也是出来透透气的，他们不熟，平时也没有交集，正预备客气地打个招呼就走时，他问了一句话。

"你相信一见钟情吗？"

措手不及这个词用在这里不太合适，更贴切的是莫名其妙。

周襄微笑："我不信。"

他也笑，牙齿整齐又洁白，特别好看。他说："没关系，我信。"

她愣了一下，保持微笑，准备离开。

在没有既定的台词下和陌生人沟通，不是周襄的强项。其实除了有点演技，她也没什么长项。

许欢哲显然看出她想逃离的急切心情，于是和她打赌，如果晚上他们组合拿了年度最佳组合的大奖，就给他一个联络方式。

周襄敷衍地点点头，绕过他推门出去。

许欢哲目光注视着她匆促离开，随后伸了个懒腰。他完成了一项任务，却感觉更疲惫。

没走多远，周襄回过头来想，为什么要跟他打这个赌？

阿阳一路念着不好意思让一让，穿越来来往往的工作人员，走到她身后，推着她往前走："姑奶奶你别乱跑了，Joey差点宰了我。"

"别这么浮夸，他连杀鱼都不敢。"

这场音乐颁奖盛典从晚上八点开始，九点轮到周襄上台，她和老前辈一起颁了个最佳新人女歌手奖。其实颁完奖就没什么事，可以拍拍屁股走人了，但是她答应了等着看陈逆拿最受瞩目新人奖，没想到这个奖项安排得还挺靠后。

她在后台看直播，镜头偶尔扫过陈逆，小孩把紧张又期待的心情全写在脸上。本来周襄还抱着手臂想，这类的颁奖典礼水分多得可以养鱼，她早就听说公司已经买好这个奖了，只是没告诉陈逆。

但陈逆这副典型的新人忐忑不安的样子，倒是让周襄在颁奖嘉宾卖关子刻意放慢语速时，也屏气敛息，静待一个名字。

下一秒，尖叫与欢呼声沸反盈天。

陈逆明显有些惶恐，更多的是欣喜，走上舞台时还被绊了一下，不好意思地挠头笑了。获奖感言倒是发挥得不错，有一种不属于他这个年纪的沉稳。周襄想起 Joey 对他的评价，这小孩一拿到麦克风，舞台就是属于他的。

盛典原定十点半落下帷幕，周襄抬手看看表，还有不到半个小时。临近尾声，该颁压轴的几个奖了。

许欢哲所在的组合一共六个人，粉丝多到端起整个博览馆跑都绰绰有余的地步，不出意料地获得了最具人气组合奖，仅次于最佳组合。颁奖嘉宾念出他们的名字，阿阳眼疾手快地把音量调小了，却忘了他们身处在什么地方，尖叫的分贝还是震了过来。

九十年代火到不行的老牌组合，今年又合体发专辑，将年度最佳组合大奖收入囊中。意料之中，在国内跟谁争，都不能跟人脉广的老前辈争。后浪推前浪，前浪依然占据山头上。

周襄以为和许欢哲这段莫名其妙的插曲，可以翻过一页了，却没想到内部出现了叛徒。

陈逆捧着奖杯和花束回到休息室后，被工作人员围着夸了一遍。他一一谢过，看见周襄倚着墙对他笑得明艳动人，他就笔直地朝着她走去。

他开门见山地说："周襄姐，我刚才碰到许欢哲前辈了，就是 C.omos 的那个。"

她眼皮一跳："然后呢？"

"他问我你的手机号来着。"

周襄疑惑："你有我手机号？"

她用保护隐私为理由，拒绝了许多人要号码的举动。知道她手机号的除了她妈妈，就只有大老板经纪人和助理，以及两三个亲近的朋友。

果然陈逆摇头："没有。"

周襄了然地耸肩，瞄到 Joey 给她打手势，站直了身子准备走了。

"所以我给了你的微信号。"陈逆笑得灿烂。

她脚踝一软，幸好陈逆及时扶了一把。

可真是卖得一手好队友。

后来事情的发展，有点偏离了轨道。许欢哲给她发了好友申请，她竟然鬼使神差地点了同意。

他的目的很明确，攻势很猛烈，却不让人讨厌。

周襄的心理医生是个台湾人，每次视频里他都戴金丝细边的眼镜，衬衫纽扣一定全部扣着，不管他身后的背景是碧海蓝天的岛屿，还是游乐场里呼啸而过的海盗船。

她刚洗完澡，就接到 Dr. 林的视频邀请。于是，一边拿起吹风机，一边点开视频。

"我看了你的 E-mail，你在对这个追求者的用词上，已经偏向对他有好感，比如，偶尔觉得他像一只巨型犬类还挺可爱的这种说法。偶尔是建立在你们极少的接触时间上，如果接触多了，会不会偶尔就变成了经常……"

周襄关了吹风机，一脸疑惑："你刚刚都说了什么？"

Dr. 林推了一下眼镜："其实试着接受一段恋情，会给你带来比较不同的感受，说不定对你的病情也有帮助。"

他说："所以，我建议你和他交往看看。"

周襄思考了一个晚上，采纳了他的建议，也忽略了 Dr. 林有着感性多过理性的浪漫主义。

她对待这份感情是很认真的，凌晨三点把人约来她公寓旁边的小公园，月黑风高，也不怕狗仔拍。周襄说同意他的交往提议时，许欢哲愣了一下，接着抱住她，在她额头上吧唧亲了一口。她就蒙了。

在他们交往的大半年里，其实见面的机会并不多。他忙着录制专辑，跑通告。她则忙着拍广告，筹备一部时装剧，这次很幸运是女主角。

许欢哲私下里和荧屏上的形象确实不同，拆去暖男的包装，他不会经常笑，大多时候看起来很倦怠。

他发脾气的时候会摔东西、会骂脏话、会情绪失控，却从来不会迁怒到她身上，对她说过最重的话，就是："我现在情绪不稳定，一会儿再回给你，先挂了。"

他和周襄说过一句话，让她至今难忘。他说：他的梦想是当歌手，但现在却不知道为了什么还坚持在这个舞台，想做的事很多，可都力不从心。

虽然他与屏幕上塑造的形象大相径庭，但周襄觉得这才应该是正常的。

照片曝光的那天，好像只有周襄一个人显得猝不及防。她坐在公司策划部会议室门外的沙发上，Joey 突然接到一个电话，起身从里头出来，看了一眼周襄，走去很远接着讲电话。

C.omos 发新专辑在即，没有什么比绯闻更能瞬间炒高热度。疑似曝光恋情的许欢哲在组合中人气最旺，那个擅长出偶像组合的公司，在尽量保持每个成员人气的持平，才能维系一个组合的长远发展上，一直有着自己的手段。

许欢哲的人气不会降多少，但肯定会有影响。最惨的当然是周襄，如果她是一线女星，那么或许也不会找上她。正因为是二线，才显得她高攀，她在抱大腿。

手机屏幕里是狗仔跟拍的照片，照片中是前几个月，她和许欢哲在香港迪士尼。她微博下的评论像炸开的烟火，绚烂无比。

大老板亲自下来，把她也叫进了会议室。紧急会议间，他叹了三次气，沉默了很久，等到开口，却说："冷处理，别回应。"

这次的风波比想象中来得猛烈，连着好几天她的名字、关于她的关键词，一直就在热搜一二位徘徊，原因是黑历史。

多张长微博附带着图片，说她在单亲家庭成长，满口脏话脾气恶劣，中学时期就交往了不下二十几个男友，私生活混乱，陋习百出。说她念的是野鸡大学，就没去上过课；说她出道至今不停整容，才有今天的脸。

这一条条煞有介事的证据，如果说的不是自己，可能连她自己都信了。所以可想而知，在许欢哲的粉丝不断的扩散下，这些黑历史的影响力。

如果说以前她离一线花旦只差一步，那么现在她已经登顶滚出娱乐圈第一人了。

然而，由绯闻引发的粉丝围攻，身陷负面新闻，所带来的影响，还不仅仅存在于网络上。

原定周襄主演的那部时装剧，黄了。

该剧制作单位害怕她的形象会影响到收视率，毕竟抵制她的声浪不绝于耳，短期内应该都压不下去，所以想把她换成女三。

大老板生气了，怒斥一个制作公司连最基本的判别是非的能力都没有，也拍不出什么好东西。果断决定连女三都不演了，直接让她退出拍摄。

　　其实 Joey 很早就发现周襄恋爱了，却没有阻止，他知道就算阻止也没用。只能告诫她，要懂得分辨什么是感情，什么是利益。

　　她不是刚出道的黄毛丫头，又怎么会不懂这些？可告别抑郁的第一步，不是要学着相信别人吗？

　　后来她才恍然大悟，相信跟盲目，两个词容易混淆，却有着截然不同的意思。

　　没等多久，她迎来了触底反弹机会。

　　日本知名女导演找上门来，要她出演电影女主，出人意料的是遭到大老板的婉拒。

　　周襄以为是因为影片中有太多的尺度问题，才拒绝的。直到 Joey 告诉她，是大老板亲自看过剧本之后，出于她的病情考虑，像这类压抑的角色最好还是别接了。

　　她看了一眼手背上还留着的输液针痕，都是因为前天吞了半瓶安定片。噩梦一样的凌晨，她被送进医院抢救，还没彻底清醒，强迫洗胃，最后连胆汁都吐出来了。

　　醒来之后她笑了，第一眼见到的竟然大老板，本来就是个中年人，看起来像又老了十岁，满脸胡楂，邋里邋遢。

　　周襄坚持要接这部电影，声称不能浪费她中学报的日语补习班费。拗不过她本人的意愿，休息了十天，等养足精神，就飞去了东京。

　　这部电影能给她带来什么大家都不确定，但是总不会比现在差。

　　期间许欢哲打过电话，她只说一切都好，拍电影忙就没有联络，没有提到只言片语进医院的惊魂记。

并不是因为不想让他担心，更多的是她想保护她自己。

除了大老板、Joey、Dr. 林之外，没有人知道她有抑郁症，有时候连她自己都忘记了。她觉得比起恶语相加，同情的目光更让她羞耻和无所遁形。

紧锣密鼓地拍摄了三个月，杀青时导演送了她一束鲜花，给了她一个拥抱，说："你是一个需要被爱护的女孩，希望你能找到属于自己的幸福，祝你未来一切都好。有机会还能再合作。"

去往成田机场的路上，她偶然看到一间西洋果子店，特地下车买了一块抹茶蛋糕。Joey 对于她的行为没说什么，却也没给什么好脸色。

一般情况下，许欢哲和他的队友住在公司提供的别墅，偶尔会去他自己买的一间公寓。今天晚上，他专程在公寓等她。

虽然这片公寓区的隐私防护做得不错，但是 Joey 还是担心。他让周襄上去，自己在楼下等她。

抹茶蛋糕待在金漆描边素白的瓷盘里，照在餐桌上的灯光是圆圆的一圈。许欢哲为了新专辑造型染了头发，颜色是很浅的亚麻色。

他低着头拿着叉子在盘上划了几下，睫毛垂着，落在眼睑的影子很长。

周襄忍不住问："你有话要说？"

等了很久，他才说："你跟我想象中的不太一样。"

他抿唇："我以为你就算不是一个有趣的人，起码也是个有脾气的人，就像电视剧里那样。"

然后他抬头，对周襄笑了："可你也差太多了吧。"

周襄没什么表情，只说："怪我，我演技好。"

他轻轻蹙眉："是你太安静了，感觉没什么事你会放在心上。"

绯闻曝光后，许欢哲甚至等着她来和自己吵架，希望她闹，她质问。网络上铺天盖地的骂声，有时候连他都看不下去。

偏偏周襄平静得出奇，和他聊天的语气就像什么都没发生过一样。她泰然自若地跑到日本拍电影，再然后她杀青回国，带来一块抹茶蛋糕。

而他的经纪人则要他尽快分手。

他说："有时候我甚至在想，你是不是知道，我不是因为喜欢你才和你交往，所以你也就当作玩一玩？"

许欢哲硬扯出的笑容里竟然有些卑微的痕迹，让周襄看愣了。该委屈的人明明是她，这人抢戏了吧。

他放下叉子，犹豫道："现在我说分手……"

顿了顿，他又说："应该对你也没有很大的影响吧？"

周襄低下头，手指在玻璃杯上来来回回摩挲。她肩膀很窄，骨架很细，常常让他想要拥抱，也在靠近她时，看不清自己的心。

突然，她抬头问："我可以用水泼你吗？"

许欢哲愣了一下："可以，但是最好不……"

话没说完，随着椅脚在地上划过发出短促刺耳的声音，他下意识地闭上眼睛。温热的水打在了脸上，顺着他头发滴落，浸湿了领口。

周襄手里捏着杯子，说："我性格无趣，不代表我没有用心；我没有什么脾气，不代表我不会难过。"

许欢哲抬头，有点难以置信地看着他面前站着的人。这是她第一次和他闹脾气，可能也是最后一次。

她说："我一直试着努力地付出，你看不到，就不要轻易否定我。"

周襄不会让别人看见她最脆弱的一面，所以在眼泪即将掉下来的时候，抓起桌上的玻璃杯，往地上狠狠地砸下去。

"啪"的一声，玻璃碴儿飞得到处都是，周襄头也不回地走了。

良好的习惯让她随手关门，"砰"的一声，像给了许欢哲一巴掌。

他有些颓然地呆坐着，玻璃杯的碎片在灯光下耀眼夺目。他嘲讽地笑了一声，想不出用什么理由追上去。

周襄面对着电梯里的镜子，非常不解，难道是她的形象太冷艳高贵，才让他觉得可以肆意伤害，而她恰好有一颗坚硬无比的心？

周襄觉得必须和 Joey 好好谈谈这个问题，能不能不要给她设计这么成熟的外表，她不过是个二十出头的女生，被利用来炒作，被欺骗了感情，被数以万计的陌生人追着骂到体无完肤，不崩溃就怪了。

可当她见到靠在车旁抽烟的 Joey，又什么话都说不出来了。

Joey 听见动静，回头看到她沉默地坐进了副驾驶座里，他将手中的烟扔到地上踩灭。

到她公寓停车场的一段路程，只有车载广播里的主持人讲着冷笑话。Joey 几次想要开口，话到嘴边又咽回去。

周襄冷不丁地说了一句："我刚刚被甩了。"

Joey 一个急刹车："Fuck……"

送她到家，Joey 又检查了一遍她家里是否存在危险的工具，确定抽屉里的安定片都被他搜光了之后才离开。

周襄无奈地在门口挥手送走 Joey，感叹艺人对于经纪人而言真的毫无隐私啊。

把行李箱立在一边，从衣柜里拿出干净的内衣，和往常一样在浴室里对着镜子，用卸妆绵擦掉厚重的眼妆，洗个澡换上清爽的睡衣。

这样的平静，被笔记本里弹出的视频邀请给破坏了。她坐在地上，靠着床愣了好一会儿，才点了同意。

视频窗里还是那张熟悉的脸，戴着金丝边眼镜的 Dr. 林，她突然想到了之前就是他说，可以试着跟许欢哲交往……

于是，在 Dr. 林还没有打招呼前，就被她劈头盖脸地骂了句："原来你是个庸医！"

周襄将笔记本摔到一边，Dr. 林看到的画面是一阵天旋地转之后，只能看到她房间里的吊灯。

他着急地喊了几声，没有人应答。他匆忙找到耳机戴上，仔细听着动静，正考虑要不要打电话给她经纪人时，屏幕里画面一变，出现了她的房门。

他松了口气，看不到人，只能对着一扇门问："你生气了吗？"

"没有。"

周襄顿了顿，用力地一吸鼻子，回答："我只是哭了。"

她拿枕头用力地捂住了脸，把一肚子的委屈和埋怨全部交给眼泪，发泄出去。

她是一个非常难打开心扉的人，无论关系多亲密，她总会藏起真正的自己，不让对方看见。因为害怕被看见了之后，不会喜欢这样的她。

别人眼里的周襄有多骄傲，她就有多胆怯。

她知道这是病，得治。

所以她不抗拒许欢哲的靠近，甚至想让他再靠近一些。只要再近一些，她就可以泄露一点点真实的自己给他看。一点一点地展露，直到他看到完整的自己。

在这时，他却说，从一开始我就不打算走进你的心里。

她好不容易鼓起勇气，和胆小的自己做一次斗争，可转眼输得一败涂地。

英俊的记者此刻脸上挂着疑惑的表情，看着她。

周襄淡淡地笑："不好意思，走神了。"

她接着回答："我觉得一见钟情只是一个契机，最好还是要等相互了解后，再交往。"

分手后她一直不敢去回想许欢哲这个人，他对周襄来说，到底意味着什么，就成了一个解不开的心结。

多亏了这个问题，让周襄在短暂的几秒钟内，脑子里掠过了她和许欢哲相处的种种，也突然间释然了。

许欢哲出现的时机刚好，才被她错当成了良药。其实他只是她生命中的过客，遇见了就离开。

最可惜的是那块长途跋涉而来的抹茶蛋糕。

连续两次走神，Joey 都忍不住在旁边假咳几声提醒她。

记者问："最近娱乐圈里的艺人都纷纷传出喜讯，你有没有计划什么时候结婚呢？"

周襄苦笑："也要有对象才能结啊。"

他又问："那你的理想对象是什么样？"

她想了想，反问："你知道有一部港片叫《冒牌警花》吗？"

他眼睛眨了眨："哦，很早以前的吧，我记得是张培培和吴鸿生主演。"

周襄点头："我小时候看过这部电影后，就一直想嫁给吴鸿生。"

她这个回答不算官方，也胜似官方。

"吴鸿生"这个名字，不知道从什么时候起，不再代表一个人，而是一种类似男神的称呼。谁都可以说，我老公是吴鸿生，我男朋友是吴鸿生，但谁都知道是个玩笑，没有人会当真。

所以听到周襄的回答，英俊的记者也只是笑。

Joey 却不放心，因为她这句话的措词有点奇怪，用的是想嫁给。他或许该提醒一下，剪辑的时候能稍加改动，毕竟现在还没彻底度过"她说什么都是错"的时期。

/ 02 /
我单身，不过节。

伦敦和雨这两个名词，总是挨在一起，像一对缠绵不休的恋人。

今天它们可能是分手了，阳光耀眼。

更意外的是，不管在家还是酒店，都会把窗帘拉得严严实实，总是躲避光线的人，现在正朝着落地窗躺在床上，脚尖在床边的地毯上来来回回地摩擦着。

酒店房间里的音乐可以用蓝牙控制，所以 Joey 知道脑袋上循环的这首用吉他和风琴演奏的轻音乐，一定是周襄在放的。节奏轻快得让人想跳舞。

Joey 向卧房看去，那人躺在床上聚精会神地玩手机。又是晒太阳，又是听音乐，Joey 不明白为什么采访结束后，她的心情突然变得很好。

周襄花了十分钟把所有关于许欢哲的东西，从手机里删除。然后她发现，竟然只要十分钟就抹除了他的痕迹。数字化的时代真薄凉，几万字的聊天记录，勾选全部，再点删除就不见了。换成手写，肯定会是一张又一张满满的纸，烧起来都费力。

Joey 一边打开航空公司的专网，一边说着："我订明天的机票。"

周襄将手机放在胸口，转头看向沙发上坐着的人："你要回国？"

Joey 准备点击确认付款的手，顿然停住："你不回？"

他看周襄侧过身子来，单手撑着脑袋，微微笑着："我想反正到月底也没安排了，就答应了朱迪 18 号去 somerset house 看秀。"

Joey 不赞同地摇头，眉头微皱："你最好别去，就算没有国内的记者，也会有本地的媒体。"

周襄张了张嘴，随后无奈地笑了："我是明星哎，躲媒体也太说不过去了吧。"

他想了想她说得也有道理，大老板提出的对策是低调回暖，可作为艺人怕负面新闻，更怕的是连负面新闻都没有。如果一直避着媒体，在这个瞬息万变的娱乐圈里，多的是人想替代她，说不定等她再出现在荧屏上，观众早就忘了她是哪号人了。

看 Joey 有点动摇的样子，周襄乘胜追击地说："你不放心，可以跟我一起去。"

此时从笔记本屏幕的右下角，弹出了一个邮件窗口，是他助手发来的艺人履历。

于是 Joey 才想起这事："公司刚签了新人需要我回去安排一下。"

周襄眨眨眼，感兴趣地问："你要带新人？"

Joey 在业内算小有名气，当然不是因为她。所以他在公司里还是有分

量的，如果不是什么有背景的人，她还真不信公司有那么多经纪人，会让
Joey 带新人。

Joey 订好了一张晚上七点的航班，顺便点头："我先回去，18 号前尽
量赶过来。"

Joey 五官干净，鬓角短而利落，衬得他整个人很英气。现在他一脸认
真的神情，让周襄恍然，自己大概是他这几年带过的艺人中，破事最多且
最不成功的了。

虽然她心里对 Joey 很抱歉，但嘴上却说："这次可别把人带沟里了。"

"沟？"

Joey 愣了一下，视线在地上转了一圈，很疑惑："哪里有沟？"

这个沟，也有可能是文化差异的代沟。

周襄按亮手机屏幕，已经是下午三点一刻了，于是问："我的助理呢？"

他抬起头："哦对，我打个电话问问。"

Joey 拨通电话的同时，周襄的手机也跟着振动了起来。

她举着手机，眼睛一眨不眨地看着显示的号码。如果记忆还算可靠，
这个打电话的人正是她用了十分钟从生命里删除的人。

脑袋放空了几秒，清醒后她把手机随手一扔，不再理会，没过多久就
停止了振动。

Joey 也放下手机，对她说："你的助理航班延误了，改签到明天。"

他要赶去机场于是和周襄说了一声，就匆忙地走了。Joey 根本不担心
这三天里，她一个人在异国他乡会出点什么状况。

因为就连前助理阿阳都说她是个宅女了，所以这三天她肯定哪儿都不
会去。

　　Joey 料到她不会到街上瞎晃悠，可没想到她连酒店房门都没有出去过。肚子饿了全靠客房服务，四分之三的时间浪费在床上，四分之一在沙发上。

　　伦敦的天气很稳定，要是下雨，连着三天都不会放晴。

　　夜晚，霓虹灯大片大片地亮起来，在雨雾中，灯光或浓或淡。她能对着落地窗坐一个晚上，对玻璃呵气，画很多的表情。

　　Joey 在国内琐事繁多，抽不开身来伦敦照顾她这个扶不上墙的二线小花。他一通国际漫游电话打了过来，说了一堆如果出现记者的应对方式，最后停顿了一下："等等，你那里是几点？"

　　周襄又对着玻璃窗呵了口气，画了一颗星星，外面的霓虹灯都歇息了。

　　她问："我可不可以等到圣诞节后再回去？"

　　Joey 沉默了一会儿，说："把违约金打到我卡上，你不回来都行。"

　　她笑："开个玩笑，要是不干这行我会饿死的。"

　　朱迪打来电话把她从午觉中叫醒，才发现外面的天色已经接近黄昏了。朱迪说他正从工作室出来，到她的酒店大概要四十分钟。

　　周襄摸了摸脖子，问："我该穿什么？"

　　那头安静了一会儿，回："随你。"

　　朱迪跟她想的一样，应该就是个小型的秀展，伦敦每年都不知道要办多少个，不用像时装周那么郑重其事。

　　所以当看到穿着一件宽松到不像话的驼色毛衣、牛仔裤、白色平底皮鞋的周襄上车时，他也没说什么。

　　她拉开车门坐进副驾的同时，一个黑咕隆咚的东西从后座扑了上来。周襄吓了一跳，冷静一看，原来是一只尾巴快要摇断的泰迪狗。

周襄笑着抱起它，放在身上逗弄："狗不错啊。"

它眼睛圆溜溜的像颗葡萄，不停地舔着她的手心。

朱迪面无表情地说："别抱了，一个礼拜没洗澡了。"

周襄悻悻地将它放回后座去。

伦敦的马路很窄，且大都弯弯曲曲，但那些依旧保持着古老韵味的建筑，让人不自觉地沉沦其中。

夜色赶来的时候，他们到达萨默塞特宫。远远地周襄就看见了巨大的圆形立柱，哥特式的尖顶，光束打亮的喷泉。越来越靠近时，便能看清墙体上精美的雕塑。

可是这令人遐想的建筑，已经不能吸引她的目光了。因为展馆区门前铺着的红地毯比车身都宽，在他们前头车里下来的女士穿着一袭金色的及地长裙，优雅又高贵，和现场的画风才一致。

轮到他们的车开过门口时，不等穿着燕尾服的男人来开门，朱迪就直接踩着油门走了。

他们绕着喷泉兜了一圈，又出去了。

周襄愣了："这是玩我呢？"

刚刚那阵仗，都要赶上电影节颁奖礼了吧。

朱迪一脸严肃地说："我也没想到。"

两人相视，接着都忍不住笑了。

他一边很快地打着方向盘掉了个头，一边说："这样吧……"

车子又驶进大门里，却没向着正门去，而是绕到了后面。

朱迪从手包里拿出一张邀请函递给她，指了指前面，说着："你从那个门悄悄进去，反正你这一身也不惹眼。"

顺着他手指的方向望去，有一扇开着的门，里面灯火通明。

目前看来只能这样了，不然她这一身，实在不好意思从前头无数的闪光灯下经过。

周襄打开车门，一只脚已经迈了出去，又回头问他："那你呢？"

"你先进去，我去还狗。"他指了一下后座上立着身子伸出舌头的小家伙。

她也没察觉出有什么不对劲的，点点头，就下了车。

门旁站着一个五官立体的欧洲男人，穿着黑色的燕尾服，系着红色的领带。他一手贴在腹部，一手放在身后，含笑对周襄弯腰。

没受过如此大礼的她，惶恐地双手递上邀请函。

周襄的身形定格在踩上楼梯的一瞬间，她突然想到，其实可以不来啊。

二楼是晚上暂停开放的展览馆，三楼才是今晚的秀场。

墙上挂着许多肖像油画，大得惊人。楼梯是旋转式的，中间悬挂着水晶吊灯，晃眼间，汇成一块块光斑。

一眼望去走廊幽长，铺着地毯。写着秀场主题的牌子，立在一扇看起来十分厚重的门旁。门是半开半掩，里头看起来是黑夜的感觉。

周襄进去之后反而松了口气，秀场内是现代感的冷色调灯光，T台周围的光线比较亮，四周整体偏暗，刚好能让她藏起来。

可能距离走秀开始还有一段时间，周围没有人落座，三三两两地站在一起闲谈。场内的背景音乐是由乐队现场演奏的，弹钢琴的女生穿得都比她正式。

侍应托着酒盘自如地穿梭在人群中，她顺手拿下一杯香槟。细小的气泡贴着玻璃杯升腾，她轻轻地抿了一口，从口袋里摸出手机，正打算给朱迪发个信息。

"周襄？"

一个熟悉的声音在她身后，带着疑惑的语气喊了她的名字。

她叹了口气，转身时却又换上恰到好处的笑容："好久不见。"

杨禾轩在她合作过的、为数不多的男艺人中，算是时尚感强的人了，在这里见到他也不奇怪。

他是歌手出道，后来去拍戏反而更对路，长得好腿又长，居然还有点演技，简直不可多得。唯一不太好的就是不论真假，和他传过绯闻的女星可以组一个足球队，而且还带候补队员。

和他合作过的周襄，难以幸免。

他笑："我最近总听人说你的电影在日本票房很好，你什么时候不声不响跑日本去了？"

顺着他的话，周襄自嘲地笑："前段时间去的，没办法，被骂出国门了。"

杨禾轩张了张嘴，刚想说什么，他的经纪人正走来，喊了他一声。

他回头看了一眼，又转过来从头到脚地打量了一遍周襄，竖着食指点了点，最后笑着给了中肯的评价："风格不错。"

知道他在调侃自己，周襄讪笑："谢谢。"

杨禾轩的经纪人走了过来，和周襄两人相视点头。

经纪人揽过杨禾轩的肩，转身的时候，低语了一句："吴鸿生来了。"

周襄愣了一下，无意识地举起香槟喝了一口。

清楚地记得那是她第一次逃课，十三岁。转入夏季的西贡，迎来了台风天，下着大雨。

她站在姚记茶餐厅门口躲雨，身上就剩八元，一杯鸳鸯奶茶都要十元。然后，她看到了对面的私人影院，楼上还有一间推拿馆。

从窄小的楼道看上去，影院肯定很小。海报墙贴得乱七八糟，根本不知道要放什么，但是两元一场，没有票。

当天放的是大影院下线的《冒牌警花》，影厅大概只能坐下十几个人，没有空调，又赶上下雨，空气闷得不行，放映中途观众都走得七七八八的。

时长一个半小时，只有周襄和坐在第一排的老人，看完了整部影片，汗水湿透了校服衬衫。她小心地从窄长的楼梯下来，又给了阿婆两元，再跑上去。

她没办法说清，当吴鸿生出现在屏幕里时，她的感觉是什么。但她看完了一遍还想再看一遍，一遍又一遍，直到把他的脸，牢牢地刻在脑子里。

卖票的阿婆看这个小女孩来回跑了几趟，汗湿了的头发粘在脸颊，笑着说："你很钟意啊？"

周襄愣了一下，点头。

阿婆撕下墙上的海报，递给她："哪，送给你啊。"

而现在，如果硬要说对吴鸿生有什么感觉，那就只能是对前辈的尊敬。

一个在加拿大长大，十七岁在香港拍电影，二十九岁拿下影帝，三十三岁又成了双料影帝的人，一如当初谦虚谨慎的态度，并且没有太多的绯闻，至今未婚。

但那张海报陪着她从香港搬到了苏州，再从苏州到北京，被她收在衣柜里，纪念在彷徨无助的十三岁，突然跳动的少女心。

吴鸿生不知道是什么时候来的，站在离周襄不远的地方，和一个外国人在聊天。

很奇怪，明明与他在现实生活中没有交集，却徒然有种久别重逢的悸动。

她看见杨禾轩走了过去，很有礼貌地和前辈打招呼。之后时不时就有人去和吴鸿生问候几句，无论对方是谁，他都始终保持一个恰到好处的微笑。

吴鸿生的气场很特别，内敛不张扬，不知不觉身旁的人都会以他为中心。

他和那个外国男人应该是旧识，两人侃侃而谈时，他的状态显然是最放松的。吴鸿生拿着一杯香槟，手指修长，说话期间不时习惯性地抬一下手。

看口型就知道他在说英文。

吴鸿生是华裔，加拿大籍，在香港成名，可粤语说得一般，但是起码比国语好。

他国语说得竟然比不上 Joey，不过这一点也不妨碍 Joey 欣赏吴鸿生处事的沉稳。

Joey 曾经拿吴鸿生在内地两次不同时期的访谈，给周襄作参考。她也很给面子地暂停了游戏，认真地看完了。

第一次是在 2004 年，那时吴鸿生的国语真的差到没朋友，但是他很认真地回答主持人的问题，说每句话时都会看着对方的眼睛。他知道自己国语不好，也尽量不用英语代替，耐心地说每一个字。

第二次是在 2010 年，比起六年前是进步很多了，但他似乎是习惯将语速放慢来说话，偏偏是这样，让人感觉特别绅士。

Joey 问她："你看完有什么体会？"

她真诚地回答："很帅。"

随着时间的沉淀，今时今日的吴鸿生越来越不像个明星，褪去了艺人难免都有点的俗气，倒是比较像上流社会的企业家，又碰巧长得好。

吴鸿生和外国友人相谈甚欢，两人轻轻碰杯。举杯至面前，他还没有喝，就有人来合影，他毫不犹豫地同意了。

他的人，比他的名气要低调多了。

如果被一直盯着看，势必会察觉到，所以吴鸿生侧过头，视线落在她身上。

周襄一怔，他微笑，点头。

她本想礼貌地回应，刚好在这时手机振了。她下意识地去看手机，再抬头却错过了问候的最佳时机。

吴鸿生早已经移开了视线，和旁边的人闲聊。

或许在他眼里，她就是一个名不见经传的小演员，这都算是她自作多情的想法了。因为更有可能，她只是个路人甲。

周襄笑，这是她一个人的久别重逢。

朱迪发来短信说他也在三楼，周襄打他的电话，响了几声后竟然挂断了。不到两秒，他又回拨过来。

她好笑地问："你在帮我省话费吗？"

他在电话里给周襄引路，先让她从秀场里出来，他在备用裁衣室。朱迪说话的声音比以往低沉，语气有些严肃，她隐隐感觉是不是出了什么事，脚步不自觉加快。

突然，朱迪话说到一半，电话断了，剩下嘟嘟嘟的忙音。

周襄举着手机的手臂缓缓垂下，此刻她站在备用裁衣室门前，另一只手抓着门把。而刚刚她正好目睹了，金发的男人抢下了朱迪手机的画面。

黑毛的小泰迪从沙发上跳下来，扑到她脚边。

朱迪来不及夺回手机，先看到了她，于是将周襄拉了进来，顺便关上门。

周襄往里踉跄了几步，站稳了之后还没张口说话，就听朱迪对自己说："你先别说话。"

虽然不知道发生了什么，她也很配合地不吭声。可她没办法忽略那个金发的欧洲男人，用怨毒的眼神刺向她，的确是初次见面，却好像下一秒他的手就要掐上周襄的脖子。

她往朱迪身后一躲，正是这个动作激怒了那个男人。他很疯狂地和朱迪争吵，一句话中八个词七个是脏话，相反朱迪却显得比他冷静。

周襄英语不是特别好，但是七七八八也能听个大概。她在脑袋里整理了一下，这个男人和朱迪原本应该是恋人关系，可是朱迪要和他分手，找来周襄说是他的现女友。

她恍然大悟，又被当枪使了。

朱迪没有事先和她商量过，就这样让她稀里糊涂地掺和进他们俩之间，就没有考虑过她的感受吗？

他不是没有女性朋友，却偏偏挑了她，是觉得她很好任人摆布，还是觉得就算因此失去她这个朋友，也无关紧要？

她是不是应该自我反省一下，为什么会在短时间内被昔日的恋人、信任的朋友，贴上"可利用"的标签。

周襄怀疑她命里自带子弹上膛技能，不然怎么会都想用她开两枪。

朱迪和那个男人争执不下，接着都不说话了，一时落针有声。

周襄突兀地笑了声，朱迪一愣，意识到了什么回头看她。

就在这时，金发的男人从桌上成堆的衣料下摸出一把剪刀，飞快地大步上前，猛地朝周襄挥了过去！

朱迪惊觉到了身后逼近的人，眼疾手快地拦住了他，可还是听到了一声尖叫，朱迪余光瞥见周襄捂着头趔趄的退步。

但现在他们两人互相牵制，没有机会去看周襄的伤势。小泰迪在一旁狂吠不止，情势一下变得乱糟糟的。朱迪手腕使劲，又突然松开，使得那人找不到支力点向前倾去，朱迪出其不意地屈膝重击他的腹部。

那人闷哼一声趴在地上，朱迪立刻去追刚刚夺门而出的周襄。

周襄捂着自己的左额角没走出几步，就被人从后面拉住。她转身吼了回去："你去吵你的！"

因为惊吓过度她有些微微发抖，一只手遮住了半张脸。她的十指纤长，手很白皙，从指缝中渗出的鲜血像红线一样，蜿蜒地流进袖口里。

朱迪慌张地说："对不起周襄，他不是有意的，他有焦虑症才会情绪不稳定！"

受伤的是她，但朱迪却在为伤人的人辩解。不对，应该说，这全都是拜他所赐。

周襄翻了个白眼，甩开他的手，转身就走。

朱迪顾及还有一个危险人物在里面，不知道他会干出什么事，只好对她离去的背影喊着："我马上去找你！"

周襄记得来时在这附近见到了洗手间，她边走边按亮了手机屏幕。

如果现在打电话找来救护车，就可以告那个男人故意伤害。

她定住了脚步，手指悬在手机按键上迟迟没有落下。

最终，她将手机塞回口袋里。把事情闹大了，回国又是头条，最吃亏的还是她，还要连累 Joey 收拾残局。

周襄愤愤地跺脚，凭什么别的女艺人都风光无限，轮到她就只剩凄惨。

她捂着伤口的整只手都湿漉漉的，不敢耽搁地走去洗手间。

要是毁容了，就一定跟他没完。

周襄一直埋着头快步走，避免不幸碰见记者或是熟人。

她一头浓密的长发垂下遮住了脸，也挡住了一大半视线，在离洗手间两步之遥的地方，和拐角走出的人撞了个正着。

只在一瞬间，那人顺势伸出双手扶住了她，周襄鼻子碰到他的衣服，淡淡的烟草味撞进了嗅觉里。

两人同时开口。

她说："不好意思！"

他说："Sorry！"

周襄慌忙站稳了脚，抬头看清了是谁之后，愣了一下，触电般地收回了搭在他肩臂上的手。

吴鸿生穿着一套浅灰的正装，领口和袖子都有一团团血墨，里头不巧还是一件白衬衫，托她的福，刚才撞了满怀，现在血迹斑斑。

她紧张地问："不要紧吧？"

周襄不知道她此刻头发混着血液粘在脸上，有多吓人。

他很诧异地看着眼前的人："你才是不要紧吧？"

经由他的提醒，周襄才又捂上额头上的伤口，一边说着："没关系，我去处理一下。"一边往洗手间里走。

吴鸿生的目光随着她移动，自然地问道："需要我帮忙吗？"

周襄看见镜中的自己都倒吸一口凉气，迅速地从桌上抽了两张纸，硬是扯出了笑容说："不用了谢谢，我自己可以。"

她撩开黏糊糊的头发，半张脸都是凌乱的血迹，她本身皮肤就很白，此刻快要接近病态，衬得更触目惊心。她用纸巾一张接一张地擦着往外冒的血，不敢碰到伤口。

从镜子里她看见狼狈的自己和正在门外站着的吴鸿生。其实这里是化妆室，右边还有一扇门，进去才是洗手间。

看着周襄身前桌上越堆越多沾血的纸团，他轻皱眉头，问着："你的助理呢？"

她手一顿，原来吴鸿生知道她也是艺人啊。

周襄摇头："不在。"

听说她的助理护照弄丢了，只能回国见了。

他又问："经纪人呢？"

"没来。"

"朋友？"

她沉默了片刻，指着额头，认真地说："朋友划的。"

吴鸿生愣了一下，然后竟然笑出了声，却又立刻收起笑意，正色说："Sorry，我没有别的意思。"

周襄低着头抽出了盒子里最后几张纸，苦笑说："没关系，我也觉得挺好笑的。"

想不到来英国拍一支香水广告，能给她带来一场血光之灾。

也许是伦敦这座城市，跟她八字不合。

"你等我一会儿。"吴鸿生忽然这么说道，接着就快步离去。

周襄愣了下，额角有液体缓缓流下的感觉，就看镜中他的背影往回退了两步，跟着转过身来。

吴鸿生用手虚放在他自己的额上，对她说："先按住。"

她无意识地模仿他的动作，隔着纸巾手指摁住了伤口，刺痛了一下就麻木了。

他说着："Ok，就这样别动。"然后大步离开，没几秒身影就消失在镜中。

头顶上有一盏水晶吊灯，脚下踩着羊绒地毯，周襄眨眨眼，镜中光是她身上的毛衣就凝着好几个深色的血点，更别提袖口。

但是与她对话的全程，吴鸿生都没有留意到他自己身上的衣服，夸张点说，就像一个刚去救死扶伤回来的医生。

吴鸿生穿着那身衣服就这么走出去，万一被媒体或者是路人拍到了，传到网络上该怎么办？周襄回过神来，不安的思绪纷绕。

脑袋上盘旋的小提琴曲悠扬而缓慢，她傻傻地站着有一会儿了，在走还是留之间踌躇，抓不出个主意来。

干脆用脚钩出桌子下面的矮椅，椅子在大理石地面上摩擦出了细微的声响，她按着额头，一屁股坐在椅子上等着。

虽然吴鸿生没说他去做什么，但是他让她在这儿等着，那她只能老实等着了。一来，周襄就算出了萨默塞特宫，人生地不熟的她也没那么快找到诊所；二来，比起得罪前辈，流点血算什么。

如果她一走了之，他回来不见人。即使吴鸿生心再宽，还是会对这个小演员，留下点不好的印象吧。

但在周襄坐下不到十分钟，她就从镜中见到不远处出现的吴鸿生，她腾的一下站起来同时转身面对他的方向。这才看见他身旁还有一位，顶着一头夺人眼球的橘红色头发的女生。

吴鸿生已经换了一件水灰的呢大衣，纽扣整齐地排列，挡住了衬衫上的血迹。他站住了脚步没有继续向前，而是低头对打扮得像棵圣诞树一样的女生说了几句。

紧接着，那穿着湖绿毛衣一头橘红头发的女生，对吴鸿生比了个 OK 的手势，就朝着周襄跑来。

周襄将视线移向他，他唇角轻扬，如同几小时前与她目光相交时的那个止步于礼貌的微笑。

只是对她点了点头，他便转身离开了。

短短几秒钟的画面，就像被按下了放慢键。

直到女生洋溢着热情的笑容蹦到周襄面前，时间才恢复了正常的速度。

"圣诞树"笑起来眼睛弯成了一道月牙："周小姐，我来帮你吧。"

她边说边放下肩上的背包，"咚"的一声撂在桌上，两手先后撸上袖子，拉开背包从里头拎出材质半透明的医药箱。

周襄愣了一下，问了一个略冒傻气的问题："你知道我是谁？"

"圣诞树"不慌不忙地打开医药箱，搓开装医用棉的密封袋，拧开双氧水的盖子。

"圣诞树"熟练地做着这些，同时说道："当然啦，你是演员嘛，我看过你演的剧。"

开始周襄没有留意，现在听出了她说的一口非常标准的港普。

"圣诞树"用镊子夹出一团棉花，蘸上双氧水，转身对周襄笑说："我叫 Daisy，你叫我阿西就好啦。"

她笑了笑："你好。"

Daisy 举着镊子说："我帮你清理一下伤口，会有点痛喔。"

周襄立刻坐下，配合地拿开一直按着的纸巾，撩开头发，露出血淋淋的伤口位置。伤口大概有两厘米，切口比较整齐，应该是被刀片之类割破的。

Daisy 轻轻沿着伤口的轮廓擦拭着，周襄感觉额头上凉凉的，棉花不时地靠近伤口会刺痛一下，她的眉间就会不自觉地一拧。

她低着头，只能盯着 Daisy 脖子上的一串挂满星星的手机链看。听见 Daisy 细声说着："还好不是很深。"

可能周襄额头这位置血管破裂，才会瞬间出血汹涌，不过血差不多算止住了，也不用缝针，真是万幸。身处娱乐圈，Daisy 当然知道女艺人的脸就是资本。

Daisy 扔掉手里一团带血的棉花，对她笑说："周小姐这么靓，要是留疤就可惜了。"

周襄对她浅浅一笑，以为 Daisy 只是客气地说说。

可 Daisy 是打心眼里觉得周襄长得靓，比她见过的所有女艺人都靓。她当初看《深冬迷失》的时候就被惊艳到了，周襄创造了那个坏到极致的女明星，乖张又偏傲，却让人移不开视线。

Daisy 第一次认同了什么叫，美人在魂，在神，更在骨。

用棉棒蘸着碘酒涂上一圈，再剪下一段纱布叠成小块，盖住患处，贴好。Daisy 满意地点头，这种小伤口轻松搞定。

她谨慎地交代周襄："千万不要碰水，记得要吃消炎药喔。"

周襄点头，抱歉地说："麻烦你了，看秀还要来照料我。"

Daisy 摇了摇头："我不是来看秀的，吴老板才是。我是他助理而已，刚才不在这里，临时被他叫来的。"

　　想起她在甜品店里正要点一份 trifle，就接到吴老板电话，让她用最快的速度到 Somerset House，把她吓了一跳。

　　因为吴老板喜欢接动作戏，经常磕磕碰碰，他本人的意愿是不去医院，会耽误拍摄进度。平时都是 Daisy 帮他处理皮外伤，所以她养成了走到哪儿都背着一个医药箱的习惯。

　　起初她还以为是吴鸿生出什么事，他说最快，那她当然选择拦一辆计程车。英国计程车多贵啊，幸好给报销。

　　她火急火燎地赶来了，见到的却还是那个就算将来一大把年纪也能迷死老女人的吴老板，不仅毫发无损，还从容不迫地站在楼梯口。

　　"吴老板？"

　　周襄略带疑惑的声音，打断了 Daisy 片刻的走神。

　　Daisy 笑着解释："就是 Frank，以前他开法国菜餐厅嘛，所以我们都叫他吴老板。"

　　Frank 是吴鸿生的英文名，这个周襄知道。但是他开过餐厅这件事，她还真不知道。

　　"餐厅在香港吗？"周襄好奇地问。

　　"嗯，在荃湾，不过很早就不做了。"

　　Daisy 一边说着，一边就转身收拾起了桌上的东西。

　　这时，周襄塞在牛仔裤袋的手机开始欢腾地振动，她站起身摸出手机，来电显示是朱迪。她静看两秒，点住屏幕上红色的圆圈，滑过挂断。

　　周襄面对着镜子，指着自己的额头问："阿西，这个可以上飞机吗？"

　　Daisy 闻声抬头，看着镜中的人："这么赶？"

　　在 Daisy 记忆中，吴老板也有过一两次，带着不重的外伤坐飞机，应该是没有问题的，保险起见还是查一下。

她暂停卷纱布的动作，拿起胸前挂着的手机，飞快地解锁，点开网页说着："我 Google 一下。"

没过两分钟，就听 Daisy 说："可以的，这种小伤口只要不流血了就可以。"

周襄看着她，真诚地说："谢谢你。"

顿了顿，她接着道："也请你帮我向吴鸿生前辈说声谢谢，有机会我再当面跟他道谢。"她这样肯定是不能出现在秀场的，不然都不知道该上娱乐版还是刑事版，趁人都在秀场这时间悄悄走掉是最佳机会。

Daisy 点头，出于好意地告诉她："我坐来的计程车应该还在，你从后门出去就能看到。"

然而，Daisy 忘记问她身上的现金带够了没有，伦敦的计程车耗的不是油，是钱。

秀场的隔音效果非常好，外面是古典的轻音乐，推开这扇门之后，环绕着现代音乐，有节奏的每个音符都在跳跃，好像踩在心上的点。

身材高挑的模特，踏着音乐行走在 T 台上。一个个欧洲模特立体精致的五官，让 Daisy 欣赏了好一会儿，才想起往两旁坐席搜寻着。

她一眼就看到了吴鸿生，不是因为他坐在第一排，而是他有一种就算现在上 T 台走一圈都不违和的气场。

Daisy 猫着腰躲过摄像机，很快速地来到吴鸿生身边，半蹲着在他耳边说："周小姐走了，托我跟你说声谢谢。"

他只是身子稍稍向旁倾，目光始终随着 T 台上的模特移动，听 Daisy 说完，他点点头，接着说："你找个地方坐。"

Daisy 眼睛一亮，马上屁颠屁颠地就绕到后面，找了个视角还不错的空位坐下。本来没有邀请函保安只让她上来三十分钟，现在有吴老板撑腰还怕什么。

夜晚的伦敦，像一块陷入红酒中的冰，散发着醉人的气味，也有妖冶的色彩。

此刻坐在黑皮出租车里的周襄，全然无心观赏夜景。

她不自觉唇齿轻咬指尖，紧张地盯着里程表，心里默默地计算着。等到预感到里程表即将再跳一次的时候，她急忙叫停了司机。

周襄从酒店出来的时候，哪能想到今晚的惨状，搜遍全身只有五十英镑和一部手机。她给了司机加小费一共三十英镑，将要下车时天空飘下绵雨，司机很贴心地停在了一家便利店前。

于是，买了一把透明的长柄伞花了三英镑。

抹掉屏幕上的雨水，手机地图告诉她，前面的十字路口右转，然后直行就能看见她住的酒店。

饥肠辘辘的周襄兜里揣着十七英镑，步伐在路过一家餐厅时越来越迟缓，结果还是倒退了回来。

餐厅外观整体刷着红漆，配合白窗框，有美式风格。玻璃窗上挂着好几串小灯泡，餐厅里看着也不拥挤，正好这时，服务生给靠窗的情侣端来两大盘烤龙虾。

周襄控制不住自己的脚步，她走到餐厅门旁放着的一块小黑板前，上面写着今日的菜单。单人的烤龙虾套餐是十四英镑，再加服务费一共十六英镑。

她深深吸了一口气，全是雨水的味道，接着睁开眼，走上去，收了伞，挂在门外的伞架上，推开门。

门上的铃铛叮叮作响，扑鼻的食物香气简直难以抗拒。保持身材什么的，今晚先见鬼去吧。

夜意浓时斑斓，短浅的草坪里投出的灯束，交织照着整座萨默塞特宫，在雨中吊诡又迷人。

Daisy 接到 E 仔的电话说车快开到门口了，刚好她和吴老板已经下来。

她打了个哈欠，站在弧形的顶棚下，看见停在红毯尽头的那辆劳斯莱斯后，真的清醒了不少："哇，靓车喔。"

劳斯莱斯旁站着的男人一身剪裁得体的黑色西服，举着把木质手柄的伞。越走近，他在伞下的五官越清晰。

不是走嬉皮路线的 E 仔，她心里早就猜想了，怎么可能 E 仔开个雷克萨斯在伦敦兜一圈，就变成劳斯莱斯了。

不过这个人 Daisy 也认得，他是陆侨白的秘书，兼司机兼保姆。

而陆侨白真的算是个传奇人物了。他早年拍过几部电影，那时有点当红小生的意思，却突然转幕后，相当于白手起家，自己开了个影视公司，现在是春秋传媒影视的董事长。

林瀚撑着伞走到车后座的门旁，对吴鸿生点头："吴先生。"接着打开了车门。

车内崭新，空无一人。吴鸿生身形未动，先问他："侨白呢？"

"陆董散步出去了。"

谁会在雨雾蒙蒙时去散步？陆侨白会。

吴鸿生对此没有产生任何疑问，他一个人上了车，让 Daisy 和 E 仔先回酒店。

驶过喷泉旁，车窗外光影重重，一段段描过吴鸿生的轮廓，他突然低下头，好奇地撕下门侧烟灰缸上的一层塑料薄膜。

车灯穿行在雨帘中，光束在出了萨默塞特宫大门的路上，照到了一个人的背影。他一手撑着伞，一手捏着烟，火星子在夜色里忽明忽暗。

林瀚随即减速。

陆侨白察觉到了身后靠近的车，他回头，在光照下眯着眼看见了驾驶座里的人，才不紧不慢地走到后座，开门上车。

他收了伞随意地扔在座位底下，拍了拍肩上的水，手里的烟不小心被雨水熄灭了，被他丢进烟灰缸里。

陆侨白转头看向旁边坐着的人，直接跳过了寒暄，就问："车怎么样，新买的。"

吴鸿生失笑，捏着塑料膜在他眼前搓了搓："不错。"

陆侨白这个人的确是个商业奇才，若要说他的缺点，与他相识已久的吴鸿生也是信手捏来，比如，话多如牛毛。

这会儿已经从他在飞来伦敦的航班上遇到了一个四国混血的空姐，说到了他在散步过程中萌生的对于公司未来发展的各种策略。

吴鸿生打断他，说着："你是不是来早了。"不是疑问语气，是肯定句。

他知道陆侨白要来伦敦找知名的制作团队，谈电影合作的事宜，以一个导演的身份，可时间是定在三天后。

陆侨白撩开外套，从内侧袋里摸出一包烟来，粘在两唇之间，低头凑上手中的火光，含糊地说着："有两尊大佛天天守在我家门口，惹不起，只能躲。"

吴鸿生淡淡一笑，表示了然，没接话。

他的目光偏向车窗外，淅淅沥沥的雨落在窗上，不断滑落。

前方接近红灯，车子慢慢减速。

城市街景的光斑里，有一个身影闯进他的视线，像镜头调着远近焦距，忽然定格在她身上。肩上靠着一把伞，保持着两秒钟才走一步的速度，不断有路人快速地从她身边走过。

原来不止陆侨白一个人，会在下着雨的时候散步啊。

陆侨白的手突然伸向他的外衣，挑了一下。吴鸿生回头，正好对上他调侃的笑容："衣服很艺术啊。"

吴鸿生垂眼，衬衫上染着的血，已经暗到近似一种没有形态的印花。他压平外衣，淡淡地说："碰见一个同行，她遇上点麻烦，就帮了一下。"

陆侨白吐出一口烟雾，笑了："我认识你九年，都不知道你是个会多管闲事的人。"

吴鸿生淡笑，没有回答，他的确不是。

红灯闪动，雨刷器在挡风玻璃上来来回回扫着。陆侨白拿起遥控器，打开音响，放松的手指跟着音调，在膝盖上轻轻点着。

吴鸿生则若有所思。

就算今天没这么凑巧撞到他身上，而是无意间被他看见了，他同样会上前询问，是否需要帮助。

但是，个人修养只让他到这一步。多余的话他不会问，多余的事更不会做。

所以为什么会第一时间想到找来 Daisy，具体的原因他也不太清楚。可能是当时她坚持不想给他带来麻烦，她又显然搞不定的样子，让他没有办法放任不管。

吴鸿生的举动，在他自己的意料之外，但也在情理之中。

　　绿灯亮起，窗外街景缓缓而动，很快追上她的脚步，却不在她的身影上逗留。

　　每一秒钟，这世界上有多少人在擦肩而过？会为风情万种的陌生女人回眸，会为温文尔雅的陌生男人驻足，往往都只是一个目光。

　　如果千万人中，有两个即将擦身而过的人，因为同一件事停下了脚步，或许就会走进彼此的生命中。

　　而我们不能预测未来，所以不知道是在下个分岔路口告别，还是一不小心走到了时光尽头。

　　周襄吃饱喝足了慢悠悠地走在街上，反正雨水早已打湿裤腿。走过一间专门售卖礼服的店，玻璃橱窗里挂着一件婚纱，在灯光下让她一见倾心了。

　　停下脚步看了一会儿，将来她结婚时如果这件婚纱还在，一定要买下它。她愣了一下，又笑着叹了口气，她连未来会跟谁结婚都还不知道，就想到婚纱去了。

　　周襄边走边摸出手机，屏幕上显示了三个未接来电，都是朱迪打来的。在享用龙虾大餐的时候，他就打来过两个电话，无一例外都被她挂了。不过倒是提醒了周襄，她立刻就买了一张机票。

　　此刻，身旁车水马龙却不喧嚣，人来人往伴着雨声。

　　电话接通后，她说着："Joey，你在忙吗？"

　　那头的人说："没什么事，你说。"

　　"我订了明天早上九点半的机票。"

　　Joey等了一会儿，才说："你不是要在伦敦过圣诞节吗？"

　　周襄笑了笑："我单身，不过节。"

/ 03 /
因为不知道，爱情没有距离，只有四季。

　　周襄靠着车窗睡着前，最后一眼见到的，是薄雾里清晨的光从树木间的空隙倾泻下来。

　　计程车司机叫醒她的时候，已经到了希斯罗机场。

　　伦敦开始逐步降温了，一打开车门冷空气急急涌了进来，下了车周襄冷得一哆嗦，咬着牙嘶了声，裹紧了外套。

　　司机是个老绅士，拎出行李箱转交给她时，递给了她一张明信片，上面是泰晤士河，她翻过来欣喜地看到，竟然盖好了邮戳。

　　周襄拉着行李箱，笑着和司机挥手告别，走进了航站楼。

　　换好登机牌，她抬手看了下表，距离登机还有一个多小时，就买了一杯美式咖啡，在免税店里闲逛。

无意间吸引住她目光的是一个坠子，在玻璃柜中，放在黑色绒布上。

它有一双金翅膀，中间镶嵌一颗钻石，整个坠子还没有指甲盖大，小巧又精致。好像很适合郑温蒂，她想着。

于是，周襄毫不犹豫地买了下来，就是在刷卡的时候稍稍有点肉疼。

登机时，竟然被空姐告知升舱了。原因是商务舱超售，她一直用 Joey 的金卡会员号订票，也不知道累积了多少分，现在免费为她升成头等舱。

周襄脱下外套，空姐接过去挂了起来，换了双拖鞋去卫生间洗手时，她抬头看镜子，额角上的纱布早晨时被换成了创可贴。可能是倒了个大霉，才给她返还点幸运值，升个头等舱安慰一下。

惬意地躺上沙发，她抓过靠枕抱在胸前，握着果汁，拿起手机，有一条未读的短信。

她浅浅地抿了一口橙汁，酸甜的味道触及舌尖，才点了信箱。

朱迪在短信中写道：我从来没想过要伤害你，这一点请你相信，我是真心把你当成朋友，也不想失去你这个朋友，但我欠你一个解释。如果你原谅我了，无论什么时候，记得告诉我。

周襄放下手机，转头看向窗外。

天空很清澈，干净得让人难以置信，远处跑道上有一架飞机正在缓缓起飞。

昨天晚上她在吃完一顿烤龙虾大餐之后，花了很长一段时间走回酒店，所有不好的情绪也都消化了。她没有继续生气，只是不太擅长原谅或者说不擅长维系人际关系。

盯着窗外发呆了很久，直到飞机晃了一下，然后开始徐徐移动。她拿起手机，抿了抿唇，犹豫了一会儿，看到信息发送成功，就关了机。

　　她回：等我下次去伦敦再说。

　　飞机攀升到一定的高度，她才真正发现自己来过这座城市。难怪人都说，懂得珍惜，总要到失去的时候。

　　到达首都机场，北京时间是……

　　周襄正低着头看表，想起还有时差这件事，掏出手机来改了北京时间，再调手表。头等舱旅客就是好，地服人员连行李都提前帮她拎出来了。

　　Joey 没想到这么准时能接到人，而且她还是大摇大摆地从 VIP 通道下来。也好，省得被人拍到她回国了。

　　将周襄的行李放进后备厢，Joey 关下后备厢盖，回到驾驶座，才看见她脑袋上的创可贴，皱眉问："你额头怎么了？"

　　她下意识地抬手摸了摸："走路不看路，磕到了。"

　　在周襄的时间里，现在应该是深夜，可因为时差的关系，车行驶在高速路上，窗外有一轮像咸鸭蛋的太阳，才落下一半。她打了个哈欠，眼皮上像有铅块，沉得要闭上。

　　早知道就不该在飞机上喝那么多的咖啡，十一个小时的航程，耗光了她的精力。

　　Joey 一边开车，一边抽空向她瞄了眼。周襄昏昏欲睡地点着头，他腾出一只手推了下她的肩膀："靠背调后点。"

　　她闭着眼伸手摸索到按钮，座椅靠背向后倾去。Joey 将调频节目关了，换成纯音乐，调低了音量。

　　在回家的路途中，她迷迷糊糊地醒过几回，恍惚间能看见，高楼屹立在昏黄天色里的影子。

周襄显然是个非常不懂得生活的人，从家具选择和室内装潢就可以看出来。七十平方米的单身公寓，没有植物盆栽，更别说能有点多余的装饰，一眼望去就是白。

白的沙发，白的窗帘，白的地毯、桌子椅子、床单被套。说好听点，这叫色调统一极简风；说难听点，这跟殡仪馆有什么区别。

Joey 把行李箱推到客厅："你好好睡一觉，明天我来接你去公司开会。"

周襄垂着脑袋对 Joey 挥挥手，连说一声再见的劲都使不出来。

Joey 走出门时正好刮来一阵风，从落地窗外吹起白色的窗帘，借着风力关门"砰"的一声响，把他自己都吓了一跳。

顺便震到电视墙上挂着的一幅，大老板亲自挥毫的"百忍成钢"四个大字，哐当掉落在地。

周襄倒向沙发，拉过毯子裹住自己。不管了，先睡一会儿再起来整理吧。

第二天早晨 Joey 来接她时，她戴着帽子，帽檐压得很低，刚好挡住额头。

他递给周襄一个 iPad。

周襄扣上安全带，接过平板："回国礼物？"

Joey 瞥了她一眼："You wish."

他直视前方，边挂档开车，边说着："我是让你看上面的内容，别等开会说这事，你还不知道发生了什么。"

她困惑地将视线移到平板上，愣了一下。

大字号的黑体新闻标题是，格士唱片再陷解约门，C.omos 许欢哲深夜发微博求解约。

新闻中复制了许欢哲的长微博，洋洋洒洒下来，表达了他的想法和感谢粉丝的支持，大致意思就是，他要解约单飞了。

到目前为止，周襄觉得他这篇公关文写得真不错，没有叫苦叫累卖委屈，让人看着比较舒服，言简意赅。如果是有幕后团队策划，应该涨工资了。

直到她看见长微博的最后一段——

另外，某个朋友前段时间因为公司安排的一场炒作，而受到舆论的攻击，但我却被公司噤声，不能为她解释。借此机会，我想和她说一声对不起，也谢谢她的仗义。

周襄当即翻了个白眼，这可比直接点名道姓还明了，她想求放过，求相忘江湖行不行。

许欢哲提这一句，目的就是为了不让大众的视线，集中在他忘恩负义上。旧事重提，侧面表现原公司的手段卑劣。再把周襄拉下水，等于拉她的粉丝一起加入混战，不管言论好坏，能分散焦点就是成功了。

新闻中还说到，在许欢哲起诉格士要求解约前，聚星天地娱乐公司就曾与他本人接洽过，看来是早有准备跳槽聚星。

聚星天地啊，那个一线大腕云集的公司。怪不得手段这么高明，不止坑了她，还阴了许欢哲的公司一把。

周襄将平板放在腿上，两手平伸交握，再举到头上，用力地伸了个懒腰。

眼前车道一如既往的拥挤，Joey不耐烦地按着喇叭，她的心情反倒很平静。

不是不在乎许欢哲给她扣了一顶"仗义"的帽子，用某个朋友的称谓，一笔带过他们曾经的关系。而是她都快忘了，那会儿悲伤郁闷的情绪。至于会这么快忘记的原因，要么是时间流逝太匆促，可距离分手到今天，还差四天才满一个月。要么是她确实没有太走心。

权衡之下，她不想说自己的坏话，所以只好责怪城市生活节奏太快，用一天就能走完一年的路。

想到这里，她记起了 Dr. 林好像抱怨过类似的话。

他说，现在越是生活在繁华都市里的人，越不适合谈恋爱。节奏太快，每个人都很忙，谈婚论嫁就像吃快餐。从茫茫人海里选几个人，看看身份背景，或是比较经济实力，双方觉得合适就结婚过日子。

因为大家都没有多余的时间，挑一间有情调的餐厅，一刀一叉细细地品尝。

堵车让他们晚了整整两个小时到公司，小陈两只手拿满了一次性纸杯，从会议室里出来，正好碰上匆匆赶来的 Joey 和几步之外不慌不忙上楼的周襄。

结果她最后一级台阶还没踩上，就看 Joey 走了过来，说着："会开完了，去找大老板。"

周襄是大老板办公室的常客，Joey 作为公司骨干也是熟门熟路，两个人来时大老板在讲电话，他俩自然地坐到沙发上，用着桌上的茶具，泡起茶来了。

大老板挂了电话，转过椅子来，也不管他们在干什么，直接切入主题说了会议内容中有关于周襄的部分。

终于，要让她转型了。小动作是接下了巧克力的广告，大规划是未来在剧本选择上不再考虑反面角色。

现在有两部剧本主动找的她，已经发到她的邮箱里，但是角色的人物性格，跟她演过的相差无几。大老板的意见是都不接，让周襄去春秋影视制片的新剧，试戏女主。

大老板的语速不算快，但是语言精炼，不到二十分钟讲完就把人轰了出去，谁让他们泡了他的黄山毛峰！

从办公室里出来 Joey 十分疑惑，本来他以为开会主要是针对许欢哲的事，可最后连提都没提。还有，虽然大老板一直都非常重视周襄，但资源方面却不是给她最好的，有种想让她红，又不想让她太红的感觉。

再加上，她和大老板的性格很合拍，并且，大老板也姓周。

几番犹豫，Joey 还是问出了一句："他是你爸吗？"

"谁？"

"大老板。"

周襄脚步一顿，对他笑说："我也想他是，这样我就可以不用工作混吃等死了。"

他认真地想了想，点头。娱乐圈这个大染缸里有多混浊，只有身在其中的人才知道，如果周襄是大老板的女儿，不可能把她往里推。

Joey 还要赶去片场，就让小陈送她回公寓，在她上车后还不忘提醒一句，记得看邮箱的剧本，晚上把下个月的日程发给她。

周襄随意地点着头就将车门关上了。等周边景色就快移到她家附近时，她才突然想起一件事，忘了问 Joey，她的助理呢？

小陈警觉地将车停在花园旁边，握着方向盘，身子稍稍前倾看了看。有两个人脖子上挂着长枪短炮，视线一直在公寓周围打转，显然不是来拍风景的。

他转身对后座的人说："周襄姐，好像有记者。"

周襄探头张望了一眼，给他指路——

"往这边绕到后面，我从停车场上去。"

地下停车场的灯光偏白，墙根贴着黑黄相间的警示纹。偌大的空间里，回响着车轮压过减速带的声音。

一辆轿车正在倒进车位里，灯光滑过亮黑的车顶。

在杨禾轩将车停稳后，正要解开安全带，一个熟悉的身影就出现在他眼前，马上要从车前走过。

他松开手里的安全带，打开车门跨了出去，说着："Surprise！"

周襄本来低着头边玩手机边走路，被突如其来的声音吓得猛抬起头的同时，往后退了半步。

杨禾轩站在车门内，两只手肘分别架在车顶和车门上，笑眯眯地对她挥了挥手。

她愣了一下，往下拉了帽檐，问道："你怎么会在这儿？"

杨禾轩耸肩，一脸理所当然地说着："我住这儿啊。"

说话的尾音伴随着他关上车门的声音，在周襄的目光下他走到后备厢，拿出行李来。行李箱上还贴着托运的标签没及时撕掉，他是今天刚从伦敦回来，累得只想躺下休息。

杨禾轩拖着箱子走了出来："看样子你也住这儿？"

她还没回过神来，眼睛也不眨地点了点头。

他笑说："多多指教，我是一周前刚搬来。"

一周之前，周襄在伦敦拍摄广告。

看着她稍显错愕的表情，杨禾轩又认真地说："是不是感觉缘分来得太快就像龙卷风。"

后半句是唱出来的，他还真是不忘歌手的老本行。

行李箱的轮子在光滑的地上滚动着，周襄跟上他的脚步朝前走去。

她说："你搬之前怎么也不先打听一下？"

他回了一句："谁搬新家挨门挨户地抄人水表啊？"

推开玻璃门两人一前一后地走了进去，不巧电梯刚刚上去。

在等电梯下来的过程中，杨禾轩仰着头看着数字，冷不丁地问："周襄，你是租的公寓，还是买的？"

周襄疑惑地看着他："租的。"

杨禾轩转头神情深感惋惜："那太遗憾了，我是买的，所以你搬吧。"

不给周襄开口的机会，他接着说："你看，前阵子你绯闻闹得那么凶，好不容消停了点，万一又被狗仔拍到我们住在同一栋公寓里，那要怎么解释，跟他们说'这都是缘分啊'？"

周襄懒得搭理他，摆正脑袋看电梯上方的数字："又不是住在一起，有什么解释不清的。"

隔了一会儿，他才轻描淡写地说："你说的事实，那不算事实。观众想看到的，才是真相。"

周襄的神色有了一些变化，垂下了眼帘。

这时，她掌心攥着的手机颤了起来。来电显示，初恋。

周襄瞥了一眼杨禾轩，往旁边走了两步，才接起电话。

郑温蒂将手机夹在脸和肩之间，从副驾座上拎出两袋东西："襄儿，你在家吧？"

电话那头回答："嗯，刚回来。"

她又接着说："明天我要进组了，就去超市买了意大利面什么的，还有红酒，今晚在你家吃饭啊。"

说完这句，郑温蒂将车门关上，按下钥匙锁车。

周襄听到"嘀"的一声，慌忙问："你现在到哪儿了？"

郑温蒂边走边将两个袋子合在一手拎着："你家公寓的停车场。"

"啊？"

她的车就停在电梯房旁边，拐个弯，几步就到。"现在要上电梯啦。"

在周襄着急地说出"等等"时，当的一声，是红酒瓶碰到玻璃门发出的声音。

郑温蒂举着手机站在那儿，整个人散发着阴沉的气息。

狭路相逢，多用来指仇人相见。

周襄觉得再没有一个比它更适合的词，来形容此刻。

一个是绯闻不断却依然人气高涨的，当红小生杨禾轩；另一个是童星出道，总以清纯形象示人的，国民初恋郑温蒂。

娱乐圈里的明争暗斗，很多是因为相互看不顺眼或者是戏路相同怕对方挡道。但郑温蒂对杨禾轩的恨，是扎扎实实的仇，没有一点误会。

简单来说，郑温蒂曾经有一个霸道总裁的未婚夫，结果被杨禾轩的妹妹——杨嘉妮挖了墙脚。

然而，在知道那男人是郑温蒂未婚夫的前提下，杨禾轩还给他妹妹牵线搭桥，过程中也没少推波助澜，关键时刻堪称神助攻。

被悔婚的郑温蒂崩溃了一段时间，恢复元气后，就撂下一句话："从今以后，有他没我，有我没他。"

幸好他们同属春秋传媒影视旗下艺人，公司还可以把两人的工作安排全部岔开，就像两条不会相交的平行线。

所以杨禾轩就算有再多的绯闻对象，下一个永远也不会是郑温蒂。这只是周襄以为的。

郑温蒂冷冷地剜了一眼杨禾轩，走到周襄身边："他怎么在这儿？"

周襄照实回答："他刚搬来。"

杨禾轩撇开视线，摸遍口袋，好不容易搜出一包烟，对周襄说着："我去抽会儿烟。"

他转身推开了消防通道的门，还拖着个行李箱。借口找得还真牵强。

电梯门一打开，郑温蒂快步走了进去，周襄按下层数。

电梯门一关上，郑温蒂还是冷着一张脸："要么让他滚，要么你搬走。"

从她手里接过超市的塑料袋，周襄安抚着说："我搬我搬。"

刚才周襄冷静一想，杨禾轩的话不无道理。不过比起狗仔，她也不想以后和他低头不见抬头见，反正她下个月的房租还没交。

"嚓——"

扯着透明胶带，拉得很长，沿着棕褐色纸箱的边，将它封住，剪断胶带。一不小心胶带贴回卷轴上，周襄一声"哎哟"脱口而出，又开始慢慢去摸找贴合的痕迹，再用指甲刮起来。

周襄准备去封下一个纸箱时，捏着胶带的手就停在那儿。她把胶带的一端贴在桌子边上，从纸箱里拿出被杂物压住的相册。

指尖描过相册封面上印着的向日葵，被磨得有些白痕了。她翻开相册，摄于周襄满月酒，抱着她的女人一身锦缎的旗袍，周襄的眼眉和那女人有八分像，似水柔情。

往后是周岁的她，在幼儿园荡秋千的她，穿着小学校服举着大西瓜的她。周襄的手定格在这一张，那时正值盛夏，比阳光更夺目的，是照片中女孩的笑容。

翻过这页，就像回忆戛然而止，厚厚一本相册，半数以上都是空白的。

日光从白色的纱帘后安静地透进来，电视机里晨间健康讲座的声音，掩盖了她深深呼出的气息声。

她合上相册，放回纸箱里，揭下桌边上的胶带，拉平，封好。

Joey 来的时候，周襄已经将她要搬走的东西，全都打包好了。他扫了一眼，客厅里整齐地排着六个大纸箱子。

穿戴整齐的周襄抓起沙发上的包，斜挎在肩上，同时问着："你怎么上来了？"

来接她去广告拍摄场地的 Joey 说着："到这儿我看车快没油了，保险起见就让司机开去加油站，等二十分钟我们再下去。"

周襄耸肩，打开小包掏出手机，坐向沙发。

昨天突然收到邮件，想征求她的同意，将广告拍摄的行程提前了两天，原因是意大利的导演要赶回去和他的妻子庆祝结婚周年。

可是这就跟原定搬家的日子撞在了一起，为了体谅意大利人的浪漫，她只好打电话给搬家公司，想将时间往后推一天。结果得到的答复是，他们周末不上班。

幸好 Joey 今天全程跟她，如果在下午四点前拍摄没有结束，他就先来帮周襄把家具行李搬到新家去。

这日子过得，清闲的时候一秒钟都嫌长，忙碌起来连喘口气的空当都没有。

Joey 走上前，两手搬起一个箱子，还挺沉的。他放下说："平时也没见你有这么多东西啊。"

周襄眼也不抬地盯着手机，伴随着连连看的游戏音效，她说着："都是衣服啊鞋子啊包啊，我昨天都捐了一半。"

"You win."

Joey 想起了什么，又接着问："那你为什么不发微博？"

她抬头，表情夸张地反问："捐个旧衣服还发微博？"

"这是献爱心，数目不多你也可以只发一张，简单说一句啊。"

事情再小也能博一分好感，慢慢积少成多，谁让艺人的命就是形象。而形象百分之九十是塑造的，剩下百分之十是意外，比如掩盖不了的人品或情商。

她嫌弃地说："作不作。"

Joey 淡定地回："你就是欠作。"

周襄顿时语塞，隔了一会儿才说："最近嘴上功夫见长啊。"

他很有江湖气地抱拳："承让。"

驱车来到广告拍摄场地，由于是在郊区厂子里搭的棚景，保姆车只能停在室外。车停稳后，周襄披上大衣，抱着一个暖手宝，拉开车门时冷风刮来，激得她咬紧了牙。

她跟在 Joey 身后小跑进工厂后门，里头人多声杂，周围光线偏暗。工作人员领着周襄到二楼化妆，楼梯是金属板踩着当当响。稍微暖和了一些才缓过劲来，她搓了搓快要冻掉的耳朵。

没吃早饭的她嘴里含着抹茶味的奶糖，老实地坐在椅子里。化妆老师是个看着挺温柔的女人，此刻对着镜子里，头发分向脑袋两边夹着的周襄，犯了难。

额角的伤口虽然已经结痂了，但是周襄皮肤太白，再盖一层遮瑕膏色差会很明显，尤其是在镜头里。

近一个小时后，当 Joey 见到撩开棚布进来的周襄时，稍稍愣了一下。

她穿着纯白的高领毛衣，衣长及膝，露着纤细小腿。这几年一直都是中分长卷的发型，突然改变了。

还是一头厚长的卷发，但是额前多出了几缕，好像这叫空气刘海吧，Joey 想。

周襄冲他挑眉，意思是问他对自己的新发型有什么看法。

Joey 头一偏："So so."

她用"你真不懂欣赏"的表情，看了眼 Joey，摇摇头走向布景中心。

周襄实在佩服场景道具组的工作人员，简直是搬了一条欧式街道、一间极有格调的甜品店在她眼前，可惜店门后面就是一块绿景布。

看着站在玻璃橱窗前的周襄，导演正在和她讲戏，她目光总是认真地跟着导演的指向走，偶尔点点头。Joey 第一次觉得，这种就剩几根毛的刘海，还挺好看的。

这次代言的巧克力名字耳熟能详，是二十多年前，美国休闲食品制造公司在国内推出的系列产品，口碑评价中上，普及度极高，家家户户老老少少都知道它。每年都换代言人，今年也不例外。

周襄要做的就是从另一头走过来，在橱窗前停下脚步，发现玻璃柜里的巧克力。然后镜头一转，她就像刚从甜品店里出来，撕开巧克力的包装，放进嘴里。

巧克力的浓郁在口中化开，丝滑直到喉间的美妙，让她看到了一位金发碧眼的男人，邀请她跳一支舞。街上的鲜花变成了小号，绿叶变成小提琴，橱窗里的人偶弹着钢琴……

嘴里的巧克力融化完了，她睁开眼，还是那条街，只是刚刚经历的一切都不存在。她眼睛一转，低头偷笑。

离开镜头。

周襄的演技没有任何问题，但肢体严重不协调，跳舞那一段反复NG。这大概是她长期宅在家里不运动，造成的后果。

最惨的是和她搭戏的外国小帅哥，被她踩了不下十几次，还笑着安慰她："It doesn't matter."

完成拍摄，时间已经走到夕阳西下。

Joey 早在下午三点就拿着钥匙，先去帮她搬家了，也有可能是看不下去她的"踩人舞"。

周襄坐在保姆车里啃着三明治，配着热咖啡。她舔过嘴角的沙拉酱，看着车窗外，正是下班的高峰期，人们神色略显疲惫脚步匆忙地走着，高楼在垂暮的包裹下，平静而深沉。

新公寓名字挺文艺的，叫蔷院六号。听说五月到九月蔷薇花开的时节，从公寓大门进来，会被这条道路上搭建的花隧道惊艳。

美都是要付出代价的，这里比周襄原来的公寓小了十平方米，租金却贵了一倍。签约时预交三个月房租，简直是在放她这个二线小花旦的血。

所幸，她的新家在十六层，拉开窗帘就可以把这繁华的，也是落寞的城市，尽收眼底。

Joey 在她回来之后就走了，他说晚上还有个饭局要赶过去。他比周襄还忙，起码这条广告拍摄结束后，她就要开始享受名曰空窗期的小长假，等十二月中旬的试戏。

她活动了下手指，推出美工刀划开纸箱上的胶带，进入整理模式。一直收拾到夜色如浓墨，华灯璀璨。

舒服地洗完澡，周襄头上裹着毛巾，走到窗前。唰地一拉窗帘，告别这些奢靡的流光溢彩。

她取下毛巾擦着头发，转身发现靠在沙发旁的相框，于是又把百忍成钢四个大字，挂上了墙。

如果要列出人生中难熬的事，除了承受亲人离世、病痛折磨以外，还有暗恋一个得不到人、失去一段刻骨铭心的感情、牙疼、饥饿。

深夜十一点，周襄睁着眼睛直勾勾地盯着天花板，四周静悄悄的，她感受着饿肚子的煎熬。

仔细回想今天一整天里，她就吃了一颗糖、一杯咖啡，和三明治。所以本该十分困倦的人，在床上翻来覆去地滚，饿得睡不着。

她愤愤地坐了起来，掀开被子下了床，连灯都不开，直接蹭着拖鞋走到厨房，手都按在冰箱门上了，才想起这是她第一天搬来，还没来得及去添置些粮食。打开冰箱，也只有冷气。

她靠着餐桌冷静了一会儿，站直了身子，干脆一不做二不休。她在当睡衣穿的T恤外随意地套上毛衣，再从衣架上扯了一件连帽外衣，就这么出门了。

她想，反正公寓区里就有超市，黑灯瞎火的，谁也看不清谁。

二十四小时便利店里灯光明亮，收银员正拿着手机看电影消磨时间。周襄将背后的帽子拉到头上，走了进去。果然，收银员抬头看了她一眼，又埋头到手机屏幕里。

周襄连货架都懒得去逛，笔直地走向卖关东煮的地方。大锅里是一个个方形的小格子，里面浸着竹签串起的丸子、鱼糕等等。

热气扑在玻璃隔板上，她咽了口口水。

不知道是困得昏头了，还是饿得眼花了，周襄从冰柜里拿出她以为是苏打水，其实是一罐啤酒付了钱，拎着一碗打包好的关东煮，出了便利店。

新公寓过分的有腔调是让她费解的，进公寓楼有两扇玻璃门，一扇自动门，一扇需要密码或者按门铃才能打开。

周襄牙齿打战地小跑进来，手指都冻得僵硬了，她哈了一口气在掌心。

在要按下密码时，她停了下来，缓缓歪下脑袋，视线从玻璃门透过去，落在那个站在电梯前，正在看墙上悬挂的电视机里轮播的广告的人。

他安静地站在那儿，很随意地将手放在口袋里，侧脸的轮廓很深，明明这些年来他的长相都没有什么变化，却多了很多沉淀的味道。

眼前的玻璃泛起了雾气，模糊了视线，周襄往后退了半步，在按不按下密码之间犹豫。

Joey 不是说他已经问过这栋楼里没有艺人的吗，那么吴鸿生出现在这儿又算怎么回事？

周襄长长地深呼吸，唇角微微上提，保持住这个她练习过无数遍的官方笑容，才敢去按密码。

"嘀嘀——"

是门应声解锁。吴鸿生下意识转头看向走来的人，目光只在她身上停留了不到一秒钟的时间，便移走。

他眨两下眼，好像是记起了什么，又转回来看着周襄。

她说："您好。没想到这么快又见面了。"

吴鸿生觉得眼前的人有些眼熟，可她的名字却很模糊。

她很快发现了他神情中的疑惑，一边扯下她的帽子，一边笑着说："非常感谢前辈在伦敦时的照顾。"

于是，记忆缱绻，伴随着曾经在她发顶闻过，类似平装书的味道，清晰地呈现在脑海里。

他眉骨上扬，眼神里透着明朗。

周襄见他的表情应该是想起了她，礼貌地回以微笑。

没想到他突然开口："你的……"

吴鸿生指着他自己的额头，问着她："没问题了吗？"

周襄愣了一下，拐个弯才明白，忍不住笑了出来，说着："已经没事了。"

他刚刚的动作加上语气，就像是在问她，她的脑袋有没有问题。

吴鸿生不解地看着她，却带着笑意，淡淡地问："为什么笑，我是说了什么好笑的话？"

周襄抿嘴压住笑容，望着他摇头。

总不能说，笑是因为他的国语表达能力和她自己的笑点低吧。

周襄此刻尚未察觉，为什么她建立好的姿态，到了这个人面前，一秒便被打回原形。

后来她发现这个问题，却为时已晚，他把困住她的荆棘全拔了，满手鲜血，换一个拥抱。

电梯门徐徐地闭合。

吴鸿生面向楼层键站着，边摁亮了数字十八，边问她："到几层？"

周襄应答："十六。"

电梯开始上升人会有一瞬间感觉失重，周襄眼前是光洁如镜的电梯门，她觉得吴鸿生没有及时认出她，这确实不怪他。

先不谈现在她是素颜，或是穿得有多随意，单说她刚剪了个刘海，自己看着都愣一下，才反应过来。

周襄的嗅觉很敏感，在接近封闭的环境里，空气中夹杂着她的洗发水味道，吴鸿生身上有很淡的香水味，因为混着她手里拎的食物气味，闻不出他用的是什么香水。

这时，电梯门上的数字暗了。

"啊……"

周襄张着嘴发出一个单音，还没来得及纳闷，视野黑得毫无预兆，像被谁关了灯。

在过去的小半辈子里，她乘电梯上下没有一万次，也有九千次，这是第一次中奖。而且奖品很丰厚——影帝一位。

吴鸿生的声音紧跟着传来："你有没有……"顿了顿，他应该是想不起中文，于是说出了一个单词，"Claustrophobia？"

周襄费劲地在脑袋里的词典中搜索，结合情景，她猜是幽闭恐惧症的意思。

在等待她回应的几秒钟内，他的视觉已经能适应黑暗，可以看见她的轮廓。

她摇了摇头："没有。"

看着吴鸿生转身，找到电梯的紧急呼叫铃，她鬼使神差地说——

"我有抑郁症。"

话一出口，她的手比脑子快一步抬上来，想要捂住嘴，指尖碰了下唇，又缓缓垂了下去。

为什么她会把心里想的脱口而出了？他会觉得她是随便说说吗，或者会觉得她口无遮拦很无聊吗？慌张的瞬间，思绪如同海潮翻涌而来。

吴鸿生似乎皱起了眉头，努力地想看清她，问着："那这样的环境，你还可以吗？"

她愣了一下，耳蜗里的海浪声逐渐平静。

他的语气里是关切和担心，再没有别的情绪。

也许是吴鸿生这个人身上，有让人安定的气息，困在不到两步就能触及对方的空间里，周襄无力反抗，只能坦白从宽。

是开玩笑的，她该说这一句，到嘴边却变成了："没关系，我挺喜欢暗一点的地方。"

话音落下，电梯里的灯意外地亮了。

光线来得突然，她下意识地眯起眼睛。

头顶响起"叮咚"一声，接着是平淡如水的女声说着："由于故障导致电梯停止运作，维修人员正在抢修中，请您不要慌张，耐心等候，给您造成的不便我们深感歉意。"

这段话重复播放了两遍后，取而代之的，是交响乐版的《蓝色多瑙河》。

周襄回过神来，感慨着："想得这么周到，看来物业费没白交啊。"

吴鸿生笑了："电梯都停了，你还表扬它？"

周襄眨了眨眼："我骂它也不会立刻就好啊。"

他薄唇一抿，眼中笑意不减，点头："很有道理。"

时间过了几秒，电梯当然没有要恢复的迹象，趁此，她也知道有点冒昧，但还是问了句："前辈是住在这儿？"

吴鸿生今晚是被以前的经纪人叫来聚一聚，再过几天他前经纪人移民澳洲，能碰面的机会相对就少了，不免有些遗憾。

他走神片刻，对歪着脑袋看他的人笑说："不是，我一个朋友，他住在这里。"

周襄无声地扬了扬下巴，口型是个哦字。想想也是，这里的公寓售价对她来说，无疑是个沉重的负担，可对吴鸿生而言，大概和买个厕所差不多吧。

转念，她又好奇吴鸿生口中的朋友，是男的，还是女的？

吴鸿生刚出道的那几年，为了提升演技，试过不停地去揣摩别人的心思，从显而易见的肢体语言，到一个细微的眼神。

但是他没有那么神奇的读心术，只是猜测她此刻的想法。

"目前我没有女朋友。"他这么说着。

周襄愣了一会儿，微蹙着眉问他："我有表现得很明显？"

吴鸿生低头，手背挡在鼻尖下，笑出了声。

他那有数不清的少女心遗落在上面的肩膀，轻轻颤着。

啤酒易拉罐上的水珠滑下，浸湿透明的超市塑料袋。

维修人员不知道是不是半路回家睡觉了，他们等到此时，早已经在电梯里坐下。

吴鸿生不是高高在上冷如霜的人，周襄也不是那种柔肠百转的性格。于是话题由正在热映的电影，自然地过渡到圣诞节，两个人聊天的氛围，仿佛认识了多年的老友。

多半是周襄在不急不慢地讲着，偶尔卡壳一下，吴鸿生却不打断，等她想起，接着讲下去。

可能是少女时期看过太多他的电影，到现在只要新闻里有他的名字出现，她还是会留意。

所以现在吴鸿生给她一种很熟稔的感觉，亲近得像是在深夜里起床，迷糊地走到厨房，闭着眼睛都能摸到，她最喜欢的那个水杯。

周襄从口袋里掏出手机看了一眼，现在是零点过五分。

她抿了抿唇，饿得快胃疼了。

"前辈你介意，我在这里吃东西吗？"

吴鸿生随即注意到，她放在身侧印有超市字样的塑料袋里，包着一碗东西。怎么不早说，大概都冷了吧。

周襄抽出筷子掰开，在掌心搓了搓，再从袋子里端出关东煮，摸着还有点余温。

她揭开塑料碗盖，一手托着碗底，夹起一块白萝卜习惯性地吹了一下，想起应该不烫，就直接放进嘴里。

她吃饭的时候很专注，低着头，睫毛温顺地垂着。吴鸿生看着她柔软的头发藏在衣领中，有种想伸手去替她撩出来的冲动。

吴鸿生曾经在香港投资过一间法国餐厅，初衷是为了给前女友一个惊喜，她是在法国长大的华裔。

他们分手后，餐厅也继续经营了很长一段时间，原因是他对法国菜产生了浓厚的兴趣，并且有空会自己当 chef，给人做菜，设计菜单。

他不是三分钟热度的人，如果有感兴趣的事，他会愿意花一辈子去研究。

后来餐厅歇业是因为他那段时间太忙，无暇顾及。另外，还有一点他自己任性的成分在其中。

食客绝大多数是冲着吴鸿生这个名字来的，所以他们不是很在乎菜品的质量，好像只是来拍张照纪念，到此一游。

餐厅变成景点，这对厨师来说，是一件挺令人遗憾的事。

也许，每一份深情都不是突如其来的，需要时间去日积月累。

但好感相对而言显得随意些，可以是随机播放的音乐中，有那么一首简单的旋律，正好打动了他。

比如，她安静吃东西的样子，让他觉得舒服。

就像在寂静的夜里，可以什么都不去想，只欣赏玻璃窗把车水马龙的嘈杂隔绝，留下繁华的灯景。

周襄好不容易戳中一粒在汤水中游走的丸子，就听见吴鸿生问她："好吃吗？"

她不带犹豫地将筷子伸了过去，自己先愣了一下，没来得及收回手，吴鸿生几乎是下意识地张嘴接过。

既然他不觉得有什么问题，周襄也松下肩膀，看他的眼神，是在询问味道如何。

有很久没有吃过速冻食品，再尝一次真的不怎么样，可是他违心地说："还不错。"

周襄撕开纸巾的封口，擦着嘴巴，将碗筷收进塑料袋里扎紧，以免味道跑出来。收拾完这些她转过头，正好和吴鸿生的眼睛对上，她不好意思地笑了笑。

她说："我能问你一个问题吗？"

吴鸿生没有迟疑地点头，留意到她自然地去掉了前辈这个称谓。

"你知道我的名字吗？"

话问出了口，她有点忐忑地看着他。

吴鸿生没猜到她会问这个，顿了一会儿没立刻回答。

她心中有些莫名的沮丧，正准备自我介绍时，他眼里夹着温软的笑意，看着她："周襄。"

他的嗓音偏低沉，又略沙哑，在她的记忆中说过无数经典的台词，竟然没胜过他念的这个名字。

可惜下一秒，他接着说："我看过关于你的新闻。"

周襄听着就蔫了，即便圈里不乏"黑历史"比她还红的案例，但她不想成为其中之一啊。

她抿了一下唇，慢慢问："那……你相信吗？"

怕他不理解，她又补充："有一些新闻里的我，非常的……让人难以接受。"

吴鸿生没有直接给她答复，而是问她："那都是真的吗？"

她坚定地否决："不是。"

他笑着说："我想也不是。"

她小声说："谢谢。"

吴鸿生平时不太会讲大道理开解别人，现在有点无从下手的感觉。

他思索了一番，才说："不要给自己太多的压力，艺人这份工作确实挺烦的，有时候一条捕风捉影的新闻，就可能把你辛苦几年的口碑都毁了，甚至不认识你的人，都来指责你的不对。所以，不必去理会攻击你的人，无动于衷是最好的武器。"

顿了顿，他说了这么多，最想表达的是："你的好，看得见的人自然会知道。"

周襄睁圆了眼睛，看着他好一会儿，没出息地只能想到："我们微博互粉吧。"

"我的手机不在身上，而且不经常玩微博。"

"没关系，前辈什么时候想起来都行。"

是气氛太好、他的目光太温柔，才让她忘记了吴鸿生只是一个大写的人品好，不能因为多安慰她几句，就得寸进尺了。

听到她又把前辈搬了出来，他无奈地接着说："所以，能给我你的电话吗？"

周襄有些惊讶地眨眨眼，脑子里一片空白。

恰好，等待已久的电梯门上的数字，重新亮起来，也唤醒了走神的周襄。

她急忙站起来，又弯腰提起地上的袋子。

"……我也不经常给别人号码。"

他笑了："别紧张。"

他说："我只是想先和你交个朋友。"

语气真挚，反倒显得周襄想得太多。可她要怎么理解，那个"先"字。

她莫名地害怕，但找不出合适的理由拒绝。巧的是，她掏出手机，可屏幕没法按亮了。

她抬头，抱歉地说着："我手机没电了。"

吴鸿生耸肩，淡淡地说："那看来是我运气不好。"

她忽然觉得遗憾。虽然说不清，到底害怕的是什么，遗憾的又是什么。

"叮"的一声，电梯门在十六层打开。

她说："再见。"

他点头："再见。"

直到她背影消失在视线的前一秒，吴鸿生都没有太大的情绪波澜。

他的感情观是理性的，在不稳定的情况下，不陷进去；在不确定的条件下，不刻意强求。

他不否认，他担心周襄或许会成为一个例外。所以他的运气不好，到底该庆幸，还是可惜？

吴鸿生抬手，按下关闭电梯门键。

突然间，一个易拉罐出现在即将合上的门缝中。电梯门又打开，他愣了一下。

她走了进来，站在他面前。因为身高的差距，她需要稍扬起下巴："如果我念一遍，你能记住吗？"

他有个不太好的预感，无关运气好坏，是他可能掌握不了自己。

吴鸿生故意拧起眉："有点困难。"

她说："两遍？"

他的神情还是为难。

"三遍？"

他忍不住笑了，不再逗她："一遍就可以了。"

即使周襄进入了演艺圈，也从没想过和吴鸿生会发生什么，毕竟他们距离太远。说不定等她有资格与他合作的时候，他已经退出娱乐圈了都有可能。

因为不知道，爱情没有距离，只有四季。所以没料到，有一天，它会被换季的风，吹到肩上。

/ 04 /
直到生老病死，都要做她的英雄。

周襄回来的第一件事，便是先处理了手里拎着的一袋垃圾。然后打开冰箱，冷光照在身上，绢丝般的寒气扑面而来。

在她要把金属罐装的"苏打水"放进冷藏层时，她心中"咦"了一声，将它拿到眼前。被电梯门挤压过，有点凹陷的罐体印着一颗柠檬，上面写着花体英文单词 beer，怎么是啤酒？

把啤酒搁到透明的置物架上，她迟迟没有关上冰箱门，盯着那稍稍变形的易拉罐出神。

如果买错苏打水的原因是她太困了，恍恍惚惚没有看清包装。那么困在电梯里已经清醒的她，该怎么解释，走了两步又回头给人电话号码的行为？

她摇头，站直身子顺手推上冰箱门，为什么要想这些，反正冲动都是没有理由的。

将手机连着充电器放在床下，她换了衣服又重新刷牙洗脸。收拾完自己，她把头发撩到一边肩头，靠着床沿，盘腿在地毯上坐着，目光停留在手机屏幕上。

每隔几分钟，她会按亮屏幕，除了电量在加满，时间的数字在改变之外，没有任何动静。

可能吴鸿生也只是一时兴起，转头就忘了她的号码，或许根本没有留心记过。

这么想着，她有点失落。

她立刻直了腰背，猛地甩了下头，一定是魔怔了。

请你老老实实去睡觉好吗，心中的小人对她说着。

可当她准备上床的时候，余光看见窗帘没有拉严实，留着一条空隙。她的强迫症发作，走上去想要拉紧窗帘时，就愣住了。

她手攥着窗帘布，眼前是一点一点的白霜。她呼吸，雾气扑在玻璃上。

等回过神来，周襄将窗帘向两旁扯去，是漫天的雪点纷纷扬扬，落在这座城市里。

她低头朝下望去，花园里停着的几辆车，车顶毫无例外都积了一层灰白的雪，看样子是下了有一段时间了，她竟然没有察觉到。

今年的初雪。

缓缓拉上窗帘，房间里更暗了些。

现在睡不着倒不是因为饿了，而是脑袋里的《蓝色多瑙河》，就像单曲循环一样地播放着。周襄实在受不了了，下了床把书架上的音响打开。

搬家的时候没动过里面的 CD，是 Gabrielle Aplin 的一首《salvation》。

昨夜突如其来地降了一场雪，到了早晨就剩下大雾盖着青灰的天空。

郑温蒂怕冷，车里的暖气总是开得很大，所以周襄一坐进车里，就扒掉自己身上的装备，侧身将她咖啡色的厚羊绒外套，扔在后座上。

郑温蒂一边打着方向盘，一边说着："你的新公寓真是戒备森严啊，值班室的电视机里都在放《孟府风云》了，他还要我出示证件。"

大型年代剧《孟府风云》的女主，就是郑温蒂。

不过，周襄的注意力集中在，郑温蒂握着方向盘的手。她袖子略长，但还是可以看见缠着手的纱布，只剩手指露在外面。

郑温蒂正在拍摄的是小说改编的都市爱情剧，进组这么多天来，她们只是偶尔聊两句微信。今天清晨天没大亮时，郑温蒂突然打电话来说她这两天没排戏，来接周襄去喝咖啡。

她不是没有留意郑温蒂的动向，但是除了郑温蒂的粉丝和原著书粉之间的口水战外，并没有看到关于郑温蒂受伤的消息。

周襄问着："你拍的是武打片？"

郑温蒂下意识地也看向她自己的手，只是极快地扫了眼："我……"

"别说你摔的，不信。"周襄打断她正要说的话。

郑温蒂说："你额头都可以是摔的，我的手为什么不行？"

"后来我也实话实说了啊。"

郑温蒂目不斜视地盯着路况，半晌才吭声："等我喝口咖啡再跟你说。"

扫去积雪的柏油路上冻着一层冰霜，看起来滑不溜秋的。

商业街不允许停车，郑温蒂将车停在对面百货大楼的地下停车场里。

下车前周襄穿上外套，顺手把她的围巾绕在郑温蒂脖子上。米色粗线围巾和郑温蒂清纯可人的脸，还是挺搭的。

这里是商业区，只要不是上下班高峰、周末，街上的行人甚少。

咖啡店外摆着几把藤条椅，桌上放着一盆假盆栽。漆白的窗口里嵌着的玻璃上，有白色颜料的涂鸦。绿白相间的雨棚上印着店名——鲁文之家。

是郑温蒂很喜欢的咖啡店，原因是甜品好吃。

推门进去，一阵麦香混着奶油，不厚不重，刚刚好地扑来。放眼望去，有几桌椅子都还没从桌上拿下来，她们大概是今日最早的客人。

周襄找了个靠窗的位子坐下，看着郑温蒂站在冰柜前，十分认真地挑选，冰柜里头的甜品由浅到深的色调一个个排着。

在暖气的包围下，没多久周襄就感觉有点热，脱下了外套挂在椅背上，正好郑温蒂已经端着餐盘来了。

映入眼帘的是一份香草慕斯、一块黑森林蛋糕和两杯美式咖啡。

周襄拿起银色的叉子，穿透蛋糕一角，松软的巧克力下陷。

"我最近比较喜欢抹茶味的东西。"

郑温蒂对她两天一变的口味，表示一点也不稀奇："那你别碰，反正我的体质吃不胖。"

听她这么说着，周襄急忙往嘴里送，完了还要赖般地冲她笑。

郑温蒂摸透了她的性子，她就是个对任何事都只有三分钟热度的人。连周襄自己都坦言，演戏是以养家糊口为目的，一点兴趣也没有，多亏这样，才能一直坚持下去。

周襄舔了下嘴角，搁下叉子，两手交握放在桌上，认真地盯着她。

郑温蒂瞥了她一眼，语速平缓地解释着："组里前两天塞进个女的，不知道是赞助商还是出品方的亲戚。编剧多给她加了几场戏，我刚好就往后挪了。"

周襄不满地说："我是问你的手。"

"也跟这女的有关系。"

顿了顿，郑温蒂接着说："昨晚她到我房间，说她的闺蜜来探班送了两瓶蜂胶给我，想见见我。我心想这都送礼了，收不收都得见一见吧，我就去了。没想到，原来是个鸿门宴。"

她故意卖个关子："你猜，我见到谁了？"

周襄心中立马就浮现了一个答案，不由得皱起眉头来。

她就像是看见了周襄想到的人名，点头说："对，杨嘉妮。"

"她不就是吃定我，不敢当着别人面和她撕破脸吗？"

她自嘲般地轻笑："别说，我还真不敢。"

尽管郑温蒂顶着傻白甜的头衔，但也是有观众买账的。她可没傻到，把自己辛辛苦苦经营十几年的正面形象搭进去。

"好歹我在这圈子里也熬了十几年，这么低级的挑衅还刺激不了我。可我要走的时候，她不知道哪儿来的牛劲，拉了我一把，手就划到旁边的道具上了。"

郑温蒂伸出受伤的手来摆了摆，她强装云淡风轻，眼眶却红了一圈。

她食指勾住咖啡杯，端起来抿了一口，苦涩的味道在舌根蔓延。

"医药费加精神损失费，共计一万六千二百二十二块五角，我发票都准备好了。"

郑温蒂说："如果杨禾轩不替他的好妹妹掏钱，我们就庭上见。"

从她开始讲述到现在，周襄一直沉默不语。

郑温蒂手中的勺子刮下绵软的慕斯，刚送进嘴里，就听周襄冷不丁地来了一句。

"如果我是亿万富翁就好了。"

"哈？"

周襄心里发酸，认真地说："管他是什么霸道总裁，搞到他破产，然后让你拿钱砸死这对狗男女。"

郑温蒂愣了一下，接着笑了起来。

她笑得上气不接下气，仿佛真的是个很妙的笑话，伴随着眼泪不受控制地滑过面颊。

郑温蒂想不通，明明被抢了未婚夫的人是她。

结果到头来，却成了她不近情理，她不懂得成全，她拥有了光鲜亮丽的外表还不满足。而他们是真心相爱，他们是天造地设。

她真不知道自己是做了什么伤天害理的事情，该被人这么来羞辱，这么去践踏。

委屈吗？没有地位的人，没资格委屈，只好忍着，也只能忍着。

可是没有一个人来告诉她，要忍到什么时候。

郑温蒂用指尖抹去眼下的泪痕，怕花了妆。

她吸了吸鼻子："你再说一遍，我要录下来，万一见鬼了呢。"

光线透过格子窗，铺在暖色的木地板上。

咖啡杯里冒出的热气在光晕下升腾，街上很安静，除了刚刚走过两个穿校服的女生，很兴奋地在外面拍照，郑温蒂还笑着跟人家挥了挥手。

等到周襄眼前的盘子里只剩下蛋糕碎屑，她拿起杯子，还没来得及碰上唇瓣，手机先振了一下。

她漫不经心地解锁，信息来自一个陌生的号码——

早上好，没有打扰到你吧？

周襄困惑地皱了眉，写了一句：请问您是？

信息刚发送出去，她想起了什么，脑袋就唰地空白了。

不到一分钟，对方回——

记住你电话号码的人。

周襄愣了一下。

她想过也许是他，可没想到真的是他。

郑温蒂狐疑地看着周襄，因为她正低着头看手机，唇角勾起一抹笑意。

"和谁聊得这么开心啊？"

周襄无意识地脱口而出："吴鸿生。"

以为她顺嘴说的，郑温蒂也极不走心地"哦"了一声。

周襄抬起头，郑温蒂肯定认为她是随便应付一个人名，刚想坦承地解释，就被她打了岔。

郑温蒂对她说："那你帮我问问他，怎么样才能把杨禾轩踢出春秋，我现在看到这人就反胃。"

周襄反问："吴鸿生和你们春秋有什么关系，他不是聚星的吗？"

郑温蒂摇了摇头："孤陋寡闻了吧。"

"吴鸿生是春秋的股东，听说他的股份占比，是这个数……"

郑温蒂边说着，边伸出手指来，比了个四十。

她又接着说："然后，陆侨白的持股权是……"

她比了个，四十一。

周襄知道陆侨白是春秋影视的董事，但是却被他俩的持股权就差了一个点，给惊到了。

郑温蒂没察觉她有什么不对劲，把这事当八卦来聊着："至于他为什么还留在聚星，可能是念旧情吧。我也不太清楚，跟这位前辈不熟，没见过几次。"

周襄放下手机，身子向对面倾去，一脸纠结的神情："其实，我一直没敢问，你和杨禾轩的关系，算不算是……相杀相爱？"

"爱就免了，如果杀他不用担法律责任我早就动手了。"

如果遇到了需要化悲愤为力量的情况，在周襄熟识的人中，Dr. 林会选择投身慈善工程，走入贫苦山区，感受爱与人文的伟大。

Joey 会开一瓶名贵的洋酒，尽管他酒量不是很好，喝醉了会语无伦次地大谈黑人和 hip-hop 的历史遗留问题。并且每次都在清醒之后，就开始懊悔为什么要开最贵的那瓶酒。

最特别奖颁给大老板，因为他会选在一个阳光透亮的地方，在桌上铺开一卷宣纸，执笔抄写《金刚经》。

周襄总觉得他是舍不得花钱做公益，酒品又太差。

郑温蒂遇着堵心的事，和大多数女人一样喜欢做一件事情，就是疯狂地购物，刷爆卡。为了在下个月还清信用卡，拼命工作。如此一来，她就没有时间去回忆那些令人恶心的事。

周襄认为这个方法可行，陪着她在 shopping mall 里折磨双腿，幸好她穿的是平底鞋。

中午在顶层的火锅城，郑温蒂终于如愿以偿地把卡刷爆了。

到达地下车库电梯发出"叮"的一声。

她们两手拎满了印着名牌的纸袋，站在钢琴白的车旁。

郑温蒂歪着头，打量此刻在她车顶上放着的，一个透明的用来装两栖动物的盒子。

"这什么玩意儿？"

周襄眨眨眼："很明显，青蛙啊。"

盒里有一只跟鸡蛋差不多大小的角蛙，在盛着一点水的盒底，腮帮子一鼓一鼓的。

感到莫名其妙的郑温蒂，找不到合适的措词："我是说……谁把这丑蛤蟆放在我车上的！"

驶出了停车场，天色不好，有些阴沉沉的。

电台里主播温柔的声音正说着："预计下周将迎来强降雪天气，请市民尽量减少外出，出行携带雨具，注意防寒保暖。"

郑温蒂把她送到公寓，在周襄要下车之前，拦着说："哎，等等！"

周襄一脸茫然地看着手里，被郑温蒂塞来的盒子。

"是你说要带走的，当然就由你养着呗。"

"我养？"周襄指着自己。

她十分不确定地接着说："死了怎么办？"

"连它都养不活，你也别活了。"

郑温蒂把她推出了车门外，潇洒地冲她挥了挥手，一脚油门走了。

目送郑温蒂的车消失在视线内，角蛙"呱"了一声，周襄将它拎到面前，对视一眼。

公寓楼前的台阶是光滑的瓷砖地，怕踩上去会被雪水滑倒，物业还特意铺了红地毯。

周襄在电梯上升的途中心有余悸，真是一朝被蛇咬。万一再被困，陪着她的，从影帝到青蛙，落差有点大。

进了家门先把它放在鞋柜上，扔下手里的大小纸袋，没力气脱鞋，四仰八叉地倒在玄关。

她浅浅地呼吸，盯着天花板，认真地考虑了十秒钟该不该每天晨跑，锻炼一下身体，接着用三秒钟决定打消这个念头。

保持躺着的姿势不变，她摸到包里的手机，举到面前。

从吴鸿生发来那一句"记住你电话号码的人"后，她没有再回短信。

不是她要吊人胃口，而是想不到该说什么。

周襄当然懂得人情世故，只是那些用于交际上的礼貌寒暄，她不愿意这样对待吴鸿生，起码他会成为对周襄而言，特别的那一个人。

但是她没回信息，他也没回。

看着手机发呆的后果，就是它不偏不倚地掉在了脸上。她捂着被砸到的眼睛，坐起身来脱鞋，蹭上藏蓝的棉布拖鞋。

她趴在餐桌上，和那只蛙对望。它的两只眼睛下方分别有个红点，就像害羞时的红晕，看着还是挺可爱的。

她对它说："朋友，以后你的一辈子说不定就栽在我手里了，多多包涵，过两天给你换宽敞的大鱼缸。"

周襄洗完澡后感觉中午吃多了不消化，在厨房的抽屉里搜找消食片。倒水的时候瞥见墙上挂着的日历，二十五日下面印刷着圣诞节三个字。

她走了神，水溢出了杯子。

周襄本来以为自己的空窗期很长，很长。

然而，事与愿违这个成语就跑出来作怪。

她才在床上赖了两天，就接到 Joey 的电话。

当 Joey 在听筒那头用 Rap 一样的节奏感，完整地表达了他要说的，周襄还在半梦半醒之间，没缓过劲来。

她艰难地从被窝里钻出来，揉着太阳穴。

Joey 觉得自己够简明扼要了，可是那边的周襄愣是许久没出声。要不是没有嘟嘟嘟的忙音，他还以为她挂了电话。

默不作声的这几分钟里，她正在用逐渐清醒的脑子，整理 Joey 所说的事。

春秋影视公司制作，陆侨白亲自导演电影，她有耳闻却没去关注。因为这类规模的大片，和剧圈都还没混出名堂的周襄，扯不上关系。

可就在一个小时前，Joey 接到了来自春秋影视《鹤归》电影制作组副导演的一通电话。《鹤归》正是陆侨白要筹拍的电影，他们目的明确，要周襄出演女主角。

Joey 还来不及做出回应，对方就说，完整的剧本已经发送到他的邮箱。不用强调，Joey 也听见了"完整的"这个词。

按照一般的流程，导演看中的人是会给故事梗概和三分之一的剧本参考。只有在演员确定出演签订合同后，才能拿到完整的剧本。

由此看来，这意思是非周襄不可了？

Joey 不是没接过大制作的影片，可周襄是真没有。

就目前来说，周襄只在海外拍摄过一部电影，但日本情况特殊，他们对电影制作的要求，远远不如电视剧来得高，所以和国内的现状根本没可比性。

圈内有多少当红一线的女演员盯着《鹤归》这块肥肉，不仅仅是已知定下的男演员全是大腕级演技派，更因为整部影片只有一个主要的女性角色。

天上掉馅饼，躲过重重伸着胳膊的抢夺人，偏偏砸在周襄脑袋上，未免太稀奇了。

更稀奇的还在后头，Joey夹着笔记本，第一时间去和大老板商讨，却没想到大老板在粗略的阅读了剧本之后，皱起眉头。

沉默了半晌，他说："得想个好点的理由推了。"

Joey丈二和尚摸不着头脑了。他瞄过一眼剧本，又是个反派，跟周襄以前的角色大同小异，就是换成了古装而已。

虽然她现在要转型，但这次机会等于是人家春秋主动来当推手，推她上去。

即使是匪夷所思的，却也是千载难逢的，她极有可能就此一炮而红。代价不过是今后摆脱这类荧屏形象，有点难度了。

大老板已经决定的事很难更改，Joey也懒得劝说，反正很早就对周襄混出头不抱什么希望了，单纯当照顾一下妹妹。

毕竟手里不止她一个艺人，而且娱乐圈的盘子够大，有机会就敲几个通告给她，也不至于像她说的会饿死。

不过，要推掉这部电影的邀约，太让人头疼了。

周襄这个月中旬的试戏，又改到了下旬，剧本是业内有名的编剧创作，非常有诱惑力的角色，演好就是刷好感的洗白神剧。

然而制片出品方均是，春秋影视公司。

如果这头她推了电影，可想而知，那边让她上剧的几率有多小。

周襄抓了抓头发，嗓音沙哑地对着手机说："我先看看剧本吧。"

她眼睛都还没睁开。

话音刚落，周襄放在书桌上的笔记本电脑叮地响了一声，是收到邮件的提示音。Joey 如此光速，肯定是坐在电脑前。

挂了电话看时间，现在是晚上十点。

她下床打着哈欠，赤脚走出房门，地板有暖气烘过没有感觉到冷，厨房的瓷砖是真真切切的凉。打开餐柜，一眼就看见孤零零待在角落的一盒咖啡。

冲了杯咖啡，顺便把那只蛙拎回了房间，她抱膝坐在椅子上，点开邮件。

此刻房里很安静，连公寓楼下有车经过的声响都能捕捉到。三合一的咖啡偏甜，她还是喜欢苦到发酸的黑咖啡。

过去了半个多小时，周襄大致浏览完了剧本。她想，她知道为什么大老板不让她演的原因了。

《鹤归》是一部以动作悬疑为卖点的影片，节奏紧凑，单看剧情张力十足。

每个人物都有一些亮点，此片最妙的设计是除开男主，全是反派。而指定要周襄饰演的女主叫倚雀，是个手无缚鸡之力的青楼女子，恰恰是最大的 boss。

倚雀从被生母遗弃，流落花巷，到偶遇男主，无意间得知了他两人是亲兄妹，便搭救了她的剧情都在中部情节推进。男主探案时以半回忆半对话的方式展现，后半部分才是慢慢解开谜团。

和深受皇帝器重的男主不同，悲惨的命运如梦魇般紧紧勒住倚雀。对比之下，她仇恨的心不断生长，她不惜一切代价地报复，在爱与恨中挣扎。最终是作茧自缚，着一身绫罗绸缎，厉笑之后，将长剑没入腹中，了结此生。

周襄不自觉地把手贴在小腹上。

虽然一直在用着淡化疤痕的霜，但指尖抚过，还是能轻易摸出一道疤。不是很长，大概有两三厘米，长出的新肉和旁边的皮肤触感不一样。

几年前她还不了解自己有抑郁症，没有及时接受治疗，造成她做出极端自残的举动。这件事在那时除了医生、护士和大老板之外，没有人知道。

并且，这个倚雀的身世和周襄的，还真有点相似。

估计大老板是害怕她压力过大，重蹈覆辙。

可周襄觉得自己现在状态还是挺好的，最多偶尔会有些无端消极，但是接下这片也应该没有什么问题。

主要是这部电影的片酬一定很高，不演实在可惜。同时，又牵扯到她要试戏的新剧，说不定因为这样，还没去试就被人拒之门外了。

她愁得不知不觉把甜咖啡都喝见底了，放下杯子，突然想到了一个人。

不行不行……她摇头。

可是又想不出其他的路可走，犹豫了有一会儿，她还是拿起了桌上的手机。

Joey正刷着牙，就听卧室里传来手机铃声。

他含着一嘴的泡沫接通了电话，那边的周襄说："我在春秋有个认识的人，也许他可以帮我推掉这片，不会影响到试戏。"

"郑温蒂？"

"……不是她。"

听筒里传来唰唰的漱口声音，等了片刻，Joey 吐出一口泡沫水，说着："你试试吧，只要别……什么不开心地结束那个词。"

她猜："不欢而散？"

"大概就是这个意思吧。"

结束通话，Joey 将手机搁在镜前架子上，洗了把脸。

他十分疑惑地想着，她在春秋认识的人，除了郑温蒂，那只有……杨禾轩？

不可能。

Joey 立刻就否定了这个答案。且不论她对杨禾轩避之不及的态度，杨禾轩只是春秋的艺人，还没有那么大的话语权。

怪了，到底是谁？

Joey 这么仔细一想，好奇心就被勾起来了。

他后悔刚才没多问一句，现在打进周襄的电话，是一个冰冷的机械女声，语调毫无起伏地说着——

"对不起，您拨打的电话正在通话中，请稍后再拨。"

夜晚。城市的骨架上，纵横交错着霓虹的光影。

陆侨白驱车来到有市中心桃花源之称的伴月山庄，住宅区里独栋而立的别墅，环抱千亩翠绿，有两个约五千平方米的人工湖。

看得出是借鉴了园林景观设计，大面积地栽植树木以及珍稀品种的花草。如果不仔细寻找藏在深处的别墅，还以为导航把他骗到了森林公园。

然后，远不止如此而已。

伴月山庄早期放养珍禽，又占地灵，导致了后来竟然有野生飞禽飞至此处栖息。

当年陆侨白初到此地，在吴鸿生别墅前发现一只路过的孔雀时，情不自禁地说了一句："真他妈会玩。"

是他低估了这养老圣地，没想到它居然还是个生态景点。

驾轻就熟地开进别墅旁的私人车库，想不到他陆侨白竟有一天为了躲人，要寄人篱下。从伦敦回来后，他就在吴鸿生家暂住了好几天。

吴鸿生家里的装潢风格，和他本人的感觉差不多，都是在简洁中体现细节。

因为不需要有人安排三餐，家里没有请全职保姆，每周两次家政公司会派人上门，里里外外打扫一遍。所以在陆侨白进门前，房子里是一片漆黑的状态。

他一开门，就被前面楼梯旁立着的断臂人雕像，惊得往后退了半步。

呼出口气，陆侨白进屋开灯。上楼前他弯着手指，孩子气地敲了一下雕像作为报复。

不是他不懂得欣赏，吴老板说这是维纳斯的雕像，可他真没见过这么吓人的女神。

接到周襄的电话时，吴鸿生正从停稳的车中下来。

他还没来得及带上车门，便先看到了陆侨白的车屁股后面，躺着一盆被撞碎的秋海棠。原本张扬夺目的花枝，现在孱弱地倒在瓦砾泥土之中。

吴鸿生轻轻拧着眉，已经是第三盆了，哪天他实在忍不了就把陆侨白的车给砸了。

他关上车门，发出嘀嘀声，周襄一听，忙问："现在方便讲电话吗？"

吴鸿生认为她的声音即使是在灯红酒绿糜烂的环境里，还是可以瞬间抓住人的耳朵，至少抓住了他的。

"没问题，你说。"

那边的人，反倒是沉默了半晌。

周襄此时套了一件线衫，习惯性地坐在床边地毯上，面对的方向窗帘紧闭，夜晚的幽光从窗帘和地板的间隔中透进来。

她也是纠结了很久才打给他的，曾心想着把他当成一个特别的存在，结果三天没有任何联系，第一通电话就是开口请他帮忙。

吴鸿生是否会觉得，她是个很势利的人？

大概会吧。

周襄认为，她和吴鸿生之间原本差距甚远，因为种种巧合才让他们多走了几步，现在正位于视线中能看见彼此模样的，半步的距离。

她知道吴鸿生的个人修养，就算会厌恶，也不会拒绝帮助她。可是她也知道这一次之后，他们就会转身走回最初的位置，或者更远。

出于对她自己有利的方向考虑，周襄还是决定打给他，但在听到电话接通的时候，意识到可能她要辜负了这半步的距离。

分分钟想掐了电话。

陆侨白将笔记本放在客厅的茶几上，在厨房里搜着可以填腹的东西。

法国菜大厨的冰箱就是不一样，摆得满满当当，色彩丰富。鸡蛋、酸奶、香肠、蔬菜，还有世界三大美味——鱼子酱、鹅肝、松露。

陆侨白拧开罐，听见外面车库传来的动静，他吮了下指尖沾着的鱼子酱，走出厨房。

看见刚进门的人，陆侨白开口："你来……"

他的后半句"煎块牛排吧"还没说完，吴鸿生把手机从耳边拿下来，用手捂着以免被收声，说话的音轻到只剩口型，对陆侨白说："把你电影剧本发给我。"

陆侨白目送他上楼，没搞清楚什么情况地耸了下肩，转身去客厅翻开笔记本，把剧本发到吴鸿生的邮箱。

在吴鸿生走上楼梯，到书房打开电脑的时间里，听筒那边的周襄没有提到她抑郁症的事，而是避重就轻地说了一堆不能接戏的理由。

她说得越多，越发觉得自己连语序都没整理好，就一股脑儿地抛给他。于是想着草草了结，免得吴鸿生被她说烦了。

"如果可以的话，请前辈替我谢谢陆导的好意，但是我还没有准备好，出演这个角色。"

周襄等了好一会儿，电话那头没有回应，她不自觉地将指甲轻咬在唇间。

其实吴鸿生正在看剧本，虽然她说得确实很乱，却也能理解她的意思。

"Sorry."他先为太专注阅读，而忘记回应道歉。

顿了顿，他才接着说："因为陆侨白是我的好友，所以当我知道他要拍电影的时候，我就向他推荐了你。但我没有事先看过剧本，这方面是我欠考量了。"

听到吴鸿生的解释，她连愣神都还来不及，就脱口而出："啊，没关系。"

她拍了下自己的脑门，没礼貌。人家好心推荐角色给她，结果被当成驴肝肺。

刚想向吴鸿生道歉，听筒里却毫无预兆地传来她的名字。

"周襄。"

他的声音一向沉稳，略带沙哑。

让她蒙了一下。

"嗯？"

从第一次接触周襄，吴鸿生就觉得她这个人，是不是太没有安全感。就好像，她手腕纤细得过分，却一直用无反抗的包容，伪装自己看起来一切都很好的样子。

他无奈地叹了口气："不要总说没关系，你也有权利发脾气。"

周襄慌了神。

在娱乐圈里混，最重要的是学会八面玲珑。在这方面她实在摸不着窍门，于是她一味地去迁就别人，起码可以隐藏自己的脆弱。

她以为这是谁都不会发现的秘密，却被他毫不费力地，一击命中。

周襄心神越乱，脑子越空，只应着："嗯……"

他说："这事我会处理好，很晚了，你早点休息。"

周襄忙不迭挂了电话，连声谢谢都忘了。

她扔下手机，环抱住腿，将脸埋进双膝中。不敢抬头，怕看见空气中飘浮着的，是握不住，却又无处落脚的情绪。

书桌上空了的马克杯旁，那只蛙又很不识时务地"呱呱"叫了两声。

吴鸿生的处理方式，就是言简意赅地通知一下陆侨白。

手里还拿着自制简易三明治的陆侨白，来不及咬上一口，眨了眨眼，莫名地看着坐在沙发里的人。

他张了张嘴，又指着他面前的笔记本电脑："不是，我这儿制作组的拍摄报告都过来了啊。"

吴鸿生两手一摊："So？"

陆侨白闭了会儿眼，抿着嘴点头："当初要她来演的人是你。"

"现在你可以选自己满意的人了。"

陆侨白捏了下鼻梁，抬头看向他，说着："我觉得周襄挺好，挺符合我的审美。"

他说的是实话。

一开始吴鸿生提到她的名字时，陆侨白都不知道这是哪儿冒出来的人，还问了一句，她和杨过什么关系？

后来想想，跟杨过有关系的好像叫郭襄。

可是当陆侨白终于抽空看了她的作品剪辑后，眼睛都亮了。

周襄与他脑海里勾勒的倚雀不谋而合，或者说，倚雀根本没有一个既定的形象，直到周襄能毫无违和感地代入。

而且她的演技不差，好像是老天赏这碗饭给她，典型的没爬就会跑的人。

陆侨白以为已经拍板定案，兴奋地通知制作组所有演员都到位了。结果现在跟他说，她不能演了。

搁别人身上陆侨白早就掀桌子了，可偏偏对方是吴鸿生，他只能歇火。

吴鸿生很不走心地给了理由："这剧本不合适，她准备转型。"

陆侨白没接活，他眼下的工作是先审过报告，演员的事再谈，他的演员名单里也不是没有候补。

吴鸿生知道他肯定留有后路，所以一点也不感觉愧疚。当初他也只是推荐了周襄，谁让陆侨白没有先跟她的经纪公司确认一遍。

他又想到周襄似乎提了一句，准备去试戏的事，于是说着："柯磊导演手里，是不是有部剧在选角。"

陆侨白眼也不抬："拿钱来。"

然后，他的脑子在半秒内飞速运作，面色不改地说着："那剧公开试戏就是走个形式，投资方四千万内定人选。"

这种事情很正常，谁出的钱多，谁就可以买走一个角色。毕竟，剧圈比影圈的风气，更烂一筹。

陆侨白从屏幕里抬起头来："你要换周襄，可以啊。他们撤资了你补上，我一个电话说换就换。"他边说着还拿起手机晃了晃，表现得就像压着怒意。

其实，陆侨白心里迫切地希望吴鸿生答应下来。因为最大的投资方不是四千万，而是三千万，在商业头脑比他的意识快一步的情况下，多说了一千万。

但看吴鸿生的表情，的确是有考虑了片刻，可到现在都没有任何反应。

他不为所动的样子，让陆侨白急在心里，嘴上却很有耐心："Frank，中国有个典故叫'烽火戏诸侯，为博美人一笑'。"

陆侨白说："你也就是破点财，人家周幽王把西周都搞灭了。"

吴鸿生算是听明白了，好笑地问："你认为我在追她？"

"不然你在逗我？"

吴鸿生失笑，而后又坦然地说："我承认，我对她有好感。"

顿了顿，他接着说："所以，如果有能够帮到她的地方，我会去帮，前提是在我有余力的情况下。"

陆侨白听着眉骨上扬，舌头顶了顶腮帮子，过了会儿才说着："对你的想法我表示赞同，但是作为你的朋友……"

他忽然停下，整理了表情，更加认真地说："从你和Lucie分手后，这三年多来我都没有听见过你说，对谁有好感。"

陆侨白知道吴鸿生是习惯用理性去思考任何事情的人，可把逻辑用在爱情上，是白白浪费脑细胞。

没有人去计算每天爱了多少秒，分手恨了多少年。

虽然那些运气够好能在茫茫人海遇见了爱上了，却没有走下去的人比比皆是。

但是如果不曾为了一个人，直到生老病死都要做她的英雄，那么这一生过得也太没有意思了。

陆侨白盖上笔记本电脑站起身来，语重心长地说着："不容易啊，你自己看着办。"

语毕，他准备回房间，转身的瞬间，余光瞄到吴鸿生垂眸的神情。果然，他刚迈出两步，就听见身后的人说话了。

"四千万吗？"

陆侨白强压嘴角上扬的冲动，回过身来又是一脸淡然。

吴鸿生挑眉，目光探究："不是个小数目啊。"

陆侨白有种要被识破的感觉："真的是四千万，开个收据给你要不要？"

/ 05 /
我希望你可以和我交往。

　　白色窗帘已经遮不住阳光，耀眼地从南面照进，静谧的房间里，床上鼓起的一团被子下，是她蜷缩在里头，只剩柔软的发丝铺在枕头上。

　　藏在书架上的数字时钟显示着，现在是上午十点半。该上班上学的人早已经走了，而周襄因为喝了杯咖啡失眠了，才刚睡着不到两个小时。

　　马上她就后悔没把手机关机，并且还放在枕边。

　　它振动的频率就像给脑子在按摩，角蛙也凑热闹地"呱呱"叫了几声。

　　周襄睡眠很浅，容易被吵醒，她抓过枕头压在头上，希望能阻挡这声音，但显然没有什么用。

　　她认命地从被窝里伸出手来，摸到了手机。

　　Joey 在带演员方面经验老到，所以今天一早就跟陈逆经纪人交接，领这小孩进组，在一部青春电影里客串一把。

趁着陈逆在车中补换妆容的空当，坐在保姆车副驾的 Joey 结束了一通电话，又立刻拨出去一通电话。

《鹤归》虽然是陆侨白主执导，可他的副导也是现如今国内蜚声的导演，本来亲自找上周襄就够稀奇了，刚刚竟然又打来，为没有先行沟通就单方面定下周襄出演，给他们带来的困扰，深感歉意。

然后只要签一份剧本保密协议，这事儿就算翻篇了。

Joey 终于体悟，活得久了什么事都能遇到，这句话的真谛。

不过一个晚上就让形势急转，他深知自家公司的动作不会这么迅速，一定是昨晚周襄干了什么。

于是 Joey 连忙给她打了过去，接通后也不管那边人连个声都没出，他很是惊奇地说："You're amazing！"

周襄把被子扯到脖子下，拧着眉听电话那边的 Joey 噼里啪啦语速飞快地讲着一串串英文，好像回到了中学时期的听力考试。

她明显还没从睡梦中清醒，闷声闷气道："说中文。"

Joey "咦"了一声："你竟然还没起床？"

老人作息的周襄，就算熬夜也会雷打不动地每天九点前自然醒，由此可见，她一定是早晨才睡着的。

Joey 懒得翻译一遍他的话，只说着："28 号试戏，剧本选段我等会儿发到你邮箱，记得去看。"

Joey 当然不是初出茅庐的新手，借刚才那通电话的好机会，他旁敲侧击地问了问关于周襄要试戏的那部剧的事。

接着对方给了他一个确切的时间，以及在 Joey 连提都没提的情况下，就诚意十足地说稍后将剧本选段发送过去。

Joey 挂了电话，又忘记问她究竟是靠上了哪棵大树，已经不是好乘凉了，简直是在大树上给她安了个窝。

等化妆师从陈逆眼前，挪到他身侧拿发胶时，他看见 Joey 低着头浏览手机屏幕。

"Joey 哥，周襄姐是不是搬家了？"

Joey 正在核对他手里的通告时间，没走心地应了一声："嗯。"

然后又抬起头来，从后视镜里看着陈逆，问："怎么了，找她有事啊？"

陈逆想了想，笑着摇头。

因为许欢哲前辈让他问一问，也没说其他的事。

陈逆小朋友还没彻底摸到圈里的水深浅，尚以为周襄和许欢哲的关系，真如通稿里写的那样，只是被许欢哲老东家拆散的好朋友。

一个小时前。

一手握着杯咖啡、一手捏着 KFC 外卖纸袋的 E 仔，在聚星天地公司里迷路了。

E 仔虽然是吴鸿生的助理，但他不是聚星天地的员工，也区别于 Daisy 艺人助理的职务，而是春秋影视公司股东吴先生的行政助理。

所以他在这一个楼层里晃来晃去找不着北，是有理由的。

安全通道锁着，没有员工卡也不能乘内部电梯。

本来 E 仔以为他们春秋的办公室内设计就够玄幻了，结果山外有山，人家聚星活生生把办公区域变成了博物馆也是厉害，不愧是国内第一，国际享誉。

就是不够贴心，应该给进来的人，人手一份地图。

等 E 仔回到十层的休息室，Daisy 迫不及待地接过他手里的袋子，一边拿出薯条，一边说着："你是跑去火星买的吗？"

E 仔脱下外套，拉出椅子来坐下："你们这儿的电梯太难找了，而且你们公司的员工一点也不友善，想蹭个内部电梯都不听我把话说完。"

Daisy 把薯条往嘴里一根接一根地塞着："是是是，就你们春秋全宇宙最亲切行了吧。"

休息室的对面就是会议室，隔着两面玻璃墙，可以看见里头正在谈话的人。

在一面落地窗前，背光而坐的吴鸿生神情专注地倾听，即使一句话没说，也有让人移不开眼的气场。

他对面正在讲话的，是远东影业的高天宴，此人在执导电影上有着独树一帜的风格，可以称其是鬼才。前两年他自编自导的《战国》成了年度黑马，票房后劲汹汹，在各大颁奖礼上斩获颇丰，也因此成立了自己的影视制作公司。

当然，这种新成立的小公司和国内叫得出名的影视公司，还是有差距的，大公司几乎垄断行业资源，这是无可避免的。

高天宴无论多有才华，也难逃被挤压的命运。

可是现在他手里有一部非常好的片子，这创意不仅国内没有，连海外都未曾见过有人尝试。

但在筹拍上出了很多问题，最关键的倒不是资金，而是远东影业刚起步，名头不行。高天宴看中的演员偏偏又都是一线的，不用挨个去问，都知道这些演员出演的几率不大。

高天宴的恩师，是曾经和吴鸿生合作过《太极阵》的导演，他指的路是让高天宴找吴鸿生，与春秋影视合作，让春秋拿大，远东做小。

高天宴当时有些疑问，如果要和春秋合作，找陆侨白不是更合适？

恩师解惑说，陆侨白这个人商业味太重，没有艺术鉴赏力，肯定给他吃闭门羹。而吴鸿生喜欢投资，尤其是他觉得感兴趣的事，风险越大他投资越多。

但吴鸿生也不是盲投，他目光独到，很容易将人剖析干净，所以跟他说话一定要讲到关键和找到他感兴趣的点，将其放大，才会吸引到他。

如他恩师所言，现在和吴鸿生面对面交谈，高天宴有种被搜肠刮肚的感觉。

E 仔收回向会议室张望的脑袋，啃着汉堡问："我这咖啡还送不送了？"

吴鸿生今天早上还没走出聚星，就被这位远东影业的高先生堵了个正好。E 仔接到吴鸿生的电话，要他买杯咖啡来聚星天地，他心里就知道该怎么做了。

其实是要他借着送咖啡的时间，来催促吴鸿生离开，装出一副经纪人的样子。一来，显得他的时间紧；二来，让人感觉吴鸿生也没有那么大权力。

然而，吴鸿生早已经是站在利益分配线上的强者，自然主导话语权，和聚星也不再是隶属关系，而是合作共赢，经纪人这种管束行为的人，肯定是不需要了。

Daisy 咬着番茄酱的袋子，给了个好建议："你看吴老板表情就知道不用送啦。"

临近两人会议的结束，Daisy 推了下 E 仔，他回头就看见吴鸿生已经站起身，和高天宴握了握手，送人出了会议室。

E仔拿起桌上摸着纸杯都不烫的咖啡，往会议室去。当然不是给速溶咖啡碰都不碰的吴鸿生喝，是他自己啃汉堡啃噎着了。

吴鸿生坐在宽大的椅子里，转过半个身子，偏头看着落地窗外的风景，若有所思。

高天宴的确才华横溢，但他也缺少一根在商圈混的筋。他想让春秋把他的远东带起来的念头表现得太明显，可恰恰说明他是个不会刻意隐藏企图的人，所以吴鸿生答应了与他的合作。

一方面吴鸿生觉得未来时机到了，可以收购远东，这样算是培养人才；其二，他也想看看高天宴能拍出什么惊世巨作。

E仔咕咚咕咚地喝着咖啡，如牛饮水，引得吴鸿生回头看了他一眼。

"帮我看看这周周末晚上有什么安排。"

E仔放下杯子，全身摸了个遍，才想起他的记事本没带在身上，边说着"我去找本子"，边走出会议室。

与此同时，吴鸿生拿起桌上的手机，拨通了一个号码。

角蛙腮下的气囊一鼓一鼓的，两只黑眼睛也不知道，是不是在看着床上的人。

周襄刚把手机扔在枕头上，缩进被窝里，没过几分钟，它又开始振动起来。

她挣扎了一下，闭着眼睛抓过手机，接了就说："求你了，让我再睡十分钟。"

听那头的人鼻音很重，吴鸿生愣了一下，随后感觉她好像真的睡着了，连电话都没有挂断。

吴鸿生将手机拿至面前，缓慢地眨了下眼。

E仔咬着两根薯条进来，在他递上记事本前，吴鸿生先把手机按了免提，然后放在桌上。

看着这本子，让吴鸿生完全搞不清，抬头问他："这是拉丁文？"

"对啊，我妈最近爱上拉丁文化，我就随便跟她学学。"

吴鸿生无奈地笑着摇头，把笔记本往他面前一丢："那你告诉我上面写着什么。"

E仔复述着他记事本上的内容，声音通过无线电波，传送到周襄掌心里快要滑落到地上的手机。

她下意识地抓紧了手机，昏昏沉沉地看见通话人名字是个"吴"时，腾地掀了被子，从床上坐了起来。

她用力地闭紧眼睛再睁开，试图让自己清醒一点，然后将手机贴近耳边："……喂？"

吴鸿生抬手打断E仔的话，拿起桌上的手机。

周襄听见了他的声音："好像还不到十分钟。"

她懊恼地揉了揉头发，不好意思地说着："刚刚我经纪人打过电话，我以为还是他。"

此刻，会议室的落地窗外少有的阳光正好，E仔看着吴鸿生脸上比平时都要柔和的笑意，猜不出电话那边是何方神圣。

E仔老妈是个文学研究者，她说过的，在寒冬里都能让你如沐春风的人，一定是生命里的偶然和不能错失。

时间如同被按下快进，又在这个礼拜天回到正常的速度流逝着。

周襄补了个午觉醒来，两手交握向上伸着懒腰走到客厅，瞄了一眼日历，12 月 24 日，印刷字体写着平安夜。

她把烘干机上的衣服收下来，挂在胳膊上。阳台的玻璃窗上蒙着雾气，外头是斜晖的光芒，她转头看向墙上挂着的时钟，走过了下午四点。

好像时间还挺充裕，还可以泡个澡。

她这么想着就付之于行动，撕开一片面膜贴在脸上，脑袋放空地躺在浴缸里。

Dr. 林最近到了有"上帝之餐桌"美誉的开普敦旅行，他是慕着 Dr.cape 的名而去的。

这个 cape 医生不是一个人，开普半岛由于地理环境关系，经常有清新的强风将空气中的污染物吹走，所以当地人称这风是"开普医生"。

他忙于欣赏美景和品尝生鲜美味，不务正业地忘记了按时找他的病人聊聊天。

今天正好撞上海面有飓风，向导说暂时不要外出，活动都先取消。他才有空躲在旅馆客厅，给周襄弹个视频窗口。

视频通话被接受了，那边的人影一闪而过。

他疑惑地戴上耳机，对空无一人的画面，打个招呼："嘿，你在哪儿？"

周襄这会儿刚敞开衣柜的门，垂在腰上的发尾还挂着水珠，漫不经心地回答："找衣服。"

Dr. 林把耳机的音量滑到最大，顺便问着："你要出门？"

她拨开一件件悬挂着的衣服，有些犯愁地轻拧着眉："嗯。"

Dr. 林紧接着问："去约会？"

周襄的手，停在一件鹅黄的呢大衣上，思绪飘到吴鸿生说"为了表达他的歉意，想请她吃顿饭"的那天早晨。

因为周襄没有拒绝，算是默许。然而她心里想说的话因为找不到合适的措词，所以也堵着没说。

他有什么好感到抱歉的，若是较真起来该道歉的应该是她。

但是周襄不是傻子，情商也不至于低到谷底。

他不是为了道歉才请她吃饭，而是为了请她吃饭，才以道歉为由。

在过去的这整整三天里，她的情绪是很复杂的，开始后悔当时没有拒绝。也许是觉得自己没有办法卸下防备和人相处，不伪装游刃有余的模样，她会感到无所适从的慌张。

总之，抑郁症患者的思维，连病人自己都搞不懂，不然要医生干什么。

她回过神说："不是。"

"哦？"

尾音上翘，通常表示不相信。

所以，周襄把从衣架上扯下的衣服扔在床上，走到笔记本电脑前辩解："女人就算跟同性朋友逛街也会费心打扮的。"

突然放大的音量，让Dr.林猝不及防地被震到，等他揉了揉耳朵，再塞上耳机时，画面里又不见人。

他问着："那你等会儿是要跟同性朋友出门？"

周襄从衣柜里抽出围巾的动作顿了顿，心虚着没有说话。

然而这几秒钟内的无人回应，Dr.林也猜到了答案。

他想了想，说着："虽然你是个过分谨慎的人，但有的时候这不是坏事。顺便提醒一下，注意安全，最好和你经纪人保持联系。"

这话说得，周襄听着笑了："我又不是去和犯罪分子接头。"

"对你来说有差吗？"

Dr. 林话音一落，她笑不出来了。

他说得没错，对周襄而言，谈一段感情就像进行卧底工作。

卧底要想当得好，要连自己都骗过去，可最终避免不了摊牌，不仅伤害了对方，可能因为太投入，也伤害了自己。

这么一想，她觉得莫名其妙地压抑起来。

寒冬的夜晚总是不等黄昏散去，就着急地赶来。

七点多的时候下了一场雪，现在又停了。

她出了电梯，就看见公寓外灯光中一片白茫茫的景象，不远处停着一辆车，车灯是亮着的，光束打在盛着积雪的喷泉中的小天使身上。

背对着她站在公寓楼台阶上的人，习惯性地将两手放在裤袋里。

他微仰着头，观察夜空，没有发现正在靠近的她。

周襄在玻璃门前慢下了脚步，如果说，之前害怕的心情，像一个人走进熙攘的地铁口，擦肩的人们各自奔往不同的方向，只有她是茫然无措的。

那么此刻，吴鸿生感觉到她的出现，而转过身来，等待她走近的样子，让周襄有一个非常疯狂的念头，在安静地蔓延。

他站的地方，也许是她奔赴的方向。

因为知道不能实现，所以这个念头也转瞬即逝。

衬衫打底、黑色围巾、外面套着鹅黄呢大衣的周襄，看到他不太正式的着装，庆幸自己选对了衣服。

不过他气质真的好到穿什么都笔挺。

"等很久了吗？"

他微笑："刚到。"

上车后，吴鸿生在她脱下围巾时，拎起她腿上的包放在后座，然后朝她伸出手。周襄有点出神地递上围巾，他又侧身将围巾挂在她的包上。

扣上安全带周襄才回神，竟然想的是，人高手长就是好，她从来往后座放东西都靠抛。

一路上街灯在玻璃窗外亮着，他们说着话时，路两旁光秃秃的树枝不断后退。

红白绿的色彩点缀，圣诞气氛浓重，柏油路上的雪被碾压过无数遍。电台里放的曲子传来，音量很小，仔细听听应该是《Jingle Bells》。

吴鸿生没问她，是怎么知道他和春秋的关系，而是简单地说着他当年和陆侨白合作一部电影，到后来入股春秋的经过。

周襄对影视行业不上心，对风投之类的更没有研究，但吴鸿生说话的声线，近似她最喜欢闻的薄荷草味道，听着就上瘾。

避开了堵车的路，上了高架桥，除了车灯前，周围一片漆黑。

她问："你要把我卖到哪儿去？"

吴鸿生笑："就快到了。"

周襄发现他不会调戏别人，挺无趣的，正好，她也不喜欢和油滑的人相处。

蓝白色调的地中海风格的小餐馆，藏匿在繁华都市街角中，有闹中取静的感觉。门口一棵圣诞树上缠着一圈圈的彩灯，挂着许多小饰品，在夜里变成光斑。

吴鸿生推开门，让她先进去。

从冰冷的空气里钻进来，像被刮了一层寒毛。

不用放眼望，这里不大。半开放式的厨房，眼前只有三张桌子，没有客人，椅子都是倒扣在桌上的。

吴鸿生好像经常来这里，他和穿着厨师服的外籍男子，打了声招呼。

然后那个戴着厨师帽的男人，对周襄笑说："晚上好。"

她差点笑出了声，比吴鸿生的中文还标准。

他们上了二楼，周襄一愣。

透明的玻璃嵌在白砖柱中，头上一片玻璃穹顶，将夜景一览无余。沿着墙角放着一盏盏的地灯，像身处一个花房温室，只要省略掉这雾蒙蒙的夜空。

白色的桌椅，浅粉的桌布上摆着洁白的餐具和几片散落的花瓣，旁边还有一张双人沙发。

周襄想知道这里用的是什么香薰，竟然在空气中弥漫着一股咸咸的、潮湿的大海的味道。

如果这是爱琴海的气味，那就到了圣托里尼岛。

吴鸿生自然地接过她的外套，挂在了衣架上。再走到她身旁，帮她拉开了椅子。

看着他脱去的外衣下，是一件纯色的羊绒衫，他随意地将袖子挽起来，坐在了周襄对面。不知道是不是灯光的原因，衬得他柔和的线条看起来更有魅惑力。

她问着："我们是今晚唯一的客人？"

吴鸿生答非所问："这里的 chef 是希腊人，菜做得很地道。"

一般在这种微妙的气氛下，女人会比较在意自己的形象，可是当周襄看到美食上桌后，完全把这件事抛到了五环外。

看着就清新的沙拉用料简单，海盐的咸和柠檬的酸，加上蔬菜混合黑胡椒，还有一块块奶酪。

她一叉子下去，就没收住手。

等到经典的酒蒸贻贝和迷迭香羊排端上来时，她的食欲已经被勾起了，胃口大开。

吴鸿生虽然没有怎么动刀叉，但却显得很有兴趣地说着："希腊菜虽然简单，但符合中国人的口味，在法国和意大利菜中，都有一些希腊菜的影子。"

周襄时不时抬头，听他对这些菜品的介绍，感觉自己像在录一档美食节目，眼睛和味蕾都得到了满足。

"希腊人很喜欢迷迭香的，他们会在羊腿中放很多的迷迭香和牛至，这样……"

吴鸿生抬眼看她，话一顿。

周襄切羊排的动作也停下，神情疑惑。

直到他唇角弧度明显，笑了起来。

"不好意思。"他一边说着，一边朝她伸手，指尖擦过她的嘴边。

他笑："是藏红花。"

她失了神。

周襄慌忙地埋头切羊排，他不紧不慢地说着："其实藏红花还可以用来当染料。"

能不能别再提这该死的藏红花了。

吴鸿生开了一瓶酒，托着瓶口，缓缓倒入她手边的高脚杯中。神奇的是，他从桶里夹出冰块扔了进去，原本透明无色的酒，就逐渐变成浓厚的白。

在她拿起杯子的同时，他说着："这个是茴香酒，很特别的味道，有点烈你慢慢喝，会感觉它是甜的。"

酒入口，她被辣到眨了眨眼，灼热从喉咙一路烧到胃里，她咬着牙"嘶"了一声。

"抱歉，是我忘记了，它不一定适合所有人。"他笑着把周襄手里的酒杯拿走，换成了一杯果汁。

有时候人会醉，不一定是因为酒精。

也有可能是某个人偷了夜晚的星辰，全部藏在眼睛里。

然后他笑着看你。

一顿饭结束在夜色阑珊中。

周襄的手机放在了包里，而她的包在吴鸿生车上，只能根据远方城市的灯火逐渐都歇息了，来推断应该是很晚了。

但却没到要分别的时间。

吴鸿生按灭了好几盏地灯，因为他们准备在这里看一场电影。

提出这建议的当然不是她，不过她也没反对就是了。

开始周襄还纳闷，怎么把沙发面对一堵墙摆着。直到他拿起书架上的遥控器，让墙上悬挂的投影布缓缓下落。

吴鸿生站在木质的书架旁，目光停在手里的两张 DVD 上。他腕上戴着的手表，是皮质的表带，深海色的内盘，虽然简洁低调，但她看得出来那是百达翡丽的表。

周襄走到他身边，视线却没在他身上逗留，而是去抽出一张碟片来，不自觉间嘴角勾起了一个弧度。

吴鸿生看向她手里的 DVD，包装壳上的印画风格和像素看上去有些年份，喜剧风的彩色文字写着《冒牌警花》，他扬了扬眉。

"看过？"

周襄点了点头，遗憾地说着："在它刚刚下线的时候，可惜没有贡献票房。"

吴鸿生摸了下眉毛，说着大实话："我记得这部戏拍得很匆忙，制作水平也很勉强，而且故事真是好俗套，所以并不是个好的作品。"

周襄抬眼看他和包装壳上，那个年轻英俊的男人一样的轮廓，只是成熟的气质截然不同了。

她还是头一次听到，有人说自己拍的是烂片。

吴鸿生偏着头，视线落在她手里的碟片，神情柔和地说着："但我很感谢这部电影，留住了我最好的时光。"

他的话音一落，周襄指了指自己的眼睛。

吴鸿生不明所以地看着她。

估计是酒壮怂人胆，即使只有一口。

她说："我的眼睛也帮你留住了。"

他愣了一下，眼里有盈盈笑意闪烁着。

吴鸿生接过她手里的 DVD，问着："所以要看这个吗？"

周襄条件反射似的摇着头，她都看过数不清多少遍了。

况且，不知道吴鸿生会不会这样，反正周襄连自己前年拍的剧都不敢回头看，看一分钟觉得尴尬，看三分钟鸡皮疙瘩都会起来。

在书架中搜寻着，她突然眼前一亮，抽出一张崭新的 DVD。

她举着转向吴鸿生，说着："这个吧。"

吴鸿生的眼睛睁得圆了些，指着那张《僵尸世界大战》的 DVD："你确定？"

周襄抿着嘴，忙不迭地点头。

四周的地灯全灭了，只剩投影布上画面闪动。

电影主演是布拉德·皮特，故事内容是阻止僵尸肆虐拯救人类。

画面刺激，血浆满天飞。

吴鸿生虽然平时热衷于一些极限运动，也不排斥接演惊悚题材的戏，但他对这类影片确实兴致不高。

转头看向周襄，她搂着抱枕看得很认真。

于是他干脆将手肘靠在一旁，手托着下巴，就只看着周襄的侧脸，在光影变换中，忽明忽暗。

周襄身子向前倾着，拿起桌上的奶酪条，食指和拇指捏着放到嘴巴，全程目光仍然集中在投影布上。

奶酪条断了一半掉在腿上，她知道，但是太专注在影片里，反射弧有点长。

以至于，当吴鸿生从她衣服上拿走了那半条奶酪时，周襄才迅速回过头。

毫无偏差的，四目相对。

他们坐的距离没有很近，中间挤一挤能塞下一个人，所以谈不上心跳加速之类的感觉。只是脑袋空了，暂时想不到任何东西。

满室大海深处的味道，闻起来像在西贡的台风天，躲在狭小的私人影厅，看荧幕里的他。

他那双眼睛里有着细碎的笑意："你喜欢这类的电影？"

周襄停了几秒，才说着："也说不上喜欢，比起其他的题材，好像只有打僵尸什么的能让我投入进去。"

不管是哪种平静的文艺片或是感人的爱情剧，都没有一个能吸引住她，总会不停地按快进快进。

她本来就是一个长相上挺有韵味，但是专看没营养的无厘头喜剧和快节奏的速食爱情片的人，刺激视觉感官的惊悚片，更是首选。

这类电影都有个共同特点，就是看过了就可以忘记，不用去深究，不用去回味。可能也正好侧面印证了，周襄是个有些薄情的人。

说完她意识到，开始应该选一部小众的文艺片，这样才会在印象上加分吧。

电影接近尾声时，她留意到，吴鸿生抬手看表。

周襄以为自己善解人意，于是说着："时间不早了……"

吴鸿生垂着眼帘，缓缓点头："嗯，是差不多了。"

还有十几秒，就到零点了。

接着他在周襄疑惑的目光中抬头，顺便将手指向上指着，示意她往上面看。

她仰起头，可是这黑咕隆咚的天空，有什么好看的……

一束红色的火苗蹿上了寂静的夜，跟着炸开了耀眼刺目的银光。

还来不及收回心中那句"有什么好看的"，这突如其来的景象让她愣住了。

一圈一圈的烟火铆足了劲，要盛放在这夜空中，五彩的光晕斑斓，隐隐还有火花的炸响声。

周襄望着流光灿烂的天空，而吴鸿生被落在她眼睛里的，那些旖旎的火光，吸引着。

她脖子都仰酸了，好不容易有了停歇的间隔，却在这时听见他说——

"生日快乐。"

烟火还在断断续续地绽开，不如刚才的盛景，电影早已放完，投影布上一片漆黑，此时光线太暗，他们想要看清对方的表情，只能靠着偶尔上升的火光。

12 月 25 日是圣诞节，也是周襄的生日。

不知道是不是因为生日赶上了这个节日，从小到大总是容易被遗忘，这几年当了演员还好了些，有粉丝会记得给她送祝福。

可是远水救不了近火，她身边的人都很忙，周襄的个性也不会刻意去提。以前会暗暗渴望能有人给她一个惊喜，不用太热闹，没有蛋糕和蜡烛也没关系，只要开口的第一句，不是圣诞节的祝语。

后来周襄渐渐没把过生日这件事放在心上，只有在每年开始播放的圣诞歌的时候，她才想起该唱生日快乐歌了。

所以吴鸿生选在这天请她吃饭，她并没有往那方面想。

周襄问他："你怎么知道的？"

"在电梯里听你提到圣诞节的时候，感觉对你来说是个很重要的日子，就去搜了一下。"

西方的传统节日一般到了中国，都会变成情人节。可那时她对圣诞节的描述很奇怪，奇怪到他觉得，听起来她需要一个拥抱。

因此，吴鸿生记住了这件事。

她表情认真地澄清："我没有在暗示你什么。"

他失笑："你可以暗示我。"

周襄愣了下，接着微微皱起了眉头，犹豫了好一会儿，才开口："你该不会是，想追我……吧？"

她这句不必问的话，让吴鸿生无奈了一番，然后说："不是想，是正在。"

其实，他们都是心智健全的成年人，怎么会不知道，他做这些是为了什么，答案不言而喻。

这之前她不敢点破，是害怕自己曾憧憬的对象，会是一个和女演员玩暧昧的人。

但扩拒不了吴鸿生邀请的她，也好不到哪儿去。于是周襄安慰自己，至少在渣这方面，他们还可以同流合污。

没想到最可怕的事发生了，他从头到尾，都是来真的。

原来渣的只有她一个人。

吴鸿生接着说："我希望你可以和我交往。"

周襄只是低着头，表情难辨，没有回答。

面对这种情况，说一点也不挫败是假的，虽然有些失望，但他最不缺的就是耐心。

"不用立刻给我答复，你考虑久一点也没问题，我会等你。"

"如果我考虑到第 32 届奥运会呢？"

在心里默算了一下，吴鸿生惊讶地说："2020 年？"

周襄没忍住就笑了出来，眼前的他脸上也有放大的笑意。

等吴鸿生将车开来餐馆门前的短短几分钟，周襄看到对面街上几家店里的日光灯和店名的霓虹灯都已经灭了，街上没有行人，安静得过分。

周襄钻进车里，扣上安全带顺便瞄了一眼时间，现在是凌晨一点二十五分。

吴鸿生递给她一卷A4大小的本子，接着他视线平视前方，打着方向盘，车子缓缓移动。周襄却眼也不眨的，捧着剧本发愣。

"你要试戏的，是这部剧吧？"

周襄侧过身看向他，点头。

吴鸿生说着："你没说主角，还是其他角色，不过除了女主角，都有人选了，我就替你定下了。"

这剧本一到她手里，捏着厚度也知道不是配角。

他只解释："我是觉得有必要先告诉你，不想以后因为这件事，让我们之间产生误会。"而没说是如何拿到这个角色的。

她也不敢问，怕还不起。

他很快地在后视镜里扫了一眼，周襄轻拧着眉，快要盯穿手里的剧本。

"你别多想，即使最后你没有答应和我在一起，也不会影响到这部剧，就当是我送给你的生日礼物。"

吴鸿生的话并没有让她觉得松了一口气，她不至于没心没肺到就这样坦然接受，还毫无愧疚。

当车驶过一盏接一盏的路灯，光影掠过冬天里的枯树，一点点白色的雪片在缓慢地下落。

途中周襄都很安静地靠着车窗，吴鸿生以为她是困了，便悄然将暖气调高了一些，关了车载音响。

车子稳稳地停在了周襄的公寓楼下，她解开了安全带，身子却没动。

吴鸿生看着她，而她的目光落在前方车灯照及的地方。

周襄就这么静静地坐着，然后开口："为什么是我？"

为什么是她？

这个问题，他比周襄更想知道是为什么。

吴鸿生抿了抿薄唇，等了一会儿才说："我没有办法回答，因为我也不知道。"

他不认为与她的相遇，是命中注定的这些理论。他更愿意把这一切，当成是自然而然，所以他希望能水到渠成。

他还不能对她说，因为想到了未来能有你参与的人生，也许用足够这个词，足够形容了。

这句话连吴鸿生都感到太隆重，没有必要给她带来负担。

看周襄更加纠结的表情，他轻轻叹了口气，语气温柔地说着："不过请你相信，我是认真的，或许以后我们都会找到答案。"

/ 06 /

他给的一切太美，不值得被她挥霍。

关上车门，周襄将围巾挡在脸上小跑上公寓前的台阶，放在包里的东西随着步伐砰砰响。进了自动玻璃门内，她停住脚拍了拍身上的雪水，回头向楼外的车看去。

车还停在那儿，车窗里头的阅读灯已经灭了，晦暗中看不清吴鸿生的表情，只能看见他朝这边推了推手背，让她快些进去。

周襄吸了吸鼻子，冲他点点头，转身按下进门的密码，她走到电梯门前，余光瞄了一眼他的车还没走。

"叮"的一声电梯门打开，她走了进去。

眼看着门徐徐关上，周襄却没有按亮楼层。等了一会儿，按下开门键，她大步跨了出来。

周襄还以为能看到一群人扛着摄影机，拿着麦克风跳出来说，这是一个整蛊节目，恭喜她被整了，虽然这概率小到如尘埃。

结果看见的，只是寂静的夜里，他的车子越离越远，轮胎驶过地上的积雪的声音像碾过碎片，白色的雪絮在车尾灯前飘飘悠悠。

宁愿别人对她感到抱歉，她也不想愧疚于人。

她本来就是这么，自私的一个人。

在 12 月 25 日的早晨，手机短信箱里塞满了各式各样的祝福语，知道周襄手机号的人不多，所以短信几乎都来自银行和各种会员登记时留下生日的品牌店。

单手捧着脸，她坐在餐桌旁，困惑不解地看着桌上两个蛋糕。它们分别来自两个不同的西点店，都是送到了她家门口。

周襄揭开其中一盒蛋糕，碎杏仁均匀地洒在巧克力涂层上，圆体的蛋糕绑着樱桃色的绸带，中间放着一块白巧克力的字牌，写着 happy birthday，翻过盒子上的贺卡，上面的笔迹她还挺眼熟的。

留言是——

你口味变得太快，蛋糕我订早了，凑合凑合吧。生日快乐，小襄儿。

落款是，求土豪圈养的郑温蒂。

周襄接着打开另外一盒蛋糕，小心翼翼地拉出托盘，是嫩绿色的方形蛋糕，一层抹茶一层奶油。她撕开刀叉的包装袋，叉了一小口。

连叉子一起含在嘴里，她找了半天，都没有发现贺卡之类的，会不会是西点屋的人忘记放了？

仔细地想了想，知道她家地址，还知道她最近喜欢抹茶味的人，还真不多。半天也没什么头绪，管他呢。

周襄耸耸肩，把两个蛋糕都切下一角放在纸盘子里，剩下都塞进冰箱。

过圣诞节的街道色彩鲜明，工作日也不妨碍人来人往如海潮。花鸟市场的店铺玻璃窗上都贴着雪花，挂着金粉喷的球。

戴着口罩和帽子全副武装的周襄，抱着一个鱼缸从店里出来。

距离月底试戏安排还有三天，周襄都没有再出过门，抱着被子窝在沙发上每个台轮换着看。柜子里的速食面和冰箱里的蛋糕帮助她解决饱腹的问题。

一直到了挂历上画圈的试戏日，约好十点来接人的 Joey 还迟到了四十分钟。

周襄充分利用了这四十分钟，泡了一小瓶盖的钙粉，夹了两只蟋蟀扔进鱼缸里，给她的角蛙兄弟饱餐一顿。

顺便拿锤子把阳台上挂的一串"冰溜子"凿了下来，于是不出意外的，在保姆车里打了个喷嚏。

捏着睫毛膏的化妆姐姐手一顿，差点刷到眼皮上，给她递了张纸巾，周襄抱歉地笑了笑。

Joey 见此皱眉："你这状态会不会影响到发挥？"

周襄边拿纸巾捏住鼻子用力吸了下，边说着："不用担心。"

她扔了纸巾团，鼻音很重地接着说："今天我就是进去傻笑十分钟，都能拿着合约出来。"

周襄冲他挑了挑眉。

Joey 对她翻了个白眼。

因为周襄没有告诉他，关于吴鸿生的那些事，所以 Joey 不知道，她所言非虚。

此时在市区中心的春秋影视制作公司大楼，B区会议室内如火如荼地进行着新人试镜，来的面试官都是制作组工作人员，没有导演组的人。毕竟一般新人演员都不可能当上主角，都是来碰小配角刷脸的运气。

只有在A区会议室里坐着的，才是导演组和投资方的人，场控正在进行圈内演员试戏前最后的流程调整。

可真正演员间抢角的厮杀，早在此前就结束得没有硝烟。

桌上放着的名单虽然都是一样的，但有些名字上透明的圈圈已画出了，各个角色的人选。在座的人其实都是揣着明白，装糊涂。

洗手间里，一双纤白的手在水流柱下冲洗，徐臻儿抬起头，对着镜子整理了一下，自己脸上已经很精致的妆容。

"哎，靠谱消息啊，这次本来徐臻儿已经拿下女主了，最后关头竟然被周襄给挤掉了。"

闻声，徐臻儿看向镜中那扇有香烟的雾袅袅升起的门。

旁边的门里传出另一个女声："周襄？是那个《地狱密语》的周襄吗？我觉得她长得可好看了。"

这两扇门里头的人毫不知情，她们的话题人物就在外面，依然热火朝天地八卦着。

"《地狱密语》是什么？"

"日本的一部电影，她演的，结局还怪惨。"

"没看过，不过我个人觉得周襄是挺美，可看着没有徐臻儿有心机，不太适合那角色。"

"装装就有啦，人家演技就甩徐臻儿两条街了。我就是很好奇周襄睡了什么人，比徐臻儿她爹还牛逼呢。"

"哈哈，你见到她问一问，能不能分给你一半枕头，资源共享啊。"

杨碧妍听见隔壁的抽水声，也跟着将烟头扔进下水道里，随着哗哗的水流冲走。

她推开厕所的门，和隔壁出来的女生一起，愣在原地看着镜子里那个面对洗手台站着的徐臻儿。她正环抱着手臂，眼中带点玩味儿地盯着她们瞧。

这圈子里谁没在背后嚼过舌根，正面撞到的也不少了，她们也没多怕。当然，徐臻儿也没把她俩这十八线的小角色放在眼里。

徐臻儿轻轻"嗬"了声，冷冷地一笑，转身走了。

等鞋跟落在大理石地上的声音渐行渐远，杨碧妍才舒一口气，在水龙头下搓着手，边听着旁边的女生说："你猜，等会儿周襄来了，徐臻儿会不会跟她撕？"

不光是她们这么想，今天来春秋大楼试戏的女演员有十一位，都被安排在会议室旁宽敞舒适的休息室。这十一位女演员中已经得知内情的就有四位，大概在徐臻儿去洗手间的工夫都交头接耳地说了一通。

等徐臻儿从洗手间回来后，大家都坐在沙发里翻着杂志，也没人敢去搭话。看着是风平浪静，毫无异常，直到周襄的出现。

进休息室前，挂着该剧策划组工作证的人看到了周襄，却走到 Joey 身边，说了几句就把人领走了。

周襄一脸淡定地对有些发蒙的 Joey 挥手告别，她听见那工作人员让 Joey 跟他去拿合约。

化妆姐姐一手拎着箱子，一手推开了门，让周襄先走了进去。

当她进入休息室内，本来还有些女人们轻快的谈话声，瞬间都静了下来。那些目光或是毫不避讳，或是小心偷瞄，都是落在周襄身上。

等周襄若无其事地走到化妆镜前坐下，把大衣挂在椅背上，她们又将视线转移到沙发里的徐臻儿，均是一副看好戏的样子。

徐臻儿从一开始就知道周襄来了，只是等她坐下才装作突然发现的样子，放下了手中的杂志。也不管周襄能不能看见，她理了理头发站起身，一脸小粉丝见偶像的欣喜，走到周襄旁边。

周襄在镜中见那个女生朝她走来，笑得明媚。

"周襄姐，我们去年在青龙奖上见过一面，不知道你还记不记得我？"

徐臻儿语气中没有丝毫的傲气，跟前几分钟那不可一世的，连一眼都不愿瞟其他人的模样，简直判若两人，让等着看戏的人大跌眼镜。

周襄就算不记得她们在青龙颁奖礼上的点头之交，也该知道徐臻儿是谁，这两年刚冒出的势头很猛的新人演员，年仅十九岁，老爸好像是做实业的。

看她是真不带恶意地来套近乎，周襄也很客气地回以一个微笑："嗯，我记得，好久不见了。"

听她这么说，徐臻儿就开开心心地在她旁边的椅子上坐下。

周围那些惊愕不解的目光，徐臻儿全然当作没看见。在这个捧高踩低的圈子里，周襄能抢过她的资源，就证明背景够硬。她是脑子进水了，才会去跟周襄撕。

这些围观的蠢货，头发比她多长了几年，脑细胞却比她少了几亿个，难怪是十八线的命。

化妆姐姐撩起周襄的一缕头发，用热好的卷发棒，轻轻卷上。

她的一半视线被自己的发丝挡住，另一半是徐臻儿笑得人畜无害的脸，她说："周襄姐，你千万别认为我是刻意叫你姐的啊，因为我觉得叫前辈太疏远了，我爸常说我不懂得和人相处，心直口快的。"

周襄似有若无地勾起唇角："没关系，心直口快也不是坏事。"

虽然她语气淡淡的，但徐臻儿听出了她的鼻音。

"咦，周襄姐你感冒了吗？"

周襄顿了顿，才点头："有一点。"

徐臻儿起身给她的助理指了指，沙发前的桌上那个碰都没碰过的保温杯，自己走到饮水机旁抽了个一次性纸杯，放在周襄眼前。

助理拿来保温杯，徐臻儿一边往纸杯里倒着汤水，一边说着："这个是当归红姜煮的糖水，我们家治感冒的偏方，你喝一点鼻子马上就通了。"

周襄接过她递来的纸杯，手心就被暖意贴近："谢谢。"

她无所谓徐臻儿是不是出自真心关怀，反正她看得出徐臻儿是个聪明的女孩，这个聪明褒贬都有。

周襄吹了吹糖水面上的热气，红姜的味道淡淡的，很好入口。她看着别人的助理都在端茶递水，突然记起她的助理到现在还不见人影。

Joey 也不是没见过大风浪，只是像周襄这样，先是被绯闻压到喘不过气，形象暴跌，突然间又用来各种主角，瞄准她就砸。

这事业路走得跟坐过山车一样的，他还真没遇到过。

当和该剧副导详谈完毕后，两人愉快地握了个手，全程 Joey 表现得镇定自若，内心的小人却早就跳到房顶上叽叽喳喳。

Joey 将合约收好，夹着手提包出了这门，找不到那门。

春秋的办公区设计也太过现代主义，色调极简就算了，哪儿哪儿都还长得差不多，门上标注logo又是浮雕的，不走近瞧不知道这门里是干什么的。

好不容易找到洗手间的位置，Joey 迈了进去，又退回了两步。

他眯起眼睛，看向不远处站着的几个人中，有 Joey 认识的聚星公司经纪人，这在公开试戏的日子里并不稀奇，而且春秋和聚星常有合作，业内皆知。

但他旁边站着，个子很高、长相明朗帅气、一头浅亚麻发色的那个少女杀手——许欢哲。

Joey 脑袋里自动模拟出了女粉们的尖叫声，但他对这位偶像半点好感也没有。

觉得自己越活越本质的 Joey 翻了个白眼，真是冤家路窄。

Joey 解决了人有三急的问题，连抽根烟的时间都不留下，就迫不及待地找到休息室，想要提醒周襄避开，和许欢哲正面相逢。

虽然在春秋公司内不太可能有狗仔出没，但这也是谁都不敢打包票的事，毕竟今天拥进的人鱼龙混杂。

破镜重圆这种戏码，在她和许欢哲之间不会上演，但不代表媒体不爱写。

可惜 Joey 还是晚了一步，化妆师表情无辜地看着他说："五分钟前她就进去了。"

没辙了，只能坐等周襄回来，然后迅速撤出春秋大楼，远离危险源。

几分钟前，当会议室的门被推开，长桌后坐着的四个人纷纷抬头。左起第一个是制片人，第二个是编剧兼著名作家姜蕊，第三是总导演柯磊，第四是自告奋勇代替吴鸿生来，想来看正宫娘娘的 E 仔。

当然正宫娘娘是 E 仔跟 Daisy 学的称呼，Daisy 是被热播的宫斗剧所影响。

周襄微微鞠躬，才到前面的椅子坐下。

柯磊对她这样的举动颇有好感，试戏对圈内人来说就跟走场子似的，除了个别新人会战战兢兢地问候一声，老油条们都有自己的脾气，能不显得矮他们一截儿就尽量地抬高姿势。

姜蕊则是饶有兴趣地盯着她看，周襄的气质是浓浓的水雾烟波，江南女子般纤细的味道，她的脸在美女如云的娱乐圈里也不逊色。

当长相气质合二为一，就成了为数不多的出类拔萃之辈。

刚好姜蕊是个美人至上主义，本来没有什么要问的，结果一个接一个的抛问题给她，还全都是些无关紧要，像她养了什么宠物之类的，就差没问微信号了。

制片人也是春秋的员工，坐着挂个名头而已，心想反正都定好了人选，就干脆无聊地玩起手机来。

最边上的 E 仔想问什么都被姜蕊先堵截，一口气上不去下不来的，不知不觉就喝光了一瓶矿泉水。

十分钟飞快就过了，在此期间没有让她试剧本的任何一段戏，时间全给了姜蕊闲话家常。

柯磊抬手看了看表："我没什么问题，希望我们能合作愉快。"

既然没外人，主角又已经定下谁，大家都心照不宣，他可以毫不避讳地这么说。

周襄站起身来，向前走了两步，握住柯磊伸出的手，淡淡地说着："谢谢柯导，我会珍惜这次机会，不会让你们失望的。"

每次拿到个角色，她都只有这一句台词，放之四海皆可，百用不烂。

转身离开前，周襄对在场的每个人都微笑点头。

姜蕊捧着脸傻乐，她就是喜欢这样有教养的美人。

E仔为自己一句话都没和正宫娘娘说上，感到挫败。

会议室有三扇门，分别在东西北三个方向，周襄出去时推开的是东面的门。

像周襄这种出行全靠手机导航的人，别指望她会留心记下"进来的是哪扇门"这件事。

所以当她出了会议室，走了好几步发现根本不知道这是在哪儿，手机也没带在身上。回头的话现在会议室里应该在试戏她之后的下一个人吧，这样贸然闯进去不太好。

周襄没发现过道尽头的窗是半开着的，只感觉空气凉飕飕的，好像暖气坏了一样。

她边走边用两手环住胸口，搓了搓手臂，早知道刚才就把大衣穿上。之前徐臻儿的姜糖水还挺管用的，这会儿又开始吸鼻子了。

当和前任同在娱乐圈里，就代表了有很多机会见面。

但在圈里有过一腿的红男绿女都知道，如果躲闪得及，还是能避免"原来世界可以这么小的"的感慨。

前提是，双方都有心躲避。

而不是像许欢哲这样存心碰瓷的，就是朝着她主动撞上来。

周襄想过转头走开，但是害怕他会跟上来，等会儿被人看见她和许欢哲玩官兵追小贼的画面，后果更难想象。

"能和我谈谈吗？"许欢哲先开了口。

周襄直截了当地回答："不能。"

许欢哲像是料到了她会这么说，居然嘴角慢慢勾起来，苦笑了。

"看在我记得你的生日，还给你送了蛋糕，给我五分钟好吗？"

周襄总算是抬眼，略带诧异地看着他。

那块抹茶奶油蛋糕终于有人认领了，但这使她更加警惕地皱起眉头来，许欢哲是怎么知道她住哪儿的？

左手边是玻璃墙全透明的无人会议室，右手边是封闭的杂物间。他们不会傻傻地就这样站在走道里谈话，所以杂物间是个很好的选择。

杂物间里有一扇窗，排列整齐的金属架上叠放着瓦楞纸箱，落锁的声音打破了这里的安静。

"你想说什么？"她说话声清清凉凉的，带一点鼻音。

许欢哲想了想，仿佛叹息一般地说着："本来我想说的很多，看到你又全忘了，早知道我该写张稿子。"

周襄目光冷淡地看着他："那既然你没话说，我就先走了。"

和她分手后，许欢哲忙于各种事情，只有偶尔才会想起，曾经在他指尖中逗留她头发的柔顺。

偶尔才会想起，她无意识地笑，嘴角弧度很浅，但很美；偶尔才会想起，他曾经张开了手臂抱住她的温度。

除了忙，他余下的时间不多，都成了偶尔。

"周襄。"

　　他轻轻摇了摇头，说："我以为，我可以毫无愧疚地过自己的生活，但你看，我现在必须靠一块蛋糕的面子，来争取你的五分钟。"

　　他自嘲的笑容，让周襄抿了抿唇，然后语调没有起伏地说："所以请你珍惜还剩下的两分钟。"

　　许欢哲放弃地深吸了口气："对不起。"

　　他说："我欠你一句对不起。"

　　周襄没有回应，只是看着他脸上认真的神情，好一会儿。接着她点了点头，与许欢哲擦肩而过，准备开门出去。

　　许欢哲的目光随着她移动，愣了一下："你就没有什么要说的吗？"

　　像是想起了什么，周襄抬起头，站住了脚步："倒是有。"

　　她回过身来，对着他期待的表情，说："把我家地址忘了，不要送东西，更不要来找我。"

　　"可我还想和你重新开……"

　　"想都不要想。"

　　许欢哲的话还差一个字说完，就被她打断了。

　　他微张着口，转而竟然笑开了，周襄看得莫名其妙。

　　许欢哲带着夺目的笑容说："我还挺羡慕你的，说要断，就能断得一干二净。"

　　虽然是笑着，但他眼睛里噙满了的，是周襄不想去辨认的东西。

　　看他可怜兮兮的样子，她一点也没感到愉快，因为从未想过要报复他。

　　情绪可以不再随着他做什么说什么而牵引，然后事无关己这个词，就能概括所有了，尽管它显得如此薄凉，又遗憾。

　　现在，五分钟是真的过了。

周襄转身，走上前两步握住门把，没有停滞地开门出去。

八点档的偶像剧是什么概念，大概是一个接一个让人措手不及的，不知道从哪里解释起的巧合，拼凑出的俗套剧情。

就像现在。

吴鸿生和高天宴才在会议室里坐下，就同时听见了，对面杂物间里有门锁转动的声音。因为这间会议室是玻璃墙，于是他们看见了从里面走出来的人。

高天宴看这一男一女都眼熟，肯定是艺人。他虽然不怎么关注八卦，可是孤男寡女共处一室，傻子才不会想歪，这里可没有傻子。

比起愣在原地的周襄，跟在她身后出来的许欢哲显得自然多了。他不认识高天宴，但是见到了吴鸿生这位前辈，所以恭敬地点头问候。

吴鸿生穿了一件黑色的外衣，里头是烟灰的针织衫，光线下浮浮沉沉着细微的尘埃颗粒，简洁得如同一幅黑白印画。

他看着周襄的几秒钟时间，连呼吸都被拉得很长。

这种烂大街的剧情，成了在寒冬里的一盆狗血，从头到脚浇透了她，冰得人脑子发麻。

"阿嚏——"

她打了个喷嚏。

高天宴的天才，只存在于科幻题材上，偶尔冒出的灵感，有时会把自己都吓一跳。

所谓上帝给予一扇门，就要关一面窗的理论，放在他身上也受用。

对于爱情这个命题，高天宴没有过多的去研究，在他的认知里，就是会有扎堆的死心眼，前赴后继地扑进去，不计后果不计代价。

延伸到眼下的情景，高天宴不明白为什么，眼前的女艺人打个喷嚏，吴鸿生却站了起来。

吴鸿生一边脱下他的外套，一边朝着她走去。

周襄低着头，用手指搓了搓鼻子，下一秒再抬头是因为肩上袭来的暖意。

吴鸿生将外套披在了她身上，似有若无地皱着眉，淡淡的口吻中带着点关心："你怎么不多穿一点？"

她愣了一下，两手下意识地攥住了外套的领子，急忙撇开了头，错开和他对上的视线。

"经纪人还在等我，我先走了。"

周襄埋下脑袋转身就走，皮靴的鞋跟落在冰凉的地面上，声响渐快。

果然她的确不擅长应对这种局面，只好选择落荒而逃。

吴鸿生望着她消失在拐角的身影，神情中的柔和也一晃而过，现在已是荡然无存。

休息室里等待周襄的人，在过去了三十分钟不见人回来，打了她的手机，却在她的大衣里听见了振动的情况下，一点也不慌张。

Joey 似乎不担心周襄会走丢，纵使知道她没有什么方向感。

他觉得周襄既没有智力障碍，嘴巴可以问，脚可以走，没必要像她老妈一样瞎操心。

所以当周襄回到休息室时，Joey 并不知道，因为他正在吸烟区祈祷她千万别碰上许欢哲。

试戏在前十分钟就结束了，现在休息室里只剩后勤的几个工作人员和她的化妆师姐姐在百无聊赖地玩着手机。

瞥见周襄进来的身影，化妆师姐姐就从椅背上撩起她的大衣，转身还没递出去，手却停在半空中，疑惑地看着披在她肩上的男装外衣。

周襄站在化妆台前，面对着镜子里的自己，也是愣了片刻没有言语。

这件不符合她身形的衣服上，还有一股不属于她的味道，是淡淡的香水混着烟草味。

她懊恼地深深一闭眼，原来在慌乱之下，卷衣潜逃了。

"周襄？"

身后传来陌生的声音呼唤着她的名字，她没有立刻回头，而是从镜子里看去。

周襄一眼就认出他，先前在会议室里的面试官之一，只是不知道他是谁。

E仔朝她走来，手里握着保温杯和一瓶药片，递给她，说着："吴老板让我给你拿来的。"

周襄懵懵懂懂地接过，视线向下，停留在白色的小瓶子上。

E仔见她困惑的样子，很快反应过来，解释说："这是维他命。"

保温杯里是热水，两者加在一起，抗感冒的良药。

周襄抬眼问："他现在很忙吗？"

"啊，好像是有事要谈。"

E仔眼珠子一转，理所当然地说："你可以到他的办公室里等他。"

周襄一手抱着保温杯，另一只垂在身侧的手捏了捏，身上这件外套的袖口。

然后，她点了点头："我不知道他办公室在哪儿，能麻烦你带路吗？"

Ｅ仔笑得灿烂："不麻烦。"

Joey 刚到休息室门口，就和正给他打电话的周襄迎面遇上，她胳膊上挂着件外套，手里抱着个杯子。

他还没问她又是溜达到哪儿去了，她就先开口了。

周襄将手机放回大衣的口袋里，对 Joey 说："你们先走吧，反正今天也没有别的通告了，我自己回去。"

Joey 想了想，爽快地说："保持联络。"

周襄回以微笑："嗯。"

Joey 的目光跟随着，走她前头的Ｅ仔。

应该素未谋面才对，但总觉得在哪儿见过，Joey 疑惑地歪着头。

在办公室门前Ｅ仔脚步突然一顿，拍了下脑门。

他转身抱歉地对周襄说："你稍等一会儿，我去拿个钥匙，他办公室锁着。"

Ｅ仔的背影离去没有多久，她有些乏力地靠向墙壁。不知道该向哪儿看，只好望着空无一人的走道发呆。

许欢哲的出现就像她还在憧憬着，突然一阵大雨，让人清醒。周襄是多么不配谈恋爱的人，只有她自己知道。

爱情像天平，双方都要往上放砝码，才能一直保持平衡。

当其中一方牺牲太多时，另一边就成了罪人。

正因为她和许欢哲都没有为彼此付出过，拥抱都不曾投入，所以大家都一样的卑鄙。

可面对吴鸿生呢？

连寸出都不愿意的周襄，大概要被拖出去凌迟处死了。

脚步声越近，她站直了身子，抬头望去，怔了怔，来的人不是 E 仔。

他转动钥匙，她看着他。

吴鸿生的骨架很像模特，一件没有任何修饰的针织衫也能穿得很好看。

办公室里很宽敞，灰白的色调，玻璃墙将办公桌和一套沙发分割开来。

那张宽大的椅子后，是一面落地窗，外头的天一点不落地收进眼底。

她来春秋大楼前在车里看见的云，是层层叠叠地聚拢在一起，现在已经被风吹散了，雨点夹着雪纷纷扬扬，天色青灰，不暖。

"嘀嘀"的声音响起，是吴鸿生将空调打开，温度调试到比平时偏高一些。

周襄把他的外套搭在沙发上，说："我来还你衣服的，刚刚溜得太快，忘记了这事。"

吴鸿生将袖子推上胳膊，回身做了个手势，示意她坐沙发里。

在他的目光中坐下，周襄把保温杯和一瓶维他命放在桌上，原封不动的样子。

从这些细节中，吴鸿生有些察觉到了什么。

周襄说："还有，想告诉你，我的回答。"

吴鸿生看着她，微微点头，等她继续说下去。

她抿了抿唇："前辈你很好，非常非常好，但我们不合适。"

从周襄的神情中可以看出，这是她深思熟虑后的决定。

接了她一张好人卡出局的吴鸿生，没有一点慌忙，好像从刚才的情景中已经预料到了。

他平静地开口："我能问一问，是为什么吗？"

周襄倒是有些不知道从何答起。

因为吴鸿生对她是认真而温柔的，这一生或许再也不会有人如此待她。

所以宁愿现在就伤害，也不要让他在以后独自付出，却得不到该有的回应中慢慢煎熬。

她不需要得到吴鸿生的理解，这是周襄仅有的温柔，希望能全部赠予他。

他给的一切太美，不值得被她挥霍。

看她垂下了眼帘，却没有吭声。吴鸿生问："是因为……他吗？"

顿了顿，他接着说："刚才和你在一起的人。"

周襄先是眨眨眼，然后懊悔地塌下肩膀："啊，应该先解释一下我跟刚才那个人……"

她又直了腰背，真诚地看向他，说："在我去伦敦之前，我和他确实是交往过一段时间。分手之后我们就没有再联系，只是碰巧在这里遇到，寒暄了几句，以后更是毫无瓜葛。"

她语气笃定，就差没有指天发誓了。

吴鸿生失笑，非常不解地说："你都已经拒绝我了，为什么还和我解释这些？"

"因为我自私啊。"

周襄答得飞快，带着笑意："就算我们不在一起，在你印象里的我，也要是个没有污点的人。"

也许只有此刻，可以坦诚地告诉他这句话，周襄不想放过这个机会。

但可能是感冒让她舌根苦苦的，一定笑得不够好看。

听完她的话，吴鸿生脸上淡淡的，看不出表情，也猜不出他的心情。

须臾之后，他深深呼吸，胸腔起伏了一下，用安恬沉静的笑意，只说了一句话。

"好，我尊重你的选择。"

周襄愣了愣。

突然一下子分清了，什么是让她可以随心所欲，肆无忌惮的温柔。什么是不带任何感情，疏远的笑容。

吴鸿生问她："还有其他的，要和我说吗？"

原本想说的矫情的话很多，但是不知从何说起了。

比如——

愿将来有人能陪你蹉跎年华，也请求她不要来和我分享，那些我得不到的岁月。

就让我羡慕着，嫉妒着，和不知好歹地独自颠沛流离。

结果，周襄沉默了半晌，摇了摇头，笑着回答："没有。"

他点头："那我让 E 仔开车送你回去，因为我还有点事要谈。"

周襄看着他边站起身，边掏出手机，走到一旁通电话。

她现在有种念头，想为自己曾经没心没肺伤害过的人，都道个歉。

因为她发现，有时候看似没有力量，干干净净的舍弃，却比任何锋利的言语都要来得残忍，杀人于无形。

究竟是风水轮流转得太快，还是报应不爽。

/ 07 /
她用一句话，就能让他兵败如山倒。

E仔觉得今天自己的脑子抽筋了。

往日他这一颗多灵活的小脑袋瓜啊，不知怎的，领着人都到办公室门了，恍然记起吴鸿生和别人不同，工作性质也不一样。

所以他办公室的门，一直都是到了要用的时候，才会打开。

拍了下脑门，E仔转身和周襄说了句，就折返回去取钥匙。

在途中迎面遇见走来的人，他的脚步就停了下来，有些呆呆地看着吴鸿生。

"老板？"

吴鸿生没应他，而是抬起手来晃了晃。

他食指上套着的银色钥匙圈，跟着发出丁零当啷的响声。上面挂着的是他办公室的钥匙。

E仔不好意思地嘿嘿笑着，随吴鸿生走去的方向转身，刚走两步鼻子就却差点撞到，吴鸿生的后脑勺上。

吴鸿生笑："你准备跟我一起过去？"

E仔听这话简直像是条件反射一样明白了，逃也似的消失在他视线里。

吴鸿生看见周襄时，她整个身子靠着墙，低着头，盯着地板发呆，还没有发现他。

她的头发有一半是藏在大衣领中，她颈间的皮肤很白，贴着柔软的发丝，里面的宽领毛衣穿在身上也是斜着的。

吴鸿生回想起了那个被困在电梯里的深夜，当时周襄也是这样，好像怎么也穿不整齐衣服，随随便便地往头上一套就算完事了。

但是为什么呢？

偏偏是她懒散的样子，给他留下了最深刻的印象。

在他靠近时，她抬头看了过来。

也许周襄不知道，每次她看向他的目光，仿佛他们已经认识了很漫长的一段时光。

漫长到就像做了一个梦，所以总要醒来。

E仔没事先套好口风，不知道吴鸿生是用的什么借口，先撇下高天宴的。他只好跟这位脑洞大到出奇的导演打着哈哈。

东拉西扯，两人竟然还说到一块儿去了。

就在他们聊到机动战士单机游戏时，E仔手机响了，是吴鸿生来电，他想也没想就接了。

E仔收到去接人的指令，没有片刻磨蹭就到了吴鸿生的办公室。他抱着被秀恩爱虐一脸的觉悟进去，却被过分安静到有些冷清的氛围，搞得尴尬无比了。

他摸了摸鼻尖，没作声，等眼前这两个人，有点客套地告别。

当周襄朝自己走来，E仔才回过神，拉开了门，一起出了办公室往电梯门走去。

吴鸿生最后看了一眼桌上的保温杯和那瓶维他命，离开沙发旁，走向他的办公桌。

那张桌子很整洁，上面放着的每一样东西，都像划定好了位置，就该待在这里一样。

吴鸿生拉开抽屉，从里头拿出一包烟来。

火苗被打火机落下的声音掩灭，他靠在桌旁，朝着这面落地窗，烟雾如绢丝般上升。

他并不觉得周襄是一个会畏惧外界舆论的人，或者她害怕的，是她给自己带来的压力，就像把自己困在玻璃房里，可以看见她，却不能触碰。

那又怎样呢，就算猜到了她的想法，也无济于事。

原因是哪一个都不重要了，她有她的理由，他也有不让自己卑微的规矩。

她若无法成全他的心意，那他不去奢求什么，他们的关系就可以步于此，再无后续。

吴鸿生看似冷静地去捡起所有放在她身上的情绪，但还是有遗漏。

这份遗漏是在什么时候产生的，他记不起了。可能是很认真吃东西的周襄，可能是没什么脾气的周襄，可能是总莫名其妙笑起来的周襄，或是固执的周襄、是假装从容的周襄。

要从这一段记忆中取出那个重复的名字有点费力，他大概需要花些时间来收拾。

于是他才迅速地结束了和周襄的对话，毕竟不能辜负她的一声"前辈"。

前辈必须处之泰然啊。

一路走来，E仔的好奇心快要爆炸。

到了电梯门前，他忍不住小心翼翼地问："你和吴老板吵架了吗？"

周襄愣了下，望向他。

见她睁圆了眼睛，但没回答，E仔又问："冷战吗？"

这下周襄笑了，笑过之后，她摇头说："我们没有在一起过。"

听到她的语气里没有一丝闹脾气的痕迹，E仔就更困惑了。

他们看着电梯门上的数字，慢慢攀升。

E仔怎么也拐不过来这个弯，责怪着周襄的笨："干吗不在一起，有便宜不占白不占啊。"

电梯门无声地打开。

E仔抬脚走进电梯里，手指已经悬在数字键上，却发现她站在原地没动。

周襄缓慢地眨眼，若有所思地看着他，而他更蒙了。没有三秒，在电梯门缓缓闭合间，他看见周襄好像是点了点头，镜面的门拦截了她转身的画面。

他愣了一秒，再按开电梯门，大步跨出去。

E仔看着她已经朝着来时路跑远的背影，一头雾水。

在雨雪停歇，云层中渐有光亮透出时，她飞速地踩过，从玻璃窗外漏在地上的光。

周襄推门进来得毫无预兆。

吴鸿生听见这动静回过身，先下意识地说着："抱歉。"

连贯着的动作，是将指尖的烟按灭在桌上的玻璃烟灰缸里。

然后，他才抬眼疑惑地看着她："你怎么……"

她直接打断："你不打算再挽回一下吗？"

周襄扶着门把，一半大衣掉下肩头，跑着回来到现在才停下喘息。

她还无心去料理自己有些凌乱的头发，只看着吴鸿生，神情忐忑，有些不确定。

吴鸿生被急转直下的剧情，弄得有些措手不及。

因为他平时活得太虔诚，遇见了这种随心所欲的人，特别羡慕，想要拥有。

甚至她用一句话，轻而易举就能让他兵败如山倒，溃不成军。

他想明白自己是怎么一步步沦陷的，反而释然了。

在等待他的回应中，周襄紧张地握着门把手心都快出汗了，等到的是吴鸿生的笑。

他是不得不妥协地笑了。

吴鸿生说："如果我挽回，你会改变主意吗？"

周襄松了紧握的手："也不一定。"

吴鸿生点头："好吧，我只能说……"

顿了顿，他看着周襄说："我不介意爱你，这比对你有好感要容易。"

他背光而站，天空原有的铅灰的颜色此刻已经褪去了。天光透过他的轮廓和他眼睛里的平静和期待，让人悸动。

周襄觉得太不公平了，凭什么老天要给他创造了这么有利的条件，不然这句语序搭配如此奇怪的话，怎么会感动她。

吴鸿生说："所以请你……"

周襄又一次打断："嗯，我会好好考虑的。"

她这连欲擒故纵都算不上，纯粹折腾人简直无可救药的毛病，倒是把吴鸿生给逗乐了。

他无奈地笑着说："你好像很喜欢杀个回马枪？"

那次留电话是这样，今天又是如出一辙。

周襄终于有了闲情逸致，开始整理自己跑乱的头发，顺便笑着回答他："我是比较冲动，想起一出是一出。"

她找不到别的理由来解释，就坦诚地把自己这个缺点，说给他听。

却得到他的一句："替我谢谢你的冲动。"

周襄愣了下，发丝从指间滑落，嘴角轻启，笑容明亮："它让我跟你说不客气。"

人不能太得意忘形，她的下场就是，连着打了三个喷嚏。

周襄被几个喷嚏扯得脑子都疼了，看吴鸿生轻轻拧起眉头，走到沙发前对她说着："过来坐。"

她揉了揉鼻子走上前坐下，他打开保温杯，将水缓缓地倒进杯子里，热气袅袅升腾。

与此同时，办公室的门又被推开，来的人一脸茫然地站在门口。

E 仔眨了眨眼："现在是什么情况？"

然而，只有周襄愿意回头分一点目光给他，吴鸿生在拧开药瓶时，抽空扫了他一眼，倒出几片维他命在掌心。

他对 E 仔说着："帮我去找高导聊聊天。"

还是没搞清状况的 E 仔，恐慌地摆着手："我和他聊很久了，已经没有话可以说了。"

吴鸿生的手移到周襄眼前，她下意识地伸出掌心来，接过四片小三角形的药片。

他对周襄说："把这个吃了，我送你回公寓。"

把手心拍向嘴巴，她咬碎维他命片后，那酸酸甜甜的味道，就在口腔里蔓延开来。

她说着："没关系，我可以自己回去，你去忙吧。"

吴鸿生递上水杯，补了一句："没什么要忙的。"

E 仔听明白了，他只有回去和脑洞导演继续唠嗑这一条路可以走了。

但在走前，E 仔尚有一点困惑还没得到解答，于是他挠了挠头问："你们……在一起了吗？"

周襄正喝着水，就被呛了一小口，闷着咳了声。

吴鸿生笑："没有。"

她放下杯子，回头对 E 仔正经地说："嗯，你误会了。"

温室内有一座木制的房子，应该说是有墙的亭子更贴近。

日光透过温室棚顶，化作线条照在绿植和鲜花上，和外头的落雪形成冬夏交错的视觉感。

侧门对接着用于化妆的棚，周襄额头上的伤疤算是淡到看不见了，她被造型师摆弄完毕，走进室内。虽然还是有一些寒意，但肯定比室外温暖多了。

在距离一月中旬进剧组前，周襄还有一项工作日程要进行，那就是拍摄 JeWel 杂志《She is not there》的专题。

JeWel 是国内少见的、有自己独特态度的时尚主流杂志，主要向读者传达服饰搭配技巧、中外文化风情、流行趋势等方面的资讯。

一般类似这种很有腔调的杂志，是不会在周襄家里出现的。甚至在她的书架上要想找到一本时尚杂志都不容易，漫画书倒是要多少有多少。

即使是这样，在录制拍摄花絮视频时，周襄微笑接过工作人员的手麦，面对镜头仍然说："大家好，我是周襄。因为我本身就是 JeWel 的忠实读者，所以很荣幸能参与……"

Joey 看她从容不迫地背出稿子，就很放心地在角落找个地方坐会儿。

杂志副编是个有着利落短发年纪稍长的女人，穿着讲究，妆容成熟。她环着双臂在监控屏幕前和场景助理一起调整光线的角度。

在无意间，她瞥见刚进门正脱下围巾的人。

她随即放下手臂，面带笑容地走了上去，和来人热情拥抱。

周襄站在木屋前的露台上，就见到杂志副编身后跟着一位穿着军绿色风雪衣，栗色短发的女人，来到她面前。

副编向周襄介绍："她是负责这次拍摄的摄影师 Lucie，也是我在法国留学时的学妹。"

Lucie 笑着朝周襄伸出手："很高兴见到你。"

她笑起来的弧度明媚又可爱，很容易感染别人，让周襄也不由得跟着微笑，握上她的手。

"你好。"

木板拼接的露台上支着轻薄的纱帐，周襄穿着鸦青的高领毛衣，躺在地上，相机在她上方，镜头里是她从白色短裤口袋里掏出一颗柠檬。

她的及膝皮靴踩过一本本翻开的外文书，还有她懒懒地抓着头发，拿着一本地图都被收录进镜头里的画面中。

Lucie看着周襄身上自然散发的一种特殊的气质，萌生了很多的灵感，她将这吸引力精准地捕捉。副编很满意地看着监视屏，照片里恰到好处地展现着，少女和女人间徘徊的慵懒。

在周襄准备换另一套衣服的时候，视线斜前方的全身镜中出现了Lucie。离得不远，她背对着周襄，摄影助理正在配合着她拆换镜头。

摄影助理问她："你什么时候回来的？"

Lucie没有间隔地回答："前天。"

接着她仰起脖子，捏着肩膀说："好久没飞这么长时间的航班，我骨头都快散架了。"

周襄脱下毛衣时静电带起了发丝，她指着空中飞舞的头发对造型师笑。

然后又听见那边的摄影助理说："我还以为你不会回来了呢。"

Lucie抱着相机，想了想，嘴角勾出个笑意说："嗯，我啊，是为了一个人才回来的。"

摄影助理看她一脸小女人的笑容，打趣地问："谁有这么大的魅力？"

她神神秘秘地卖关子："暂时保密。"

转过身来，她正好和全身镜中已经换好了衣服，也在看着她的周襄，对上视线。

Lucie对她一笑，笑容像是天光带晴的明朗。

周襄愣了下，轻轻点头。

倒不是她刻意偷听，就是离得有点近。不过，反正周襄和她们的生活方向也没有交集。

在这次拍摄中她一共换了五套服装，从早上十点持续到下午四点半。

周襄坐在监视屏幕前一张张确认过照片效果后，副编拍拍手算是结束了。

"辛苦了各位，辛苦了。"周襄一边向周围的工作人员点着头，一边走去室外换下衣服。在对上 Lucie 时，她也依然不改微笑地说了声，"辛苦了，谢谢。"

Lucie 目光随着周襄移动，脚步却靠近副编身旁："原来国内的艺人都挺有礼貌的呢。"

副编毫不留情地说："把'都'字去了，以后有你受的，我国演艺圈的现状，像周襄这种有艺德的，十个里头遇上一个你就谢天谢地吧。"

Lucie 吐了吐舌头，心中有所指向地说："那我算是见过十个里的两个了。"

周襄套上自己焦茶色的大衣，钻出了化妆棚，在室外的寒气逼人下，飞快地奔进保姆车里。

Joey 握着手机靠上耳边，见周襄上车"唰"的一声拉上车门。

她两手伸到颈后撩出藏在衣服里的头发，发丝散在肩头、背上。

Joey 的这个号码是用来联系日常工作的，所以即使是陌生电话也照接不误，但这通电话实在蹊跷。

他听清了那头报上的名字后，皱了皱眉，看着周襄："找你的。"

周襄指着自己，接过他递来的手机，同时用口型问："谁？"

Joey 无声地回答："杨禾轩。"

周襄愣住。

而见她困惑的表情，Joey 耸耸肩表示自己毫不知情，然后就拿出 iPad 来浏览网页。

周襄将手机贴上耳朵："喂？"

那头的确是杨禾轩的声音，说："你看到新闻了吗？"

被突如其来的花边新闻坑害过的周襄，敏感地僵住了肩："什么新闻？"

杨禾轩仅仅沉默了两秒，她的思维已经联想到非常远。比如，与吴鸿生有关的种种可能。

但是杨禾轩却说了一件，周襄原来认为那个名字，是不会从他嘴里听见的事。

他说："郑温蒂罢演了。"

与此同时，玩着iPad的Joey突然拿近屏幕，确定是来自官方的新闻后，将平板递到周襄眼前。

周襄无意识下睁大了眼睛，一边举着手机，另一只手接过iPad，上面黑体加粗的新闻标题写着——

郑温蒂耍大牌罢演《失语旅馆》或遭制作方起诉。

周襄急忙掏出自己的手机看了一眼，没有任何未接来电，没有来自郑温蒂的短信。

这倒是符合郑温蒂生气时，总是独自憋着爆炸的个性。

她放下自己的手机，指尖不断地在屏幕上滑动。

今天的娱乐新闻一溜下来全是关于郑温蒂罢演的事，她这一举动更引发了原著书迷的不满，在各处社交网上喷她身为艺人却没半点责任感，粉丝为了维护她，开始和书迷的骂战。

微博头条都是她，微博热搜榜第一。

不过比起当初许欢哲的脑残粉，铺天盖地黑周襄的程度，这群书粉算是手下留情了。至少没有把郑温蒂扒个底朝天，再加点黑料散播。

杨禾轩有好一会儿，没听见周襄那边的动静："你还在吗？"

周襄大概猜到了郑温蒂为什么会罢演，跟上次杨嘉妮的挑衅一定有关系。

所以她觉得没什么好忍住的，直接对着手机骂了过去："都是你妹干的好事！"

保姆车司机以为能赶上这个绿灯的尾巴，结果还是差一点，于是忙踩刹车。

后排的Joey刚刚被周襄的话吓了一跳，又被司机的急刹车一个惯性甩回来撞了下椅子。

那边劈头盖脸地这么来了一句，杨禾轩不仅没反驳，还叹了口气："我知道。"

周襄抹开脸上的发丝，看向车窗外，冷漠地说："你知道个屁！"

"是是是，我知道屁。"

杨禾轩沉吟了片刻，然后说："周襄，你能帮帮郑温蒂吗？"

他话音一落，周襄的脑子里瞬间涌出了千百个疑问，全堵在了一起，都不知道从哪句问起。

卡壳了半晌，她觉得无力又好笑地问着："我要怎么帮她？"

杨禾轩现在乘坐的航班准备起飞了，空姐朝着他走来。

他时间不多，直截了当地说："一月中旬，我跟你进的是同一个组。"

"所以我知道本来女主定下的不是你，但你既然有本事拿到手，理应能转送给别人。"

周襄的眉头越皱越紧，完全不明白他什么意思。

杨禾轩抬手制止乘务员劝阻他关闭手机的话，表示自己两分钟后马上关机。

"你我都看过剧本，这个角色很适合郑温蒂，如果她能演，她的公关团队就能反咬回去。"

周襄听懂了，但暂时不准备去考虑他的建议，说："杨禾轩，我能问你一件事吗？"

她不等那边回应，严肃地问："你是受了什么刺激，精神失常了吗？

"你替郑温蒂来请求我帮忙，别说我同不同意，你自己觉得你还保持着清醒的神志吗？"

回答周襄这个疑问的，是他挂断之后手机传来里的——

"嘟……嘟……"

杨禾轩也不是故意要挂电话的，只是在空姐再三催促下的无奈之举。

他放好手机，就听旁边的经纪人说："你怎么能肯定周襄会帮郑温蒂，就算是一条平面广告，我看圈里都不会有人会愿意拱手让人，更何况，这可是一集 20 万的女主。"

杨禾轩闭上眼睛，扶着脖子转动了下，回答："如果我不说这件事，我肯定周襄不会帮。"

他接着说："因为没有人正面告诉她可以这么做，她潜意识里就会装作无能为力。但我说了就不一样了，她会一直想着，想着想着就觉得自己该这么去做。"

杨禾轩打个响指："周襄就是这么可爱，我才喜欢她嘛。"

"行行好吧，把你看上的人全招来这架飞机都不够塞的。"

经纪人摇着头拿报纸来翻阅，没注意到，杨禾轩悄悄收起了玩世不恭的笑意，看向窗外，眼里是随着飞机不断攀升后的景象，他若有所思。

驱车来到郑温蒂家，楼下的道路旁有两排整齐的银杏树。秋天来的时候，这里就像一条金色的河流，眼下却是光秃秃的树干。

告别了Joey，周襄提着两大袋的零食，站在郑温蒂家门口，按着门铃。

来开门的人是郑温蒂，她就笑着举起手中的塑料袋，晃了晃。

周襄特地去了趟超市，专拣垃圾食品往购物车里扔，反正郑温蒂吃不胖，没什么比薯片、饼干、软糖更能安抚心情。

然后发现，郑温蒂好像根本不需要安抚。

在周襄没来之前，郑温蒂正在和她爸爸学插花。她看着散落在地上一束束的干花枝，颜色或浓或淡，花盆里垫着绿色的泥土。

郑爸爸抬头看见周襄，停下了手里修剪的动作，对她笑笑："小周同志，晚上留下吃饭吗？"

她唇角弯起："求之不得。"

郑温蒂拆了一包薯片，嘴里咯吱咯吱的，周襄也扯过一张垫子，在地上坐下，伸手捏着薯片，咯吱咯吱。

郑爸爸终于忍不住："你俩到旁边啃去，吃得我花上都是渣。"

郑温蒂家是很古朴的装修风格，随处可见植物盆栽，客厅挂了几幅写意画，画中侍女姿态婉约，花鸟玲珑秀美，落款的印章是郑峥嵘，是她爸爸的名字。

郑温蒂说过，也不知道为什么，明明他爸品味古色古香的，却给她起了个英文译名。

那时，周襄的眸子眨呀眨："我还以为郑温蒂是你的艺名。"

而郑温蒂的妈妈，在她五岁的时候就离世了。又是一个五年，郑爸爸再娶。

其实长久以来，陈阿姨对郑温蒂很好，郑爸爸和她也没有要孩子，但郑温蒂一直觉得心里有个坎过不去，喊不了一声妈妈。

她觉得爱情总在人触不到的地方梦幻，在手边就现实得不得了。

像她的爸妈也是海誓山盟过的，只不过五个三百多天，就成了过往。而且，在这过程中没人有错，她妈妈不是故意要离开，她爸爸的选择也是对的，陈阿姨更没有任何过错。

大家都是对的，这才是最可怕的。

吃过晚饭后，周襄又和郑温蒂坐在电视机前打了会儿游戏，啃了几片苹果，就快到晚上十点了。郑温蒂随手扯上件大衣，又塞给她一条围巾，穿鞋，开车送她回公寓。

一切都太平静了。

越是平静，问题越大。

不管是在郑家，还是刚才一路上只有她们，也没有人提起罢演的事。周襄才觉得这次的事，对郑温蒂的影响真的很大。

所以凌晨一点二十一分，周襄睁着眼睛，盯着床头柜上的电子钟，毫无困意地又失眠了。

杨禾轩的话就像一个魔咒，在她脑子里自动单曲循环。

托吴鸿生的福，拿下的新剧是《今天不回家》，女主的设定是高中生，而男主是小学二年级学生。这个话题一经发出，引发各大网络平台热烈讨论，未拍剧先火。

前几年是古装剧和婆媳剧的天下，这两年爱情偶像剧，以及小说改编剧异军突起，但总是这些套路观众会腻，这部剧就像一股清流，必然会得到高回报。

故事的开端，是女主的父亲被生意伙伴鼓吹，误入歧途，结果父亲被抓进去了，当初怂恿父亲的合伙人却跑了，意外的是没带走他的儿子。

于是，这个小孩成了找回嫌疑人的重点线索，后来就落到了女主的手里。

小学二年级天真善良的男主和高中三年级性格高傲的女主，不得不开始了"母子"生活。两人在相处的时光中改变着对方，这是一个关于亲情与爱的故事。

说实话，她看过剧本里的一些桥段，确实有些感人。不过，没体验过家庭温暖的周襄，可能没法演得那么到位。

给自己找到了放弃的理由，周襄反倒是松了口气。

周襄想也没想地就从被窝里伸出胳膊来，摸到了手机，拨出了电话，全套动作花了不到十秒钟。大脑短路是不受理智控制的。

当那边传来吴鸿生低沉的声线，她闭上眼睛，拍了下自己的头："啊，对不起。"

也不看看现在是几点，就给人打电话。

他低声清了清嗓子，才说："怎么了，就说对不起。"

周襄将被子拉过头顶，蜷缩在温暖的被窝里，很疑惑地问："这么晚你还没休息吗？"

听着她轻柔的声音，吴鸿生不自觉笑了："嗯，有些事。"

但他此刻从床上坐起来，抓起身后的枕头垫在背下，活动了下肩骨，等待她的下一句话。

她揪着被子的一角，在指尖绕来搓去："那……明天有空吗？"

"嗯？"

她攥紧了被角："我想请你吃顿饭。"

没等那边的人回话，她又跟着补上："有事和你说。"

吴鸿生清俊的眉微微皱起，疑惑地问："好事还是坏事？"

周襄抿了抿唇，心里有点别扭，话到嘴边就闷闷地说："对我而言算坏事。"说完她自己都愣了下，刚想解释，就听他说道："那对我来说也不是好事。"

卧室很安静，周襄只听见自己的呼吸声，和电波里他的呼吸声交叠在一起。心里有块不知名的地方，一点一点地塌下去。

"你想好请我吃什么了吗？"

她诚实地摇头，虽然他看不见。

周襄把问题抛了过去："你有什么好的提议？"

他沉吟了片刻："来我家吧。"

等了有几秒，她轻轻地答："嗯。"

后来的话题借由上次见到高天宴，讲到他的电影，接着天南地北地聊着。周襄不是个多话的人，但一遇到他，话匣子就打开了，连她自己都没有察觉到。

吴鸿生偶尔低低的笑声，从手机那头传来。

直到她的语速越来越缓慢，眼皮有些沉了下来。周襄细微的叮咛，揉了揉眼睛。

他抢过话头，说着："你快睡会儿吧，下午我去接你。"

下午？

一把掀开盖在头上的被子，空气变得清澈了些。她看见从窗帘下漏进来的阳光，还有细小的灰尘缓慢地飘浮着。

周襄愣了一下，视线移到床头柜上的钟，居然已经是早上八点了。

完全感觉不到时间在流逝，这样神奇的力量，可以称它是某种情愫的萌芽。

但往往身在其中的人，不曾醒悟。

吴鸿生早已过了而立之年，对感情这种事情，不再像个毛头小子一样，有满腔冲动，就轰轰烈烈。他决定投入一份感情之前，会冷静地瞻前顾后，考虑各个方面。

但是，生命中总有一些不可估量。

比如，穿着米白色的大衣、绒缎的连衣裙、一双酒红的短靴出现的周襄，就毫无征兆地打破了他固守的规则。

她笑着，眼波流转，皮肤白得像雪，唇色红润，朝着吴鸿生的方向快步走来。公寓门口今天没铺红毯，隐隐可见湿漉漉的水光。

周襄没注意就踩上去，滑得她两只手臂画了个圆，直接扑到他怀里。

像那时在伦敦，周襄发间的味道，溜进了嗅觉里。

这一抱，就不想松开。

只是这次有点不一样，周襄不再是慌张地跳开，而是先抬起头来，冲他不好意思地笑了笑。

正想从他怀中起来时，却突然被他的指尖，撩开了垂在眼前的头发，带到她的耳后，羽毛般的触感扫过，她就愣住了。

还是吴鸿生将她扶好站稳，她很快地回神，随手整理了下头发，心里多了点意味不明的慌乱。

上车的时候，周襄没有注意到，不远处停着的一辆车里的人，将他们的身影收进眼中，攥紧了握着方向盘的手。

车里电台音乐放着英国歌手的 *Thinking Out Loud*，窗外黄昏的城市景致她看过无数遍了，不知道为什么，现在的感受却截然不同。

听吴鸿生在耳边漫不经心的声音，看着车窗玻璃上是他虚晃的侧脸，好像整个世界都变得柔软，让人不忍心触碰。

他单手握着方向盘，拿起手机看了看，接起电话。

陆侨白说着："你现……"

"没空。"

"我还没说……"

"没有十二点之前，你别回来。"

旁边的周襄愣了一下，没作声。

电话那头的陆侨白张了张嘴："哈?"

不到半秒，他"噢"了一声，尾音拉长，明白了什么。

"约人到家了?"不等吴鸿生回答，他迫不及待地接上，"那我必须回去凑个热闹。"

"不想我把你家几尊大佛请来，我劝你最好别这么做。"

吴鸿生慢条斯理的话音刚落，陆侨白就飞速地说着："我今晚都不回去了，祝你们用餐愉快。"

说完就挂了电话，干净利落。

吴鸿生拿下手机，随意地放在置物格里，就听她问了句："你今天原来有事要忙?"

很快地转头看了她一眼，她微微歪着头，轻蹙着眉，有些抱歉的神情，让他心底软得一塌糊涂。

心里想着，就付之于行动上，他伸手揉了揉她的头发："没有。"

一个星期前就和吴鸿生约好，今天谈投资项目的陆侨白听到这句话，一定气到哭。

/ 08 /

因为他的一句话，渴望长命百岁。

被吴鸿生掌心压过脑袋的周襄，也顾不上揉乱的发顶，转正身去像小学生听课一样老实坐着。

余光扫过她的坐姿，吴鸿生就笑了，俊逸的眉眼夺目。

对他忽然的笑容，周襄有些摸不着头脑地看过去，却看见他细润弧线的下颌，脸上若隐若现的笑涡。简直是着了魔，她竟然鬼使神差地用手指点了上去。

"咦，这是酒窝吗？"

她指腹冰凉，轻轻点在他的面颊上。

吴鸿生只是稍微顿了一下，然后敛了笑意，严肃地说："年纪大了，是皱纹。"

前一秒还被自己的举动惊着了，不知该怎么收场的周襄，下一秒听着他的调侃，她扑哧一声，笑了出来。

她笑得肩膀轻轻抖着，刚想收回手，指节一弯，还来不及垂下手臂，就被他的大手抓住了。

将她的手握着，指尖收紧，缓缓放下。

周襄一到冬天手脚就冰凉，于是对比之下，她的手背上覆着的掌心的温度有些炙热。是那种一路烫到她心口的战栗，全身都酥酥麻麻的，有那么一刻，停止了思考。

电台正播放着一首不知名的歌，旋律中的吉他声逐渐和她的心跳同步。

周襄生硬地抽出她的手，按下了车载音响上的切换键，然后把手规规矩矩地放在膝上。

她有些慌神地说："我不喜欢这首歌。"

他似笑非笑地将手握上方向盘，没有回话。

吴鸿生的家在市中心寸土寸金的伴月山庄，车开进山庄大门之后，就如同与外面尘埃飞舞的城市隔绝了一样。山庄内景色宜人，除了结着薄冰的湖面，丝毫没有冬季的感觉。

车在别墅旁的私人车库中停稳，周襄解开安全带，惯性地摸上车门。

在她将要打开车门之际，吴鸿生突然想起了什么，急忙阻止着："Wait！"

"啪——"

周襄低下头，直愣愣地看着碎成好几片的瓦盆、褐红的泥土，以及倒在上面孱弱的海棠花。

吴鸿生甩上车门，走到她身边："没事吧？"说着，扶住周襄的胳膊，让她跨过瓦砾走出来，他侧身顺手关上车门。

她蹙着眉，很是抱歉地说着："我没事，这花怎么办？"

前几天他把这盆秋海棠救活了，害怕陆侨白又撞上，就挪到一边，却忘记了摆远一些。

这曾经是他的心头爱，而现在，他只是淡淡地扫了一眼。

他安慰着说："不用管它，有空我再收拾。"

进门之后，吴鸿生从鞋柜里拿出一双崭新的、棉麻质感的拖鞋，放在她脚边。

"谢谢。"

他的手顿了顿，关上鞋柜："听我的助理说，'谢谢'和'你是个好人'，意思是一样的？"

周襄一愣，随即笑了，伸手扶着他的肩膀，脱下她的靴子，蹭进拖鞋里。她没有回答这个问题，也没有对"拐杖"说谢谢。

吴鸿生眸色渐深地看着她走过自己身边，然后无奈地笑了笑。

把人推开一段距离，又拉回来一半，这到底算哪一招呢？

正对着玄关的是回转式的楼梯，旁边立着座断臂的雕像，周襄盯着看了一会儿。

可是她也没什么艺术鉴赏力，看着这个只能想起某本侦探漫画里，凶手就是把尸体藏在这种中间是空心的雕像里，怪瘆人的。

见到周襄在打量这座雕像，吴鸿生走到她身边，抱着双臂，好奇地问："有什么看法？"

她转过头来，澄澈的眼眸眨了眨："要说实话吗？"

这句话就表明了她的看法。

吴鸿生仰头看着，摸了摸眉毛思考着说："过两天我找个别的换掉它。"

幸亏，撞了几次海棠花就差点没让吴鸿生把车砸了，被这雕像吓了有八百次，每次都被无视的人没回来。

否则，这将是气哭陆侨白系列。

周襄唯一会做的拿手菜就是煮泡面，所以她公寓里的厨房料理台，基本作用就是积灰。但吴鸿生显然是厨艺界的个中高手，从这厨房中全套的设备就可以看出来。

几块黄油在锅中煮着。

他挽起袖子，握着刀切着番茄、胡萝卜，还有绿色的芦笋，手法漂亮娴熟。小臂上淡淡的青色脉络时不时隐显，周襄看着走神了片刻。

也不好干坐着，她就站起来走到厨房里帮忙，剪个包装袋，烧烧水什么的，也不至于帮倒忙。

周襄端起一盘褐白的、像肉一样的东西，拿到鼻尖下嗅了嗅："这是什么？"

他接过盘子，笑着说："鹅肝。"

鹅肝裹上糯米粉，在牛油融化的锅底上小火慢煎着。

她摸了摸脖子，不好意思地说："本来是我想请你吃饭的。"

究竟是怎么就变成，他做饭给她吃了呢？

"其实都……"

他话一出口，又反悔了。

吴鸿生顿了一下："你可以记着还欠我一顿饭。"

"好。"

答应得很爽快。

周襄又发愁地思考了一番，问："那你喜欢出前一丁，还是合味道？"

他哑然失笑地摇着头。

一刀刀将洋葱切成丝，培根切碎。

吴鸿生低着头，说着："帮我拿一下奶酪。"

周襄从专注在他手上的动作中回神："嗯？"

他提醒："在冰箱里。"

转身打开冰箱的门，冷气迎面袭来，她的目光在琳琅满目的食材中搜寻，一边拿出罐鱼子酱闻了闻，一边疑惑地问："在哪一层？"

"左边。"

他说着，就走向她身后。

周襄放下鱼子酱，舔了下指尖，刚发现边上放着装奶酪的盒子。

还没碰到，就眼睁睁地看着它被越过她脸庞的手给拿了起来。

她下意识地转回身去，猝不及防地，和他呼吸起伏的胸膛，只剩一个拳头的距离，近得过分。

冰箱里的寒气扑在背脊上，侵占她每一根神经。

她进屋的时候就脱去了大衣，衣领不算低，但是能看见白皙分明的锁骨和一条细巧的链子。

他薄唇抿起，抬高了视线。她微微抬头，正好对上他漆黑的眼。

一股带着淡淡烟草味的气息，逐渐压向她。

烧着水的锅开始冒出细小的水泡，逐渐有沸腾起来的样子。

周襄一偏头，从他架着的胳膊下溜了出去，站到料理台前，关了火。

耳边传来冰箱门关上的声音，她不着痕迹地呼出一口气。

这颗小心脏哟，扑通扑通地跳，刚才她甚至在心里默背了一遍乘法口诀表。

奶酪放在一边，他将马铃薯缓缓丢进滚烫的热水里泡着，像没发生过任何事一样地说："过一遍热水，一遍冷水，会很好剥皮。"

他神情依旧淡淡的，看不出喜怒。

周襄暂时不敢和他对视，故作平静地没话找话，问着："你为什么会选择当演员？"

用平底锅小火融化奶油，他简单地翻炒了一下洋葱和培根，停下动作等锅里的食物软烂，抽空回答："年轻的时候觉得有意思，现在是享受能有人认同我的想法。"

周襄帮着搅动锅里的汤，点着头："唔……"

这答案听着就觉得境界太高。

"你呢？"

被提问的人下意识地转过头去，碰上了他的目光，又迅速移开，低下来盯着锅里红红黄黄的汤。

她诚实地说："嗯，从小就有人夸我漂亮，除此之外，我没有什么特长，也没有什么爱好，毕业了不一定找得到工作，就算找到了，朝九晚五的上班族工资不高，而我又缺钱。"

听完她这一长串，吴鸿生先是微微愣了一下，接着脸上笑意越发明显。

周襄想想也笑了："是我的回答太现实了吗？"

他抿唇一歪，脸颊上那一撇弧线更加明显，他点着头："有一点。"

她拿出锅里的汤勺，在锅边敲了两下，沥去汤水："那我改改。"

吴鸿生顺着她的话，问着："你为什么要当演员？"

她神情严肃地回答："因为人活着太艰难了。"

下一秒，他低下头笑着。

周襄歪着头："显得很没有内涵吗？"好像是太空洞了点。

"别笑了。"她用手指推了一下他的肩膀，"你再问一遍。"

吴鸿生像陪着她玩采访游戏似的，努力收起笑意，又正经地问了一遍："你为什么要当演员？"

周襄弯着眼眉，眨眨眼："不谈这个，我给你背一段出师表吧？"够有内涵了吧。

吴鸿生笑出了声，实在忍不住伸过手去不重地捏了捏她的脸："你怎么……"

这么可爱。

她回过神来，摸着脸："我怎么了？"

落地窗外夜色渐浓，窗帘绑在一边。

餐桌上暖黄色的灯光下，西冷牛排配蘑菇汁、烤洋葱汤、芥末奶油炖肉、脆皮鹅肝配珍菌，还有一小篮子，刚出烤箱的全麦酸奶面包。

吴鸿生保持一贯的绅士风格，先替她拉出椅子，再托起桌上的红酒，缓缓倒入醒酒的玻璃瓶中。

诱人的红，映衬着一桌的美食，香气都是勾着人的味蕾。

周襄本能地咽下口水，舔了舔唇瓣，视线离不开餐桌。

"完了，这周答应我经纪人节食的。"

吴鸿生手中晃动着醒酒瓶，轻轻皱起眉头，同时说："我觉得你现在已经太瘦了……"

艺人这个职业，有时候很摧残健康，为了上镜好看，必须比普通人瘦很多。有些女艺人，在现实中看起来几乎是病态了。

幸好周襄骨架很小，看着是纤细，美在轻盈，没到骨瘦如柴的地步。

她深棕色的瞳仁一转，接着他的话问："抱起来感觉不好吗？"

吴鸿生愣了一愣，手里的动作也停下。

等了一会儿，他目光沉然地盯着她，笑了："要试一试才知道。"

吴鸿生此时的声音是优雅慵懒的。

周襄异常冷静地抱了抱自己，点着头评价："嗯，还不错吧。"

她只能呵呵地干笑了几声。

真不知道该为自己的机智鼓掌，还是为一时糊涂去调戏人家点赞。

反之，吴鸿生却没说话，倒是笑得山明水净。

一对比就更显周襄的不自然，但美食总能很快让人放松情绪。

周襄属于吃东西非常走心的人，无论在什么环境下，而且有光盘光碗的习惯，小时候吃饭喝粥，到最后都会把碗刮干净。

可吴鸿生却是第一次遇见这样的人，所以觉得很有意思，也很喜欢。

结果在进食的过程中，吴鸿生还是将菜肴的烹饪方法，饶有兴趣地讲述给她听。

等到周襄面前的盘子已经只剩下一点汤汁的痕迹，她捏着酒杯，才记起了"请"他吃饭的目的。

她一五一十地说了关于郑温蒂的事，以及她的想法和决定。

说完，周襄眸光发直地盯着他，他的神情是在思考，没什么特别的反应。

过了半晌，他微笑，声线却不是——

"你都能为朋友做到这样，怎么不能为我多考虑？"

他指的考虑，是考虑什么，周襄很清楚。

吊着人不给答案，这样不好，周襄很清楚。

可清楚又有什么用。

她眼眸低垂，长睫微闪，想绕过这段，于是故作轻松地说："饭后话题好沉重啊。"

"不要避开。"

吴鸿生深若寒渊的眼，望进她在灯光下似有氤氲水汽的眸。

一声重重的鼻息后，他眼底温和。

"虽然我不知道你在担心什么，但这并不是一个很难的抉择对吗？"

周襄放下手中的酒杯，灯光透过殷红的酒，四散成一条条细线。

出神了须臾，她不看他，心里忐忑，语气却淡淡："你会因为……我这样犹豫不定，而讨厌我吗？"

吴鸿生摇了摇头，笑了，十分无奈。

"可能就是没办法讨厌你，才觉得你太讨人厌了。"

一个三十几岁的人，早就学会了喜怒不形于色，现在却不能自如地控制自己的感情。说起来自己都觉得有些好笑。

沉重的饭后话题，最终如此平静的结束。

吴鸿生起身，端着盘子走去了厨房。

周襄心绪紊乱，却没有当知晓有个人为自己神魂颠倒着了魔的得意，只有翻涌不定的烦躁和想要拥抱，但找不到任何理由的愧疚。

周襄把杯中最后一点红酒，滑入口中，拿着酒杯也走到厨房，站在他身旁，伸手插队进簌簌的水柱下，冲洗着杯子。

他的侧脸温柔细致，轻缓地说："换人的事我会和制片说的，郑温蒂又是春秋的人，很容易搞定，你不用多想了。"

周襄默默颔首。

不到片刻，她又说："你知道我十几岁之前，都是在香港长大的吗？"

吴鸿生只是扬了下眉骨，笑了："那你国语挺好的。"

这句话让她漾开一抹笑，很快又慢慢敛去。

她说："我妈妈是苏州人，在家没人讲广东话。"

"后来她改嫁，去了泰国，我就搬去苏州的外婆家。"

说到这儿，周襄顿了顿。

以前在她心里是"丢下"，今天脱口而出的是"改嫁"，结果还是时间最厉害，让人释然成长。

"我外婆身体很不好，舅舅又欠了一屁股的债。"

她突然回过头来，向他无奈一笑："我大学的学费，还是我现在经纪公司老板掏的。"

周襄说着觉得很不可思议地摇着头，像在讲述别人的事。

听完她的话，吴鸿生什么也没问，水池里盘子碰盘子的嘈杂中，也有他的声音，划过耳畔。

"现在我还没有资格说，以后我来成为你的倚靠。"

他说："所以先保留，你知道就行。"

周襄曾经把生命莽撞地浪费过，因为没想过"以后"是什么。

突然在他平平淡淡的一句话之后，渴望长命百岁。

这些心情，她没有表现出来，沉默地帮他冲洗着盘子刀叉。

周襄说："你同意我过河拆桥吗？"

他疑惑："嗯？"

周襄抱歉地笑说："我只是有点困了，这两天没睡好。"

理解了她的意思，吴鸿生温和地笑了："好，你把外套穿上，我先去开车。"

没有发生意料之外的事，吴鸿生把她送到公寓楼下。

并不值得一提的是，公寓大门口的保安在看到车牌号之后，问都没问，直接升起了拦条。

搞得就好像他成了这里的住户似的。

当天晚上，是半个多月来的头一次。

在周襄睡下之后，一夜无梦到日上三竿。

灰蒙蒙的天空中有雪片疾速地落向地面，凌空划过的弧线随风旋转，一时间弥漫眼前。

她裹着一件厚厚的毛衣外套，拎着垃圾冲出公寓楼，扔进大垃圾桶里，步伐飞快地奔了回去。

停下脚步后，她拍了拍肩头和脑袋，深嗅了下衣服，还有点冰霜的味道。

按下电梯的同时，她的手机在口袋里振动了起来。

周襄以为当换演员的事一经曝光，会是 Joey 第一个打电话来收拾她的人。

但每次她以为的事，都会有偏差。

她向掌心哈了口热气，滑过通话键。

当郑温蒂连名带姓地叫出她的名字，她就知道要完了。

　　"周襄，我不要你帮我做什么，不需要，没有必要。请你在善心无处安放的时候，去福利院走走，不要施舍给我。"

　　郑温蒂劈头盖脸的一段话，彻底泼醒了她。

　　恍然大悟，她的做法无疑是，伤害了郑温蒂的自尊心。

　　不是所有人都喜欢，剥开伤口给人看，让人可怜，让人上药的。

　　电梯门"叮"的一声关上，开始上升。

　　周襄回过神来："对不起，是我的错，你能原谅我这一次吗？"

　　其实周襄也不慌张，如果不原谅也没关系，郑温蒂最怕死缠烂打，她是很了解的，所以到时候只要抱住大腿不放就好。

　　就是觉得自己的擅作主张，真的不对。

　　周襄已经准备接受更加狂风暴雨的指责，还把电话音量按小了一些。

　　却没想到，隔了很长一段时间，她仔细听，听出郑温蒂哭了。

　　她说："不原谅你能怎么办，我又不想失去你。"

　　周襄愣了一下，冰凉凉的东西滑过脸颊，她抬手摸了下，指尖是水。

　　有人不愿意失去你，这么好的事情，不应该哭的。

　　她就笑了，可能是雪吧。

　　朋友是一个很玄妙的词，它包含了许多的小秘密和琐碎的心事。

　　它理解难以言说的表情，交换每一个心领神会的眼神。

　　即使做作、自私、高傲的时候，它都在身旁。

　　郑温蒂说："只有这一次，下不为例。"

　　"收到。"

　　"在我进组之前，请我吃饭。"

　　"好好好。"

丢了一份工作，心情舒畅的人，大概只有她了。

中午接到 Joey 电话时，周襄十分庆幸自己提前调小了音量，大老板的声音先是盖过了 Joey 的说话声，紧接着又夺过手机，直接吼得她快要看见透明的音波，荡漾在眼前。

大老板难以置信地说："我还以为是人家制片反悔了，没想到是你自己主动要求的？你是不是缺根筋？是不是嫌欠我的钱还不够多？明天到公司来我们把合约解了！"

说完，不留给周襄任何解释的机会，直接挂断了电话。

不到三分钟，Joey 又重新拨了过来。

那头除了一些细微的谈话声之外，再没有大老板的声音。

解除合约的事情，她和 Joey 都没有放在心上。

毕竟每次大老板都是这么说，但从来没有真的实践。

Joey 说："你明天还是到公司一趟，我们重新排一下日程。"

周襄用脸颊和肩夹着手机，撕开泡面盖，笑着说："我是不是烂泥扶不上墙？"

Joey 不留情面地说："不然呢？"

放下手机，她想了想，又从冰箱里拿出两颗鸡蛋，扔到锅里煮。

尝过了鹅肝之后，还能吃得下泡面，她都佩服自己。

周襄端着一碗泡面坐在沙发里，打开电视机，屏幕上突然蹦出自己的脸，倒把她吓了一跳。

原来是先前拍的巧克力广告，短短不过十几秒。

她不以为然地换着台，画面闪动，切换到综艺节目停下，夹起一筷子泡面，吹了吹就放进嘴里。

啊，果然还是鹅肝牛排比较好吃。

在一切看似平静中，周襄不知道，因为一条广告，她的名字居然就这么蹿上了热搜榜。

第二天下午公司派车到周襄公寓接她，车子开到了公司门口，她就看到一大群粉丝围在那边拉着横幅，举着灯牌。灯牌上赫然闪着"顾祁"两字。

车子路过门口，拐进了停车场。

虽然周襄不太了解，这位同属一个经纪公司的后辈顾祁，但他确实是公司比较拿得出手的艺人了。他和周襄一样走演剧路线，目前为止是人气直逼杨禾轩的小鲜肉。

电视剧明星的优势，可以凭借一部作品，瞬间累积粉丝量，在短期内的影响力绝对让人惊叹。

但坏处也因为如此，井喷般爆发过后，如果再没有出现洗脑般的新作品，粉丝量疯狂的涨势，就会变成一路下滑，速度也是惊人的。

顾祁尚在人气直冲区，而周襄正面对，即将被遗忘的这个问题。

但昨晚小起伏了一下，热搜榜第一位就是周襄。

不是和任何人挂钩的绯闻，只是简简单单的一条广告。十几秒的广告被粉丝截成了好几张动图，疯传网络。原因很简单，两字概括——颜值。

转发的半数以上是路人粉，周襄的粉丝借此上热度的机会，发了一套套的电视剧截图、平面杂志照，刷着话题，好不热闹。

——××选对代言人了，简直是实力卖安利！！！

——以某宝巧克力同款，这份安利我先干为敬。

——表妹美颜盛世！

表妹，是周襄曾经因为 Ski 的手表广告宣传照，仅仅一张就上了热搜，由此获得的一个新昵称。虽然周襄觉得很奇怪，但粉丝叫得开心，也就无所谓了。

当然，事情有正必有反，也会出现这样的评论。

——再美也是婊。

然后就不可遏制地又掐起来了。

她没有心情再往下翻评论了，准备将手机扔到一边时，又见到一个熟悉的粉丝账号，发了一条纯文字的微博。

——我表妹出道快三年，明明演技 max，然并卵，每次都靠颜值上热搜。

最后配了一个无奈的颜文字。

在这个美颜即是正义的现状下，周襄是占便宜了。可作为出道几年尚算实力派的演员，像这样虚名上的东西，对她根本没有多大的帮助，终究还是要用实打实的作品来说话。

结果，本来到手的作品，又被她拱手让人了。

所以周襄走进会议室时，大老板的脸色马上就变得难看了，只朝她这边看了一眼，就直接无视她，和其他部门的负责人商谈事宜。

周襄摸摸鼻子看着 Joey，从眼神中，Joey 告诉她："待着别说话。"

大概有三十分钟的样子，会议结束她被点名留下谈话。

Joey 临走时，拍了拍她的肩："我去盯片场了，排好日程再跟你说。这段时间多注意，狗仔跟得紧，有人买通稿黑你，被大老板买回去了。"

每当有话题的时候，总有八卦杂志来跟拍，所以即使下楼扔垃圾都不敢穿着拖鞋，否则下个头条绝对是说，她已经过气到如此地步。

但居然有人买通稿黑她，有什么深仇大恨。

人都走后，就剩大老板和周襄两两相看。

会议桌又宽又长，周襄走到他身边的位置，拉开椅子正襟危坐。大老板看她的眼神里夹带寒冰棍棒，恨不得拆根墙柱抽她一顿。

一时安静过后，他敲了敲桌子："说说你是怎么想的。"

周襄低着头，找借口都是无用功，他肯定是知道了全过程才来兴师问罪的。

此时最好的回答就是闭嘴。

果然大老板见她这个表情，躺向椅子，转了些角度，不看她问着："你多大了？"

周襄愣了一下："二十四。"

大老板看着她，用很不可思议的语气说："都在这现实的社会中度过二十四年了，还跟我说着，友谊第一，利益第二？"

"……虚岁。"

他瞪了周襄一眼。

她找到机会，就使劲服软地说："我错了，我保证只有这一次。"

大老板冷静地看着她，好一会儿。打火机盖下时清脆地响了一声，他抽了几口烟，吐出灰蒙蒙的烟雾，就缭绕在眼前。

他皱了皱眉，突然问道："你戒烟了吗？"

周襄拍《深冬迷失》的时候因为角色需要，被导演要求抽过烟。后来去日本拍《地狱密语》的角色也抽烟，因此她不排斥烟味，反倒有点沉迷。

她耸了耸肩："我没有瘾。"

　　这倒是真的，除了拍戏的那段时间，她没有再碰过烟。虽然有的时候会念想，但想想也就过了，只要转移了注意力，很快就忘记这回事了。

　　"真厉害。"和你妈妈一样。

　　他的后半句话没有说出来。周襄和她妈妈的性子太相近，有时像高处的烟雾，以为抓到了，其实都是空；有时又像角落里的尘埃，太不明显让人容易忽略。

　　同样是对任何事情都不会上瘾，她妈妈更可怕一些，即使有了孩子，也可以像无牵无挂一样。

　　周襄反而是因为她妈妈的"抛弃"，而变得害怕付出感情。在她看来世界是冷漠的，所以她只要冷漠，就能融入这个世界。

　　想到这里，他又狠狠抽了一口烟。

　　不知道他在想什么，但是周襄知道什么能讨好他。于是，她那双澄澈的眼睛眨了眨，说着："我公寓旁边有一间川菜馆，看着挺好的样子。"

　　大老板嘴唇抿成一线，半晌，按灭了烟，站了起来。

　　他威胁道："不好吃你就等着律师来通知你解除合约吧。"

　　周襄笑得得意，拿起外套，屁颠屁颠地跟着他走。

　　一轮夕阳坠落，最后的余晖即将消失在层层叠叠的云中，灰色的天空挂着绯红的云霞。

　　现在正是下班高峰，他们在路上堵了将近十多分钟。周襄百无聊赖地换着电台，主持人在电波中讲着笑话，不时播报一下路况。

　　周襄托着腮帮子，想起 Joey 的话："是有人买通稿黑我吗？"

　　大老板点了点头，过了一会儿才说："无非就是你那点绯闻翻来覆去地提提，幸好你风评还成，我阻止得比较容易。"

不得不说，周襄平时私底下没架子，懂得谦虚低调的做人，倒是个值得称赞的点。

见她眉头越皱越深，他又说："别想了，你也想不出来。指不定就是钱多闲得慌，又看你不顺眼。"

话落，周襄"唔"了一声，没了后续。

好像窗外的天色又沉了一些，冬季的夜晚总是来得悄无声息，一旦开始了，就蔓延得很快。

车流有了松动的样子，慢慢地能看见前方指挥交通的人。

大老板周延清淡淡地说着："抛开上司下属的关系，还有一个问题，我想从私人的角度问问你。"

她眉头一抬，偏过头看向他："你说。"

"你和春秋影视的高层，有什么关系？"

周襄抓了抓头发，眼神上下左右地看了看，有点心虚地没吭声。

见她如此反应，他就直截了当地问："和谁搞对象呢？"

周襄扬起下巴，好像很不平地说："你怎么就肯定是搞对象了？"

周延清甩她一脸"你得了吧"的表情，说："这么多年不闻不问，突然间有求必应，总不可能是亲戚吧。"

说完这句话，旁边有辆车突然变道，让周延清飙了句脏话，按着喇叭。

在尖锐的喇叭鸣笛声中，冒出她的话语声："我们没有在一起。"

等车流众多的路口逐渐疏散到畅通，周延清才分心过来，问了句："那你们准备要在一起吗？"

周襄蓦然一愣，然后近乎喃喃自语地说着："我不知道。"

他没有接话，只是平平淡淡地扫了她一眼。

突然，她出声："老板。"

"干什么？"

周襄转过头来，笑得狡黠。

"我妈妈到底有什么，是值得你爱她这么多年，包括照顾她的女儿？"

周延清不咸不淡地说："这不是小孩该问的，顾好你自己的事吧。"

"我就是好奇，连 Joey 都问我，我是不是你女儿。"

她这是随便说说，也知道不可能的。

毕竟是先有了周襄，她妈妈才遇见了周延清。

他毫不客气地斜了周襄一眼："你别以为乱攀关系，就可以不用还钱了啊。"

周襄"哎呀"了声："谈钱多伤感情。"

"跟你没感情可谈。"

她"喊"了一声。

此时，一点点白絮粘在了挡风玻璃上，她隔着玻璃用手指去触碰。

冰凉凉的触觉，从指尖传来。

不多时，鹅毛大雪直扑而下。街道两旁亮起了路灯，像一个个晕开的光圈，光下是大雪皑皑的冬天，朦朦胧胧得仿佛触手可及。

/ 09 /
于是，阳光将如约而至。

车子停在川菜馆门外，周襄下车就将手挡在头顶，穿过凛冽的寒风，飞雪擦过脸颊。她跑进饭馆里，周延清则掉头去停车。

周襄低头拍着身上的积水，同时和收银台旁边的服务员说要一间安静的小包厢。服务员是个年纪不大的小姑娘，估计是认出她了。她看着周襄愣住好一会儿，才回过神来领着周襄上楼。

周延清上来就看见，背对着他坐的周襄已经拿着菜单在点菜了，伸手就是照着她的脑袋一拍。

"哪有老板还没来，下属就先点菜的，你懂不懂规矩。"

包间靠窗，窗上结着薄薄的白霜。冬季的夜晚总是来得突然，外面灰黑的夜空逐渐低下来，雪势未歇，依然在狂风里乱舞着。

锅里水煮鱼上的油红得发亮，热烟都滚到了窗玻璃上。

周襄刚戴上塑料手套，准备抓起酱猪蹄的时候，刚才那个服务员妹妹进来了。

"我们现在做活动，六瓶青岛一百，赠送两碟小菜，还可以抽奖。"

周延清很爽快地回应："那上吧。"

"哎，好。"

服务员没走两步，又回头，对周襄羞怯怯地说："那个……可不可以签个名？"

周襄仰头看着她，嘴里正啃着猪蹄呢，就愣了一下。

周延清闭上眼，说好的形象呢。

啤酒瓶摆上来丁零当啷，绿色的玻璃瓶身冒着水珠。

周襄握起一瓶酒，拿着银色的汤匙："给你表演一下，我的独门绝技。"

周延清不知道她要干什么，不以为然地夹起一筷子粉蒸肉，刚放进嘴里，就看见她用汤匙"啪"的一声，撬开了啤酒瓶盖。

他"哇"了一声，顺便鼓掌，最后给她比了大拇指。

周延清说："你这让我想起了一个网络词汇。"

她期待地问着："什么？"

"然并卵。"

然而并没有什么用。

夜幕拉开，华灯初上，街道上是川流不息的车河。明明下班很长一段时间了，却依然人潮汹涌。

酒过三巡，周襄感觉脸颊都有些发烫了，但幸好意识还是清醒的。

她本来近视不深，平时不戴眼镜，这会儿可能喝得微醺了，看周延清那张脸有些模糊，像极了她童年记忆里出现的他的那副样子。

周襄问他："你怎么不讨个老婆？"

没等他反应，她又接着笑："生个小胖给我玩玩啊。"

周延清捏起一把花生米，朝着她扔了过去："我凭什么要生孩子给你玩啊！"

周襄眼疾手快地躲开了花生米，却没逃过抬头的时候撞到了桌子。

她捂着头喊疼的工夫，周延清的脑海里短暂地闪过了一些事情。

他曾经也认为只要结婚了，就算是有再多爱恋不得的伤口，想来也能通过家庭的温馨来弥补。

所以他的生命中，又迎来了一个温柔可人的女子。

自然而然地，他们走到了谈婚论嫁的时候。

周延清尽可能给她温柔和体贴，陪着她挑婚纱、选影楼、买婚戒、订婚礼酒店，包括蜜月地点、房子的装修等等，无一例外都以她的喜好为先。

那天在去登记的路上，她突然在车里问了一句："延清，你爱我吗？"

他答不上来。

善意的谎言，终究也是谎言。她这么美好，他不忍心用谎言来伤害她。

"你爱的不是我，对吗？"

他爱的人，叫陈筌，还是一个孩子的母亲。

陈筌，成全。

她最后也没有成全他。

不是非要她不可，只是在周延清走南闯北，登山入海，这么多年之后发现，爱是不爱了，可恨的心落在她身上，还没收回来。

所以，他回答："还不到时候。"

周襄皱着鼻子："你都多大了！"

他愤怒地扔下汤勺："你刚刚是不是把瓶盖飞到汤里了！"

不知道什么时间了，空瓶一地。周襄动了下脚，撞倒了酒瓶"砰"的一声。

酒瓶在地上打了个旋。

"小姑娘啊，叔叔没机会当你爸，这都是你妈害的。"

周襄看着他绯红的脸，拿下他手里的酒瓶，同时说："快别喝了，你都要醉了。"

他手心一空，摇摇晃晃地指着她说："你看看你，就是小时候没管好，长大性格就扭曲了。要是搁在我手里，就给你一顿抽，我看你还敢不敢自残，还成天把安眠药当糖吃！"

周襄用力地把酒瓶塞回他手里："你还是趁早醉了吧，省得再说胡话。"

周延清说："人生是很残忍的，指不定哪天好端端的人就没了，你后悔都来不及。所以一旦遇见了……嗝，那个人，不要去想什么白头偕老，都是狗屁没用的。"

顿了顿，他说："只要珍惜，就好。"

桌上的锅底泛着红油，对面的人已经醉醺醺地趴倒在桌上，只剩周襄靠着椅背，看着窗外的夜色迷蒙。雪停了很久，街道都是白茫茫的一片。

她低下头，看着掌心的手机，点开通讯录。

指尖悬在他的名字上，隔了好一会儿，总算滑了过去。

这个时候，机场候机楼落地窗外天空是深黑的，VIP 休息室里，吴鸿生正和高天宴在聊天。他们一行人准备去往尼泊尔，为新电影踩景。

手机在他上衣口袋里振动，他对高天宴低声说了句抱歉，掏出手机来，就走到一旁。

他无奈地看着电量显示红格弹出的提示，还是接了电话。

他和周襄说过去尼泊尔的事，但人喝蒙了就不一定记得清楚今天是几号了。

等忙音过去了，她也一直没说话。

那端清润的嗓音带着点疑惑："周襄？"

她思忖了一会儿，然后说着："我这个人，不会的事比会的事多，有点自私，害怕麻烦，很懒，不对，是非常懒。但我不挑食，脾气应该挺好，最重要我能知错就改，虽然改不掉的也就算了。"

吴鸿生有些摸不着头脑，疑惑地拧了下眉头："你喝酒了吗？"

"事先声明，我是喜欢你，但我不爱你。所以你的出现，对我来说不是一个必要的选择，可假如你站在那里……"

周襄笃定的语气，却越说越小声，最后喃喃地重复了好多遍，你站在那里。

她不知为何哽咽了一下："你站在那里，我一定会走过去的。"

吴鸿生愣了一下，有些出神地看着面前落地窗外，飞机徐徐起飞，闪着一排灯的机翼，缓缓地划向天际时，就听见她说。

"如果你想好了，要不要试一试，抱我的感觉？"

回答她的，是嘟嘟嘟的一阵忙音。

周襄茫然地拿下手机到眼前，是被他挂了吧。

她咯咯地笑，似乎除了汤匙开瓶盖之外，又会一招独门绝技了，自杀式告白。

笑过之后，她用力吸了下鼻子，觉得有点痒。

而在吴鸿生这里，是嘀嘀两声后，电量耗尽，手机自动关机了。

E仔泡了杯泡面回来，视线在休息室扫了一圈，就看到了那个在落地窗前，修长又高挑的背影，他端着泡面往吴鸿生的方向走去。

他才迈上两步，就见吴鸿生转身朝着自己走来，地上铺着地毯，走路无声。

吴鸿生说："车钥匙。"

E仔老实地交出了车钥匙。

吴鸿生又说："帮我改签到明天的航班。"

E仔回过神来："哎？"

E仔睁大了眼睛，见他去到高天宴身边说了几句话，高天宴点了点头，他就快步出了休息室。

E仔眨眨眼，谁来解释一下，这到底是发生什么事了？

虽然这会儿周延清有点醒了，就是手软脚软的，但周襄还是存下了代驾司机的电话，目送周延清的车消失在视线里。

一阵刺骨的厉风吹过来，周襄差点冷得尖叫，抱着手臂抖了抖，转头跑进公寓大门里。

回到公寓洗完澡，她一边走到厨房，一边拆下挽着的头发，发尾的水滴在手臂，滑落的瞬间变得冰凉。

用温水泡了点奶粉，给她的角蛙兄弟加餐，无意间地一瞥冰箱。

打开了冰箱，她盯着透明架上的那罐变形的啤酒，良久。她有些愤愤地把它拿了出来，想摔进垃圾桶里，手举高了之后，却又在半空中停住。

她定住动作，安静的房子里，能听见她呼吸了两轮。最终，她摇了摇头，准备拉开易拉环，全部倒进洗手池里时——

门铃响了。

准确地来说，是可以看见公寓楼下的监控门铃响了。

她的指腹堪堪停下，再过一毫米，就可以拉开。

周襄疑惑地走到门口，拿起挂在墙上的电话听筒，屏幕亮了。

那瞬间的怔忪之后，是溢上心头，她憋了好久的酸涩，挡也挡不住的翻涌。

他就出现在那个四四方方的屏幕里，用生硬的普通话说着："我不知道楼下的电子密码。"

带着点笑意，因为他本来构想的，是像电影里演的那样，突然出现在她的家门口。可惜，考虑不周，被安全措施给阻拦了。

周襄说完密码，挂下电话就冲出了房门，站在电梯前，不敢看旁边变化的数字。

只是等待。

等待电梯门打开，看见他眼里是忽明忽暗灿若星辰的光；等待他会用最温柔的笑意，对她张开双臂。

但吴鸿生站在电梯里，诧异地看着她："你怎么连鞋也没穿？"

像那时第一次撞到他身上，他也是这样诧异地说，你才是不要紧吧。

没关系，只要是你，和剧情有偏差也没有关系。

眼前的人突然扑到他怀里，让他往后踉跄了半步，同时抱住了她。

周襄紧紧搂住他的脖子，把脸埋在他肩上。

她所有坚固的情绪，在顷刻间崩塌，哭得胸口起伏，泪水染湿他的肩头。

他怔了怔神，抬手按着她的脑袋，轻轻地抚着，却收紧了搂住她的手。

周襄的世界一直是阴天，大雨倾盆。

曾也拒绝过几个勇敢的试图闯进来给她递一把伞的人。

但没防住他悄然地出现，在她寂静的时光里。

于是，阳光将如约而至。

半夜里周襄醒来过一次，因为感觉身体被横抱了起来，又被轻柔地放下。床头壁灯映衬着房间里的安静，朦胧视线中是他目光蕴水清润，柔和地泛着光。

"睡吧。"他说。

他低沉的声音是温软的，穿过耳朵后变成了缠绵。

替她掖好被子，随后是一个吻，轻轻地落在她的额头上。

羽毛般的晚安吻像咒语，把她最后一点意识彻底拉进了睡梦中。

她渐渐趋于平缓地呼吸着，柔软的嘴唇细微地张合，在暖光下，像娇艳欲滴的花。

吴鸿生手肘撑起的身子在她的上方，就这样看着她良久，最终他的指尖撩去她额上的碎发。

昨晚喝了酒，所以周襄这一觉醒来有点头疼。她揉着太阳穴从床上坐起来，瞥见身边床单上的痕迹，是有人躺过的褶皱。

她掀开被子下床，开门之后客厅里的光，亮得她睁不开眼，用手掌挡在眼前。窗外是个阳光正甚的大晴天，光线温暖地扑在地上。

她站了好一会儿，四周静悄悄的，吴鸿生并不在。

餐桌上摆着瓷碗，在日光中碗盖的边沿漏出丝丝热气。周襄小心地点了下盖子，确定不烫手才揭开。温热的水汽扑面而来。

一碗火腿青豆粥，旁边的盘里是个煎得七八分熟的荷包蛋。真是难为他了，周襄都可以想象到他在面对空荡地仿佛喊一声都有回音的冰箱时的神情。

她抽出盘子下压着的一张纸。

吴鸿生的字迹很苍劲，且意外的不潦草。

——上午的航班，我先走了。另外，蟋蟀不要放冰箱，死了它不会吃的。

它？

周襄下意识地回头去看，客厅茶几上放着的鱼缸。鱼缸里的一层水被换了，她的角蛙在那儿，正惬意地一鼓一鼓地撑着腮。

难怪每次给它喂蟋蟀，它动也不动一下。周襄朝它龇了下牙，挑食怎么行，跟你主人多多学习。

她伸了个懒腰，走去卫生间刷牙洗脸，眼神在整齐排放的瓶瓶罐罐上愣了一下，连厕所都光照充足的条件下，玻璃的漱口杯反射着不太刺眼的微光。

她摊开手，那些光片就映在了掌心。

周襄一直被说成是"吸血鬼"，因为住在阴沉沉，又乱糟糟的空间里。原来以为如果有一天变得干净光亮起来，她会非常的不习惯。

可现在竟然有一种，它就该是这样的感觉。

周襄坐在餐桌旁，拿起汤匙舀了一勺粥放进嘴里，清淡的味道暖暖地到达了胃里。

忘了有多久，她的早餐就是一杯美式咖啡，加上几片苏打饼干。

她笑了。真担心万一将来她的味蕾被这些温暖的早餐养刁了，要怎么回到速溶咖啡和饼干上。

突然间，好想他。

想听听他的声音，呼吸也可以。

所以说嘛，光线暗一些的房间，才不会觉得空荡荡的。

周襄在本来就不大的客厅里兜了一圈，找不到她的毯子了，但是找到了给他打电话的理由。

她拿着手机走到阳台前，隔着窗，看见楼下光秃秃的树枝上堆着一层厚厚的白雪，在风中簌簌地飘落。

吴鸿生接到电话的时候，正在登机。

她直接问："你有看到我的毯子吗？"

他很快地回忆了一下："在沙发上。"

"啊？"在沙发上她怎么可能没看见？

周襄茫然地向着沙发看去，那条平时被她蹂躏到不成样子的毛毯，此刻被叠成整整齐齐的小方块，放在沙发里。难怪认不出来。

她抓起毯子抖开，熟练地裹着自己坐在沙发上。

吴鸿生走进机舱内，空姐微笑地朝他点头。

他一边问着："早饭吃了吗？"

她下意识地回答："吃了。"

然后是一段话语停止的空隙，周襄用脸和肩头夹着手机，他留下的字条被折成纸飞机。听见电话那边不清晰的提示音，应该是机上的广播。

她把下巴靠在膝盖上，又说："你这叫始乱终弃。"

吴鸿生低声笑了："没看到我留的字条吗？"

周襄把手里的纸飞机抛了出去，语气肯定地说着："没有。"

他也不拆穿，带着笑意地复述了遍："我是十点的航班，所以没吵醒你，就先走了。"

有没有人和他说过，他的声音很好听，在温润之中有点磨砂的质感。

周襄缓慢地眨了下眼："我也想看看喜马拉雅山。"

他想了不到片刻："好。"

听到这个字时，她愣了下，才恍然记起自己刚才说了什么。

但是来不及了，吴鸿生已经说："这样吧，我让阿西订最近的航班，你收拾一下行李。"

周襄直起腰："那签证呢？"

"你带好证件照片，落地办，别忘了护照。"

难道要来一场传说中的，说走就走的旅行？

她急忙说："不是……我得去问问经纪人接下来还有没有通告。不一定可以去……"

她的声音到最后已经模糊得没了。

他叹了口气，不明意味，倒有些埋怨的语气："怎么和你在一起了，还要被你'开玩笑'？"

当吴鸿生嘴里说出在一起这三个字，她心里漾着一圈一圈的涟漪，一时间不知道该怎么作答。

周襄这两天是真有拍摄广告的通告，Ski 今年的代言。

其实当 Joey 说 Ski 亚洲区的 CEO 也会来的时候，她内心是拒绝的。所以，再次见到这位 CEO，他依然帅得让人十分有压力。

秦易穿着一件黑色呢子长大衣，大衣针脚匀称密实，就像他给人的感觉，充满了严谨，同时带着点危险的味道。

她对着化妆镜扬起笑容，从椅子上站起来，转身，主动和他握手："好久不见。"

秦易说："能再次和周小姐合作，是我们的荣幸。"

据闻原来让周襄颇受好评的那张海报，就是秦易在百来张照片里，一眼挑中的。Ski 总部这次让他全程监督拍摄，于是接下来的进程就不算顺利了。

秦易抱着手臂站在屏幕后面，神情严峻。红裙浓妆的周襄，在镜头前摆姿势摆到快吐了，他却越看眉头皱得越深了。这人寒气绕身，连 Joey 都不敢上去搭话。

又是一下闪光灯之后，他拧着眉说："停下吧。"

在场的人都愣了一下，他又说："照片都清空了，重新换造型，越干净越好。"

周襄第一个回过神来，提起裙子踩着高跟鞋走出了布景，经过秦易身旁时，听到他说了句："感谢体谅。"

周襄保持微笑："不客气，应该的。"

她心里却早就把写着秦易名字的小纸人戳烂了！

周襄在做发型的间隙，低下头去看着手机上这几个未接来电。她正准备打过去，肩头被人拍了一下，条件反射地缩了下脖子，抬眼就看到在镜中的郑温蒂。

她眨了眨眼睛："你怎么来了？"

郑温蒂把手里的纸袋子往她面前的桌上一放，边坐在她旁边的椅子上，边说："我阿姨今年又做很多萝卜糕，知道你喜欢吃，本来想拿去你家的。"

后来打了几通电话周襄没接，大概在工作，她就打给了 Joey。她只是想问问周襄什么时候能下班，结果 Joey 的回答是，估计悬。

估计悬到底是什么意思，她想知道，就过来了。

郑温蒂耸耸肩："反正我这两天也是闲着，就来慰问慰问你。"

周襄身子向前倾着，从纸袋里拿出尚有余温的食盒："在我即将被折腾死之前能尝一口萝卜糕，也算无憾了。"

说着就打开了扣盖，掰了一小口萝卜糕放进嘴里。

郑温蒂嫌弃地看着她："啧啧啧，也不嫌脏，你洗手没？"

换上一身茶白色高领毛衣的周襄，走到了和先前完全不一样的布景里。她伸出手去，让人挽起一截衣袖，在光洁的手腕上戴好新款的手表。

这一回的画面，秦易比较满意，不自觉点了点头，所有人都松口气，拍摄进程就稍显轻松了。

周襄身上毛衣的料子是海马毛，细微的纤维浮在空气中，有一种朦朦胧胧的感觉。

美是很美，只是被这些毛挠着，她快痒疯了。

郑温蒂也无聊地从化妆室里出来，除了布景处的光亮，周围都是稍暗的。她看着此时在闪光灯中心的周襄，干净透明到有种不可抗拒的诱惑力。

盯着周襄出神地看了一会儿，郑温蒂揉了揉酸涩的眼睛，随即视线移向别处。

然后，她愣了一下。

那个男人的背影未免也太眼熟了，郑温蒂心里有个都要到嗓子眼的名字，可就是叫不出来。

她没发觉自己正在一步步靠近，直到和他仅有不到一米的距离，他清冷的侧脸轮廓清晰地呈现。

他察觉到有人在身后，于是转了过来。

郑温蒂脑海里所有关于他的记忆，在这时全部重合在一起，像风吹拂开了那个被雪掩埋的名字。

她笑了："秦易。"

有些人的名字被念出口，就是一个风和日丽的重逢。

再次相见，郑温蒂已经不是当初被她爸爸按在钢琴前，一把鼻涕一把泪弹琴的小丫头了。

郑温蒂还记得他的名字。

她轻轻微笑，清澈的眸中满是笑意："真的是你啊，秦易哥。"

她认真地看了看他的眼睛，像是在确认什么："还以为是我看错了。"

秦易弯唇，语调温和："好久没见了。"

郑温蒂看到了他脸上的笑意，还是和记忆中那个温暖的大哥哥有些许的差别。不过，都过去了这么长一段时间，人是不可能不改变的。

她在心里算了算，接着就睁大了眼睛："我们有十年没见了吧。"

说长不长，说短不短，刚刚好的十年。

周襄在拍摄中偶尔向他们看去，目光带着点探究的意味。

终于等到了秦易俯身，在助手的电脑屏幕上指了指，圈出了几张照片后，周襄才脱离苦海。

见到周襄走来，郑温蒂忙拉过她，就指着秦易介绍了起来："秦易哥就是我和你说过的，小时候关系很好的哥哥。"

周襄眼神里闪过一丝亮光，她记起来了，是有这么一说。她还顺便记起了郑温蒂曾经说，在她十四岁那年秦易出国了，但他们并不是一下子断了来往。

是慢慢地过着各自的生活，从疏于联络，到彻底失联。

她又指着周襄："秦易哥，她是周襄……"

说着顿住，郑温蒂恍然了一下："噢我忘了，不用介绍，你们认识。"

周襄的目光不着痕迹地，在他两人之间流转了一圈，淡笑着说："真是好巧啊。"

"秦易哥，等会儿有空吗，我们一起吃个饭吧。"

他看着郑温蒂依然还是像只小麻雀一样，可活泼里却多了明艳，眼睛灵动地闪着，于是他想也没想就点头了。

在此之前，秦易猜不到有一天再相见，是会百感交集地尴尬，还是会不习惯地小心翼翼，或者因为隔着时间的距离产生了无法消弭的生疏。

结果哪种都不是。

如果还有什么其他的情绪，全都藏在他澄亮的眼眸中。

郑温蒂和他彻底"失联"，是在她还没有和渣男解除婚约之前。周襄真佩服自己在短短几秒钟之内，能迅速地回忆起她们的对话，并且找到了关键点。

所以秦易到底知不知道郑温蒂的现况，她觉得还是让他们自己去聊吧。

如此一想，周襄淡定地说："你们去吧，我晚上还要跑通告。"

Joey 不知从哪儿走来，和她说了声："周襄，接下来你也没任务了，我就去盯片场了，一会儿你坐老陈的车回去。"

周襄脸上的笑容瞬间僵了一下，她深吸一口气转过来，对上那两人的目光。

演技源于生活，她一脸坦荡地说："听到了吧，我还赶着回家呢。"

最终这顿叙旧饭，周襄如愿以偿地没参与，没把自己变成高压电灯泡，她很欣慰。不过好像他们只是很平常地吃了顿饭，也没有发生点出乎意料的事。

旁敲侧击后得到了这样的回答，周襄内心很失望，又不好明着表现给郑温蒂。

距吴鸿生去尼泊尔踩景，眼看就快过去一个星期了，周襄的工作仍然是一堆平面杂志的拍摄。因为颜值闻名，也突增了几个广告代言，却也不是什么好事。

按周延清的话说就是，好好的二线演员，混成了十八线模特，不嫌丢人。

吴鸿生经常在晚上和她视频通话，两地时差相差两个半小时。

他聊着在那边的见闻，比如城市的大部分地区是尘土漫天，也有幽静深远的寺庙林立。国家的确不富裕，但人们生活得却很怡然自得。

今天他发来了一张珠峰的照片，雪山层层叠叠，山脊像斧子砍过般整齐。

光看照片就知道一定很美。

周襄愣愣地看了一会儿，然后和他说："我先去睡觉了，晚安。"

吴鸿生似乎有话要说，但却点了点头，温和地道了声晚安。周襄没多想，关了和吴鸿生的视频，然后点开了另一个人头像上的小电话。

Dr. 林接到她的视频请求时还是很惊奇的，因为周襄很少主动联系过他，最近更是难得谈一次。

屏幕里是她拧着眉思考的表情，片刻后她才开口："我谈恋爱了。"

Dr. 林并没有很讶异，反倒是很平静地说："嗯，我就猜到是这样。"

周襄抱着膝盖，说："这几天他一直在国外，他告诉我很多很多好玩的事情，有趣的人。"

而吴鸿生在坐巴士游览奇特旺时，她在进行着枯燥乏味的拍摄工作；他登上雪山瞭望远方广阔天地时，周襄今天自己修好了厨房的水管。

想到这里，她垂下眼眸，忽然不知道该怎么继续说下去了。

"我觉得，我和他像是两个世界里的人。"

Dr. 林摇了摇头："你就是想他了吧。"

她一脸恍然大悟的表情："啊，原来是这样吗？"

他推了推眼镜，笑着说："距离不是自己产生的，是人划定的界限，一百米，一公里，都是人标出来的。你不去靠近又怎么知道，你和他的世界是不是在触手可及的距离内。"

在她因为这句话走神的时候，Dr. 林好奇地贴近屏幕："还有，我能问问这次对象是谁吗？"

周襄回神，看着他，抓了抓脖子，似蕴着清泉的眼睛一亮，从笔记本后面的书架上抽出一本去年的杂志。杂志封面上，是吴鸿生那张五官俊逸的脸。

周襄指着："他咯。"

Dr. 林抿了抿嘴，脸上的神态明显是表达着，你不想说就算了当我傻啊。

看着他这副表情，周襄就笑了起来，果然不信啊。

第二天醒来依然是皑皑大雪的冬日，白昼亮得让人眼睛发疼。周襄随手抓起一件羽绒服穿上，走到厨房扎好了垃圾袋的口，拎了起来。

她踩着一地软雪小跑去扔了垃圾，折返回来时，只顾着低头看她一路来的脚印。到了公寓楼前的台阶上再抬头，被一个帽檐遮住半张脸的人吓到了。

周襄惊得眨眨眼，然后眉头一紧："你在这儿干什么？！"

听到她的声音，许欢哲抬了下帽檐，黑漆漆的眸子看着她。

她看了眼许欢哲的着装，在这天气里算穿得单薄了，外衣里只有一件黑色卫衣，还是低领的，颈间露出的皮肤像雪一样白皙。

周襄拢了拢羽绒服，一边往里走，一边说："先进来，外面很冷。"

许欢哲微翘了唇角："没事儿，我还好。"

"我冷。"

走到电梯门旁，室温比外面稍微暖和了些。她站住了脚步，转回身，看样子是不准备按电梯。

周襄神情淡漠地看着他："我以为上次我已经说得很清楚了。"

许欢哲满不在意地歪了头："是很清楚。"

她皱着眉头，疑惑地问："那是你没听明白？"

"我明白。"

听到这回答，周襄吸着气即将发作，又被许欢哲突然的笑给堵了回去。

他笑起来眼里还是仿佛有涟漪的光，周襄也是如今才知道，许欢哲不是只对她笑得好看，而是他的眼睛长得好看，对谁笑，都是一样的。

他说："周襄，这栋楼又不是你买下来的，我只是站在外面，没说我在等你啊。"

她语塞，又翻了个白眼："那你请便。"

周襄转身刚刚抬起手臂，还没碰到电梯的按钮，一只手就扣住了她的手腕。

许欢哲拉住了她的手腕："我是来给你一样东西的。"

他拿出和打火机大小差不多的 U 盘，翻过周襄的手背，放在她掌心。

指尖冰凉地，擦过她温热的手心，然后松开了手。

他说："这里面有我所有的新歌。因为专辑还未发售，所以只好这样让你听一听。"

周襄垂眸，看着手里银色的 U 盘，神情淡淡的。

他笑着说："我一直记着你说过的，如果不知道在坚持什么的时候，坚持下去总会知道的。这句话，成为这张专辑诞生的动力。"

说出这些话，许欢哲好像释然了许多，他挠了挠鼻梁："我就是想和你说句，谢谢你。"

周襄刚抬眼，张了张口，要对他说什么时，视线先不自主地移向他身后。

隔着一层玻璃门，她看见了他站在那里。

他的气质在后头一片白色雪景映衬里，像雾气散去后的远山。

她一时恍惚，使劲眨了眨眼，看清了吴鸿生那双润澈的眼睛后，才确认真的是他。

恋人的久违相见，却是在这种情景下。

先不想吴鸿生怎么回来也没有告诉她，此刻周襄怀疑的是难道一遇上许欢哲，她的人生就自动开启狗血模式了？

/ 10 /
想和他生活，想走进他的世界里，
想抱着他的背脊不松手。

吴鸿生只是朝这边看了一眼，随即低下头按着门上的密码锁。

周襄愣了一下，缓步上去。

等玻璃门向两边展开，她问："你怎么没跟我说今天回来啊？"

她鼻尖冻得有些发红，一双瞳孔正迎向日光，深棕的色泽透着微光。

吴鸿生微皱了下眉头，反问："穿这么少下楼？"

周襄故意偏头扫了眼身后的许欢哲，说："我只是下来扔垃圾的。"

一语双关的解释。

吴鸿生依然是拧着眉，自然地拢紧她身上的羽绒服，扣上拉链，向上拉起。他轻轻摇着头，无奈地笑说："我昨晚本来要告诉你的，后来想想，不如留个惊喜。"

他是早晨七点到达首都机场,就直接来找她了,行李都还放在车的后备厢里。

周襄怔怔地看着他,有时候细微的小动作,恰好撞击到柔软的心房。

而将这一切收入眼底的许欢哲,此刻脸上没有多余的表情,目光沉着。不用言语就能表明他两人的关系了不是吗?

以这样的方式被告知,许欢哲一时也不知道该怎么形容自己的心情。

看到吴鸿生搂着她的肩走来,许欢哲微笑着:"前辈好,我刚路过,顺便来和周襄打声招呼。"

至少先说离开的人,不能不洒脱。

许欢哲离开后,他们进了电梯,上到了十六层。

周襄捏着钥匙正准备开门,居然有点心虚不敢看他,故作轻描淡写地问:"关于刚才的事,你就没什么想说的吗?"

吴鸿生侧过头,静静地看了她一会儿,沉吟后说:"嗯,你住在这里也不是很安全。"

"哎?"

Joey 急招她回公司的电话,打断了她和吴鸿生正坐在鱼缸前,讨论角蛙能吞下的虫类到底有多少时,两个人脸庞的距离越凑越近。

周襄的鼻尖已经碰到他的,心颤得厉害,手机忽然在茶几上嗡嗡响。

她没忍住笑了出来,头矮下去一截,正好让吴鸿生的薄唇,轻轻触碰她的鼻尖,无奈地说:"看来以后必须记得关机。"

周襄拿起手机,对他做了个口型"我经纪人"后接起了电话。那边的Joey 具体也没说是什么原因,只让她尽快到公司来一趟。

室内安静，所以吴鸿生也听见了个大概，他手撑着地毯，正准备站起身来："我开车送你。"

短短五个字话音未落，周襄拉下他的胳膊，钩住他的脖子，仰头吻住了他。

她只是想浅浅一吻就结束，却没料到他夺过了主动权。大手绕到她脑后，轻挑开她的唇，从舌尖到上颚，深深地掠夺每一寸空气。

酥酥麻麻的感觉像电流过遍全身，周襄瞬间就缴械投降了。

吴鸿生按照她的指引，七拐八拐地把车开到了公司后门。他看着在半人高的电箱挡着的安全通道的门，不由得称赞："哇，这样很隐蔽啊。"

周襄耸肩："我老板是会玩的。"

她解开安全带，摸上车门，又飞快地回头亲了下他的嘴角。

吴鸿生愣了下，就见她眉眼弯弯地挥着手："拜拜。"

他那双漆黑的眼睛变得柔和异常，温软地勾起唇来，点着头："嗯。"

周襄在楼梯的拐角正巧看见 Joey 的背影，她不慌不忙地跟了上去。周延清倒是察觉到了，倒退了两步，回头。

他朝着楼梯吼下去："磨磨蹭蹭你来溜公园的啊？"

周襄被吼得一怔，摸了摸鼻子，大步跨上了阶梯。

他们到会议室时，里头已经坐着几个部门的负责人，正在有板有眼地谈论着。这阵仗对分散式工作的经纪公司来说，算是大排场了。

周襄拉开椅子，屁股刚坐下就凑到 Joey 耳边问："这是准备和我解约了吗？"

他认真地回答："和你解约用不着这么多人出场。"

接着 Joey 才告诉她，是春秋影视公司的人要来，最关键是陆侨白也在这几人中。

他要亲自来谈，关于周襄出演《鹤归》的事宜。

她一双眼睛眨巴眨巴地望着 Joey，非常疑惑地问："《鹤归》不是已经开拍一段时间了吗？"

Joey 也觉不可思议地说："女一还空着。"

周襄佩服地感叹："开天窗拍这么厉害！"

话音刚落，脑袋上突然传来磁性的男声："就是这么厉害。"

她猛地抬头看去，男人穿着深黑的长大衣，不笑时眼角也是微微上挑，标准的桃花眼，有几分雅痞的味道。

陆侨白和站起来的周延清握了握手，笑着说："不好意思，刚刚在贵公司门口碰见好友，聊了几句来晚了。"

周延清微笑，官腔十足地说："陆董言重了，我们也是刚到。"

陆侨白目的明确，会议上就不带拐弯抹角，当然也是因为拍摄时间有点紧了，所以直接提出如果周襄接演，那么今晚就进组。

周延清微皱着眉，思忖了片刻，向长桌最尾端坐着的人问道："你怎么想？"

一时间，数十双眼睛纷纷朝周襄看去。

其中还有陆侨白含笑的目光，实则带着点威胁的意味。

但是这在别人眼里，就成了明目张胆的调情。

在场的人或恍然大悟，或如梦初醒。

原来是这么个关系，要不怎么如此大手笔的制作下，竟然架空一个女主就跟周襄杠上了。

这齐刷刷的注视，把她弄蒙了。周襄冷静地想过后，回答周延清："……

我同意。"

周延清刚张了张口,先听两声鼓掌,从陆侨白的双手中传来。

其实现在说出来估计也没人信,这个角色他不是一定要周襄出演,只是陆侨白试过几个女演员后,可总觉得缺点什么。

陆侨白的人生信条是,有把握的事情会做,没把握的事情当然也要做。

所以他做了个让人咂舌的决定,把女一号空着,等有合适的人选出现就上。

最近网络上不是正流行一句话,不将就嘛,他就不乐意将就。

刚巧,他和副导在拍摄间隙聊天,聊到柯磊的剧被周襄推了的消息。两人合计了一下,就杀上门来。主要是女一号再不定下来,估计整部影片就真的没有女主了。

不过半路杀进剧组的情况实属罕见,而且进的还是投资数额庞大,制作班底享誉国际的团队。结果这个会议从开始,到拍板定案全程不到一个小时。

连合约都是择日再签,先把人架走再说。

要说周襄真有那么点紧张感,也被陆侨白风风火火的作风给烧没了。

Joey 见状起身一边掏出手机,一边问着副导:"郑导,拍摄地是在昆山影视基地吗?"

副导将要开口,陆侨白接下话梗,语速很快地说:"我跟郑导开两辆车下来的,你们坐我的车下去就行。"

Joey 愣了下,放回了准备联系车辆的手机。

会议室走空得只剩欲要抬脚离开的周襄和紧随其后的大老板。

她拿着周延清的外套，听他骂骂咧咧地摸上墙壁的开关："养的这群白眼狼，走了也不记着关灯，还整天装模作样地到处呼吁节约能源。"

周延清关上门，转身接过外套，好奇地问着，所有人都想问她的："难道你是被陆侨白给睡了？"

周襄忍住了想对他翻个白眼的冲动："老板，你该去复诊了。"

言下之意就是有病记得及时治疗。

和 Joey 一起上了陆侨白的车，她扣上安全带，旁边的人就递给她一卷剧本。

陆侨白眼睛盯着前方，打着方向盘说："第三十一场，你先把台词背了，下去之后你换完衣服化完妆应该时间差不多。"

周襄翻到三十一场是场夜戏，从第二段开始就是她的词，篇幅不算多，她估计一两个小时能背下来。演技她不敢自夸，但在背台词这方面，她觉得自己算个中高手了。至少她只要背熟了，不带剧本出戏都没问题。

全情投入在剧本中，车上了高速，周襄一点感觉也没有。所以连手机在口袋里振动，她都未曾发现。

坐在后排的 Joey 听觉灵敏，但习惯在她背词的时候，不去打断她的思绪。而作为导演的陆侨白，当然不希望他的演员在背台词的时候被打扰，干脆当作没听见。

没料到周襄的手机一停歇，陆侨白的手机就欢快地跳了起来。

陆侨白迅速将视线扫过来电显示，大概猜到刚才是谁给周襄打的电话了。他滑开接听键靠上耳边，连"喂"字都懒得说，听完那边的话，就转递到周襄眼下。

在她的视线中是剧本上多出了一部手机，屏幕上显示着吴鸿生三个字。

Joey 倒是愣了一下，还没搞清楚是怎么回事，就见周襄接过了手机，隔了几秒用熟稔的语气说："刚刚在背剧本没听见手机，我现在要进组了。"

他说："我知道。"

顿了顿，他又接上句："下午在你公司门口碰到他了。"

周襄都不用想就知道他说的是陆侨白。

可是没想到吴鸿生对她说："要是在拍摄中有什么事都找陆侨白，他解决不了你就走人。"

这话听起来，不像是开玩笑的。

吴鸿生太了解陆侨白了，为了达到目的可以变换各种姿态，艺人一旦签订合同跑不了了，他就原形毕露了。如果达不到他的要求，怎么够狠怎么骂。

老板中的暴君，即使当了导演也一样。

但周襄不知道，蹙着眉说："这样好吗……"

吴鸿生理所当然地回答："我的女朋友为什么要受他折腾？"

他语气一贯的温和却有几分认真。

虽然不知道他们在聊什么，只瞥见周襄笑起来，给人感觉温暖又柔和得不像话。但这样和他剧本里的人物就大相径庭了，万一影响她情绪的发挥。

陆侨白不耐烦地挑了挑眉："差不多得了啊，准备聊到天亮呢，台词还背不背了？"

他的这句话分音不差地，传进了电话那头，吴鸿生淡淡说着："让他等着。"

她粲然一笑，转过脸去又装出一副无可奈何的表情："他说让你等着。"

陆侨白这一口气卡着上不去，下不来的。

打着大夜灯，将一座雕花阁楼照得通明，古朴的房中亮得出奇。

周襄在戏服外裹了件羽绒服，坐在监视器旁，认真地听副导给她说戏。现在拍摄组的工作人员基本都各就各位，他们对这位空降的女一号，还是充满好奇的。

虽然周襄的名字不陌生，但最近除了和绯闻挂钩之外，给人的印象就是什么巧克力广告女生之类的花瓶即视感。

今天和周襄演对手戏的李承宏老师，也是影圈里的老戏骨，业内评价颇高。他从椅子上起来，在准备入场前对周襄微笑，她也回以点头，都说他为人亲和还真不是假的。

周襄放下剧本走到场景中，因为里头穿得比较单薄，她在一案矮桌后坐定，才脱去羽绒服，递给边上的 Joey，他拿起就跑出了镜头外。

一身杏黄的衬裙外，在白皙如羊脂玉的肩头轻轻搭层薄薄的纱，丽人窈窕身段尽显，但一双秋水瞳正出神地想着什么。

旁人叹，只可惜美则美矣，缺少了些烟花地女子的媚气。

仿佛都在心里已经坐实了周襄这个花瓶的名头。

陆侨白来到监视器前坐下，环抱着双臂，看见镜头里的周襄，他的表情似乎一点也不担心。

陆导演头一点，场记板子一打，四周静默。

周襄闭上眼又睁开不过瞬间，美人妩媚的眼角流转过艳丽的神色，似笑非笑的唇瓣像欲入口而不得的烈酒。她纤细的手指捏起白瓷杯，递到身旁的男人面前。

李承宏稳坐如山，面色不改地接过酒杯，在他一饮而尽时，美人眼中有利刃闪过之色，又在须臾殆尽，只剩勾人魂魄的旖旎，妖媚到骨髓里又透着点薄凉。

在此景中周襄有三段台词，两长一短，她声音极尽柔媚，千回百转得让人觉得心尖痒痒的。

陆侨白抬手，最后三秒流逝，他喊了声："OK——"

声音回荡下，一条过。

"换场换场。"陆侨白站起身来自己合上折叠的椅子，挥着手赶人换场。

周襄几乎是在下一秒恢复本来面目，冷得牙齿打战，不断搓着手臂，召唤 Joey 快拿外套来。在其余人相当惊艳的目光下，Joey 神色平常地快速上去把羽绒服递给她。

在前两年国内一些电视剧制作的老班底里，和周襄合作过的同仁，给她的外号就是"周一条"。

因为在一众花旦中，她一条过的概率最大。

不过是换成电影拍摄，她有段时间没有拍戏，但不代表不会演。就像一个游泳健将两年不下水，突然把他推到水里，他也能迅速地凭着本能游动。

再加上这类的角色，周襄从出道以来已经演到麻木了，但给观众留下的印象确实深入人心。

摆脱了花瓶的印象，一夜拍了九场戏，直到清晨六点刚过才结束。中间除了她忘词被陆侨白一顿毫不留情的批评外，还算是顺利收工。

副导当着 Joey 的面称赞她演技卓越，更夸张地说，她假以时日捧几个小金人不成问题。

Joey 谦虚地笑着回答。心里想的则是，和她合作的每个导演都这样说，结果到现在周襄还在二线上挣扎。这些导演说的话，相当于个诅咒啊。

整个剧组连着赶了三天的戏，终于快追上目前影片的拍摄进度。然而这个速度是非常快了，周襄是功劳最大的人。

然后，周一条这个念起来十分痞气的外号，算是复活了。

连着拍戏的三天内，她的睡眠时间加在一起也不到十个小时，已经是超负荷运转了。如果不是因为某人三令五申地要让周襄休息两天，陆侨白真想一口气就赶上进度。

所以当周襄手里的咖啡被拿走，温度抽离了手心，她才恍惚地回神，转头看着开车的人。

吴鸿生的轮廓在车窗外照进的柔和日光下十分俊朗，他将咖啡放在手边的置物盒里。他看着路况，对周襄说："别一直喝咖啡，回家洗个苹果吃，也能提神。"

先不管苹果到底能不能提神，他说的"回家"这两个字，让周襄抿住了嘴，心底有些温热的感觉正在一点点涌上来，像咖啡的香气袅袅而升。

因为她现在正在做一件说大不大，说小不小的事——

搬家。

抑或是，搬去他家。

吴鸿生拎着她的行李箱率先走上楼梯，周襄慢了一步，看着原本立在这里的女神断臂雕像，变成了一个银箔色的花盆，里头插着几束干花。

她的新房间没有阳台，却有一个可以躺着的窗口，深木色的书柜，米色的窗帘。床下铺着羊绒地毯，阳光正堪堪照进来，落在地上。

周襄坐在床上，拿起床头的靠枕抱在怀里，对他笑："我还以为要和你住一个房间呢。"

面对她狡黠的笑意，吴鸿生则露出了恍然大悟的表情，拉起她行李箱上的杆："哦，也对。"

周襄甩开靠枕跳下来，笑盈盈地抱住他的胳膊，讨好地说："我再也不跟你开玩笑了。"

吴鸿生顺势把她拉进怀里，夹住她的鼻子："这是你自己说的啊。"

周襄觉得此刻阳光太灼热，莫名地让人想逃离。

从习惯了独自生活，到突然让别人窥探她所有的空间，实话说是有些恐慌，但只要吴鸿生一个和煦的笑容而已，她所有拒绝的话到嘴边都土崩瓦解。

想和他生活，想走进他的世界里看一看，想抱着他的背脊不松手。

然后，周襄看着他站在水池边洗苹果的背影，不受控制地就伸手从后面抱住了他。脸贴在他的背上，蹭着毛衣颗粒状的触感，深深地吸了口气。

吴鸿生抖了下苹果，切了一小片，偏过头，准确无误地塞进她的嘴里："你在干吗？"

"吸收你的好运气。"

她说着要去拿苹果，就被吴鸿生捉住了手，带到水龙头下："吃东西前先洗手。"

等周襄惬意地躺在沙发里，一边啃着苹果，一边看吴鸿生找地方安置她的角蛙兄弟时，她突然想起了该和 Joey 报备一下新地址，于是掏出了手机。

吴鸿生看了看架子上的航母模型，好像是陆侨白忘记带走的，所以他漠然地拿下价值过万的模型随手扔在一边，小心翼翼地将鱼缸稳稳地放在架子上。

周襄对着手机说："我搬家了。"

Joey 挤挤眉："What？搬去哪儿了？"

她挠了挠头，看吴鸿生正"伺候"角蛙吃饭，她就自己噔噔噔地跑到大门外，照着门壁上挂着的名牌号念："伴月山庄，C 区 5 栋。"

Joey 愣了一下："睡醒了吗你？"

周襄对着空气翻了个白眼："反正我告诉你了，你到公寓找不到我记得来这个地址。"

"你是怎么搬到那儿……"

Joey 的话顿住，他想起了前两天，他逼周襄坦白从宽后，她说她交往对象是吴鸿生。

要说不信吧，娱乐圈里奇得很，什么事都有可能发生；要说信她吧，可他俩明明没有交集啊。

他问着："你该不会和谁同居了吧？"

周襄打了个响指："回答正确，加十分。"

"加你个头啊！"

虽然说男未婚女未嫁，交往同居在这个时代是再正常不过的事，但是吴鸿生能和普通人比吗？！

要是被狗仔拍到他们在一起的画面，一秒钟送上头条，一个星期，不，一个月都别想下来。

思及此处，Joey 突然停顿了下，那不也挺好的嘛。上个年代的鲜肉到现在，已经是戏骨级别的影帝，粉丝都不是没头没脑的小姑娘，不会无端去诟病她什么。

周襄不仅借此增加了曝光度，以后但凡吴鸿生出场，必会有媒体提到她的名字。

恋情被发现能提升知名度，承认恋情又能冲热度，万一将来结个婚，生个孩子什么的，她这一路都不愁没话题，比起那些乱七八糟的绯闻，这都还相对正面。

短短几秒，Joey 在脑袋里将这些过了一遍，然后温柔地对她说："你们要好好的。"

"哎？"

周襄不明所以地挂了电话，门里探出吴鸿生的半个身子："怎么跑到外头来了。"

她没事地摇了摇头，问着："我还有一些行李在公寓怎么办？"

"不常用的就放在那儿吧。"

周襄若有所思地"唔"了声，进了房门。想着到月底前，还是要把行李搬来的。

不得不说，还是被 Joey 猜到了开头。

某知名线上八卦杂志发了一条微博称，周三见。文字内容依旧是他们惯用的字谜游戏。评论在十分钟内上千，隔一天再看已将过万。

虽然热门评论中的候选人多得眼花缭乱，但有人已经从"君生我未生"猜到了吴鸿生，而且猜出绯闻对象一定是比他年纪小。

转眼到周三这天，周襄将自己裹得厚实，坐在监视屏后面，听副导说这里要怎样、那里要怎样时，陆侨白突然冷不丁开口了："周襄，你和阿生上头条了。"

她愣了一下，转过头去，看到陆侨白正拿着手机刷微博。

@ 星三郎头条 V：【三郎独家：吴鸿生周襄恋情曝光】近日火遍微博

的巧克力女生周襄，居然和男神吴鸿生是一对！现在轮到你们老公来"虐狗"了，有啥想说的？

这条微博有六张配图，颜色很暗，都是在深夜抓拍的。

前两张是吴鸿生从他自己的车里下来，到 24 小时便利店里买东西；后两张车里副驾驶座的人有点模糊，但凭轮廓确实能看出是周襄；最后两张是抓拍他的车尾，开进别墅区。

半夜三更，同乘一辆车出入别墅区，又没有其他人，除了坐实恋情，也没什么可以解释的了。

消息发布短短半天内，光是原帖的转载数字就飙升到了四万多，稳居热搜榜第一位。

评论中虽然也有提及她的黑历史云云，但大部分的评论，比起上次绯闻发生时一面倒地攻击周襄，要好得多了。

——有颜人终成眷属。

——我吴老板单身这么多年也该娶了，溜了圈周襄的微博，感觉是个低调的姑娘，祝幸福。

——表妹粉简直要下楼放炮庆祝啊！！！还有老公掏个钱包都帅到我窒息啊！！！

——纯路人一枚，发现他们年纪差了 12 岁……可耻地萌了……

——从颜值的角度上来说，这就是传说中的配！一！脸！

然而，目前正处在沸沸扬扬的热门话题的中心人物周襄，却十分淡定地站在宫景里。轻纱垂成帘的画面中，她一袭金丝烫边的红袍，微抬着下巴，盯着天花板，念念有词地顺着台词。

电影制作组的工作人员又只干活不谈八卦，且他们都算是半个圈里人，对这种事情早已屡见不鲜了。不过话虽如此，大家也对周襄有了个"新的认识"，如果是游戏里，那么她现在的脑门上，就冠着一个"吴鸿生正牌女友"的红名头。

同时，也解释了为什么陆侨白对她的照顾。虽然斥责是少不了的，但至少没有像对其他女演员那样，毫不留情地直戳痛处，骂得人家泪奔。

陆侨白也知道会有这么一天，他俩的恋情被曝光，所以他早已通知自己的公关团队准备好，第一时间借着周襄这会儿的热度，刷了几次《鹤归》的话题。等过几天，再把原来周襄演过的角色，拿出来炒一炒，证明导演选人是有理由的，并不是"提携"新人。

导演功力还看票房口碑，但在商业运作上，姜还是姓陆的辣。

只是苦了 Joey 这两天电话快被打爆了，倒不是缠人的娱乐媒体，而是各路制片单位和各种大大小小的广告代言邀约。

幸好 Joey 经验足，那些小到听都没听说过的产品和投资低于千万的剧本，都拒了，全方位调高周襄的身价。

这一场戏中的女主彷如浴血而立，美得好像一碰，便会支离破碎的凄凉。

周襄眼里悲戚而生的厉色混着鬼魅的仇恨，把一个笑容都刻画得恰如其分。陆侨白很满意，大手一挥让她这两天半可以"自由活动"去了，在此之前要先接受媒体的探班采访。

自赶上拍摄进度大队后，周襄的戏份真的就不多了。毕竟一百五十分钟的电影，剧情不敢有一丝拖沓，每个人的戏份都是掐得刚刚好，不能浪费时长。

老前辈们才有资格商量将拍摄日程排得紧凑些，这样可以早拍完早杀青，所以周襄只能按各个前辈不同的排场进行拍摄，导致了三天一放假，两天一小休的。

这样的确是会影响演员情绪发挥的，好在她天生吃这碗饭，总能收放自如。当然，或多或少也肯定会干扰到她平时生活状态的，不然以前又怎么会把安定片当糖吃。

媒体记者来片场探班这是默认的宣传方式之一，从主角到配角，都会被安排时间受访。在周襄换好了自己的衣服，跟在 Joey 身后出来接受采访时，被拥堵上来的麦克风晃花了眼。

"周襄，请问你和吴鸿生是怎么认识的呢？"

"陆侨白导演是吴鸿生的好友，这部电影是否是他将你推荐给陆侨白的？"

"请问你们计划什么时候结婚呢？"

眼看着问到结婚的那位女记者，就快被两边的人挤出去了，周襄顺手就接过了她的麦克风拿着。她不知道这轻描淡写的举动，让她在媒体人的印象中加了许多分。

Joey 在旁一再提醒，请不要问与电影无关的问题，可惜这群媒体人又不是吃素的，哪里理他。但周襄淡淡地笑着，不管记者怎么追问她和吴鸿生的事，都只是笑，回答的都是有关电影的事。

其实是因为她也不知道该怎么回答，恋情曝光后的这几天，吴鸿生正忙着他投资的新电影的筹备计划，而她在片场尽职尽责地工作，平时休息就在影视基地旁边的酒店里，两人甚至连面都还没见过。

本来只要 Joey 回公司进行半月总结汇报开会的，但是他说上次合作过的 JeWel 杂志来的人，因为不知道周襄具体什么时候休息，已经连续几天都在公司等她了。

结果周襄进了公司，就见到了一张有点印象的脸。

她从沙发上站起来，马丁靴落在地上，笑容明媚又明朗，栗色的短发，米色的毛衣。她伸出手："你好周襄，又见面了。不知道你还记不记得我？"

下意识地握上她的手，周襄的记忆就在瞬间恢复。

周襄微笑："记得，你好。"她又侧过点身子，向 Joey 介绍，"这位是上次 JeWel 杂志拍我的摄影师，Lucie。"

Lucie 说："我很抱歉，能不能占用你一点时间。我想和你聊聊，关于私人感情方面的事。"

Joey 一副摸不着头脑的表情目送她们离开，和 Lucie 来到公司楼下咖啡店的周襄更是一头雾水。

咖啡店在公司大楼二层，大部分进来的都是内部员工，利用休息时间来和朋友聊天闲坐。她们选了个相对不显眼的位子，点了两杯咖啡。

下午两点，冬季的阳光算不上刺眼，但光线的确充足得要命。

咖啡杯里冒出的热气，如同一段段烟雾上升，然后消失不见。Lucie 的指尖在马克杯上来回摩挲，像是有话要说。

不一会儿，她就说"我这个人的性格就是直来直去的，不跟你绕圈子了，显得矫情。"

周襄点头，表示听她说下去。

"遗憾先前我不知道你是阿生现在的女朋友，没有好好地介绍下我自己。"

周襄愣了一下，"阿生"这个名字，她在陆侨白嘴里经常听到，他是这么叫吴鸿生。

"我喜欢阿生很多年，当初也是我先追的他，没想到成功了，然后我们在一起四年。后来我有一次机会，非常难得的机会，只要我把握住了，可能会成为国际知名的摄影师，但代价就是，我失去了他。"

说到这里，Lucie 顿了顿，轻叹了声，然后才接下一句："所以，我是他的前任。"

周襄垂眸，不紧不慢地端起咖啡杯，不加糖不加奶的苦涩从舌尖一直蔓延下去，她好久没有喝咖啡了，有点不适应这味道了。

周襄轻轻放下杯子，抬眼看她，平静地问："那请问你来找我是什么意思呢？"

Lucie 静了会儿，才说着："我本意是不想介入你们之间当第三者，但我放弃了成为知名摄影师的机会，因为我没有办法放弃对阿生的感情。因此，请你考虑和阿生分手吧。"

她笃定的语气，让周襄不由得往后倾了倾，表情像是有点难以置信。

"你不想当第三者，所以要我分手？"

周襄简述了一遍她的意思，得到她认真地点头回应。

不可思议，岂止有病，简直有病。

周襄这么想着，目光饱含同情地说："我知道个非常不错的心理医生，可以介绍给你们认识。"

Lucie 完全不拿她的嘲讽当回事儿，神情反倒特别冷静地说："你知道他是为了我才学做法国菜的吗？"

周襄无法形容此刻的感受，她没有上帝视角，也没有问过吴鸿生的往日情，所以像没有防备地，被人撕开了心口的一角。说不上非常疼，但是难受。

但她皮笑肉不笑地，勾了勾唇角："不知道，因为他从来没有提起过你，但听你这么说，看来我必须逼他去学日本料理了。"

周襄站起来身来，连带着椅子腿向后摩擦地板，她神情漠然地说："抱歉我很忙先走了，如果你还有话要说，我也不想听了。"

在她刚向椅旁跨出一步时，Lucie 提了些音量，说："你不过是他路过时刚好盛开的花，凭什么觉得能胜过在他心中，或许可以失而复得的我？"

Lucie 说完，就将视线上移，与她的目光相对。

周襄愣了下，摇着头，轻声笑了："你这么有自信，就让他亲口来跟我说这些话，我一定会爽快地成全你们。"

话音已落，她离开得干脆，走过 Lucie 身边也懒得多瞧一眼。

在推开店门时，周襄发现自己一直攥着手，自己并没有她想象中的那么潇洒。

不得不承认，Lucie 的话其实很有说服力。毕竟，失而复得，听起来就像是个不可抗拒的词。

于是，刚才在 Lucie 说出那句话的瞬间，周襄问自己，你害怕是这样的结果吗？

她回答，不怕，因为大不了又回到一个人生活而已。

只是太遗憾，还以为这次遇见的人，不会再丢下她了。

/ 11 /
祸福相抵，只有承受够多的祸，
才可以得到你的福。

　　从咖啡店回来的周襄，闷不吭声地抱着膝盖窝在公司休息区的沙发里，对着液晶电视屏打了几个小时的泡泡龙。

　　等到夜幕降临，周延清都准备下班回家了，正好瞥见休息室门缝里透出的灯光。他愣了下，轻轻地推开门，看到电视屏幕光照下的周襄。

　　周延清吼道："这么晚了不给我滚回家去，还在这儿浪费我的电！"

　　一直心不在焉的周襄回过神来，才发现已经坐在大老板车里，并且就快开到别墅区了。而周延清想着要不要顺便拜访一下吴鸿生，可是现在这个时间太晚了也不合适。

幸好他们到了别墅，外面看着黑灯瞎火的，应该是还没有人回来，周延清也省得纠结了。

周襄目送周延清车的尾气在路灯下消散，转身走上房门前的台阶，摸出钥匙慢吞吞地开了门，还没伸手推开，那门就被人从里面拉开。

吓得周襄吸了口冷气，下一秒在黑暗的环境里看清了，凉薄的月光，映着他清俊的面庞。

她走进屋里，一边脱鞋一边问："你在家为什么不开灯？"

吴鸿生弯下腰从鞋柜里拿出她的拖鞋。黑暗中能渐渐视物的周襄，只看见他笑了，却没有回答。

她满头问号地摸到墙壁上的开关，啪嗒几声，是她反复按了几下，但光亮却没有预期到来。

落地窗外是慢慢落下的雪，将夜色中幽蓝的草坪染白。

乒零乓啷的声响，是周襄举着手电筒，在柜子里翻找蜡烛。

她点燃蜡烛棉芯，暖暖的火光渗出袅袅的一缕烟。将蜡烛放在茶几上，她扯过毛毯裹着自己，盘腿坐在地毯上，等吴鸿生端来一盘意面沙拉。

吴鸿生放下盘子，在她身旁坐下："为了设计新电影的桥段，高天宴让我把房子借给他做个电学实验，没想到……"

他顿了顿："就烧了。"

周襄无语地摇着头，两手端过盘子来："幸好不是炸了。"

吴鸿生笑了一下，揽过她的身子抱在怀里。周襄骨架纤细，喜欢把自己裹起来，就像抱着一只软骨的小动物，比如猫之类的。

他说着："电业部门下班了，明天来修。"

低沉悦耳的声音在耳后响起，她手里的叉子上，反映着烛光，尖锐的一头顿在黄澄澄的意面上，等了好一会儿，才落下。

吴鸿生留意到她迟疑的动作，于是问着："表情不对啊，怎么了？"

周襄往前倾去，放下盘子后靠回他怀里，偏头看着他说："你前女友今天来找我了。"

他无可避免地愣了下："Lucie？"

周襄扬起下巴，微微噘起嘴："名字倒是记得挺清楚。"

她也知道除非失忆，不然谁能忘记前任的名字。

吴鸿生张了张口，还是哑然失笑。他收紧了些环着她的臂膀，语调温和地问："是她和你说了什么？"

他的声音只要掺进一些温柔，总是让周襄软绵绵的无力抵抗。

"嗯，说得不多，可是句句到点啊。"

周襄转回头，对上他含着烛火微光的眼眸："她说，你是为了她才去学做法国菜？"

吴鸿生沉吟了片刻，平静地回答："是。"

"居然承认了！"

周襄吸了口气，直了腰背："当着现女友的面不能承认这种事！"

吴鸿生知道她不是真的生气，所以眼底似有柔柔的笑意波浪，摇摇头说："我不想瞒着你。"

他坦诚地说："虽然开始学法国菜的原因是她，但后来是我喜欢上做菜的感觉，所以一直在研究。"

周襄一下躺回他的胸膛，头仰靠着他的肩，叹气："完了，我对法国菜是彻底没好感了。"

吴鸿生难以置信："你会和吃的过不去？"

半晌，周襄熟虑后，诚实地摇头。

吴鸿生笑了。

"她还说……"

"还说？"

"说了！"

吴鸿生疑惑地等待她再次开口，却等了蜡烛足足烧到一半，那么久。

周襄从他怀中爬起来，正过身子面对他："她说我是你路过时正好盛开的花，而她会是你的……失而复得。"

她小心翼翼地观察吴鸿生的表情，想要找到些动摇，可他依旧安静地看着她，未置一词。

周襄别开眼去，垂眸盯着地毯上的绒毛，偷偷攥紧了掌心："看样子她回来是准备和你复合的。"

她故作轻松地说："如果你也是这么想，我也……"

"你又要说没关系。"吴鸿生半途截断她的话。

周襄猛地抬眼看他："有关系！"

她顿了顿，声音轻下来："可我会尊重你的选择。"

吴鸿生静静地看着她，仿佛雪花粘上窗玻璃的声音都能闻见。他眉心微拢，似乎是在思考什么，抿了抿薄唇，才开口。

"周襄，我不知道该怎么说，但是我不年轻了，没有那么冲动，可能也没有那么浪漫。失而复得这种事，对现在的我而言，太折腾了。"

他表情温柔而沉静地说："我更向往平静的，比如在人生路上碰巧遇见的花。因为我会觉得，她是为我开的。"

周襄看着他，然后感觉有白色的雪轻轻地覆盖在了她心尖上，意外的不是冰冷，而是烫得人眼眶温热。

她用力吸了口气，憋了回去："最近国语有长进啊。"

吴鸿生弯着唇角，握住她的手腕缓缓滑下，指尖分开她的，紧紧地十指交握。他掌心那点灼热的温度，毫无遗漏地传达给她。

"都是我女朋友的功劳。"

周襄撇了撇嘴，忍住笑意："不敢居功。"

吴鸿生皱了皱眉，认真地说："我有点冷。"

她还没来及露出疑惑的表情，吴鸿生握着她的手，往自己的方向拉了拉。周襄懂了，所以倒向他的怀里，双手圈住他的腰背。

只有他身上的烟草味道，她闻着才有上瘾的感觉。

周襄把脸埋在他的衣服上，传来的说话声音是闷闷的："快到月底了，要把我那儿的东西都搬来。"

他想到了什么，微微摇头："不用了，我把那间公寓买下来了。"

她抬起头，稍显震惊地睁着眼睛，一眨不眨地看他。

吴鸿生解释："我是想着，如果以后我们吵架了，你觉得在这里没有安全感，还可以回去。"

然后——

"这样我就知道，哪里能找到你。"

周襄从未觉得哪一个夜晚，会没有孤独凄冷的空洞，而是柔软的灯火点缀着城市，直到他笑着。

后来的发展似乎都不在他们的预料之内，但滚烫如火的氛围实在太适合，在这个寂静的深夜里发生些什么。

他搂住她，用舌尖扫过她的唇齿，纠缠在一起，一点点加深这个绵长的吻。

脱出她的毛衣扔在一边，顺着她细致的脖颈，吻到锁骨。

气息温热地熏染，像偷偷酥软了她每一根骨头。

吴鸿生一手贴着她的背脊，身子压向她。

周襄一倒下，就惊得按住他的肩，并不是阻止，而是——

"在客厅？"

地点不对啊。

下一秒，她微弱地惊呼了声，因为毫无预兆地被他拦腰抱起。吴鸿生将她轻放在床上，四周暗得只剩她眼里闪动的水光，像蛊惑他的美景。

"会害怕吗？"他暗叹口气，用薄唇摩挲她细嫩的耳根，柔声说，"害怕的话，你告诉我，我会停下。"

得到的回答是她顿了顿的手，抓向了他的衣角，往上掀去，脱掉了他的衣服。

他的大手探进她最后一层衣底，带着滚烫的温度，一寸一寸地移动。直到吴鸿生愣了一下，不由得用指腹触及，她小腹上那淡淡的疤痕。

当年拍武打片时他也经常磕磕碰碰，却没有留下这么深的伤口，像利刃的刺入。

周襄怔了怔，嗓子干干地开口："我……"

吴鸿生低头，咬住她的耳骨："我不想知道。"

他低哑的嗓音说着："忘记它吧，以后不会再有了。"

不是安慰，是保证。以后他不会再让这种事情发生了。

彻底相融时，她真的有点痛，但很快被难耐的躁动取代。她双手抱住他的脖子，仰过头去大口大口地呼吸，而耳际是他沉重的鼻息。

他温柔地等待她适应之后，在周襄迷惘的眼眸里，渐渐成了诱人的浓烈。她嗓子变得干哑，只能攥紧手心里的床单。

和房间里炙热的温度对比，屋外只有簌簌的落雪声，直到一个漫长的夜晚过去。

"我先去公司，早餐记得吃。"周襄在半梦半醒间，听见他低沉的声音。

她没力气睁眼，咕哝了一声，整个人蜷缩进暖和的被子里。

等周襄迷迷糊糊地醒来，她从被窝里伸出两只手臂，拉扯着自己伸了个懒腰。她掀开被子坐起身来，扶着脖子转了两圈。

此刻除了腰很酸，嗓子疼之外，身上倒是不黏腻，因为昨晚吴鸿生在之后抱着脚软的她去清洗了一下，虽然过程中不免又是一轮，但所幸最后是洗干净了。

阳光透不过厚重的窗帘，只好在垂下的缝隙间，洒落一线的光。

她从床边放下脚，走到窗前，拉开一些窗帘，刺眼的光使她眯起眼睛来。

周襄静静地站了一会儿，赤脚走出了房间。下楼到客厅，打开专门放烟的抽屉，里面有几盒雪茄，她翻了一下，拿出一盒黄鹤楼。

她点燃，吸了一口。

穿着白色睡裙的人，在落地窗前，缓缓蹲下。

昨晚他问害不害怕的时候，她想了很多，到最后在一阵阵涌上的躁动里，也全都乱了。

药店收银台上扫描枪发出嘀的声响，收银员是个戴眼镜的中年女性，她用冷冰冰的声音说："四十八块五。"

周襄帽檐压得很低，戴着墨镜和口罩，捂得非常严实，基本辨认不出是谁。她从钱夹里拿出一张红色的纸币，那阿姨熟练地点着零钱找给她，最后说了一句："吃完之后要是头晕想吐都是正常，万一吐出来了就再吃一片。"

周襄从药店出来，冷得缩了下脖子，深冬里飘荡着白寥寥的天光。

在隔壁便利店里买了一瓶矿泉水，扭开瓶盖，从包里拿出写着紧急避孕字样的药盒。挤出一片药，扔进嘴里，灌了下去。

她出了便利店，走了几步拦下一辆出租车。

车尾灯，消失在一片白茫茫的浓雾里。

回周襄原来公寓的路上，她看着车窗外不明不暗的天空，铅灰色的断云低低浮动。街道两旁，只剩枯树。

她有点困倦地闭上眼睛，黑暗中竟是昨晚令人窒息的画面。当他灼人的温度留在她身体里，周襄惊得才意识到没有任何保护措施。

而吴鸿生吻着她耳尖，气息扑在耳畔："你喜欢男孩还是女孩？"

她一个也不喜欢，也不敢喜欢。

周襄十三岁那年，香港新界的西贡，迎来了台风天的肆虐。

不过对一个半岛来说，这是很正常的事。

陈筌是她妈妈的名字，谐音"成全"。

在周襄三岁的时候，她爸爸因交通意外离世了。因为年幼，所以她的爸爸还来不及给她留下什么印象，就匆匆分别了，变成一张放在冰箱上的黑白照片。

周延清出现在她五岁的光景里，一直陪伴周襄走到十二岁。

周延清和陈筌分手前，吵了一架，但最激动的人和几乎崩溃的人都是周延清。

由始至终，陈筌都很安静。

周襄躲在门外偷听，她觉得楼下没牙的叔公吵架都比陈筌大声。

他们分手的原因，是陈筌不爱他了。简简单单的不爱了，所以只剩冷静。

周延清离开前摸了下周襄的脑袋，她看见了他发红的眼眶，迅速低下头。

他偷偷对周襄说："我不管你妈妈了，但是以后你要是遇到什么事，记得告诉我。"

周襄哭了，她爸爸去世的那天她都没有这么难过。

后来，陈筌遇见了一个泰国男人，全名很长很长，简称Sohe，他们是在陈筌上班的酒楼里认识的。听说，他为了追陈筌，把自己来香港旅游的钱，全花在酒楼点海鲜上了。

细节周襄就不知道了，接着他们相爱，整天黏在一起。

可惜，周襄不认为这段恋情又能维持多久。她太了解陈筌，任意妄为得像个小孩子，开始时爱得越疯狂，爱意消耗越快，最后变成无情无义的模样。

这点估计是遗传，周襄无论喜欢上什么，也只有三分钟热度，结果都不了了之。

但是周襄没料到，泰国人很聪明，他竟然看出来了，仗着此刻的热情，提出要和陈筌结婚。

陈筌同意了，告诉周襄时，周襄一言不发地冲到厨房，摔了家里所有的盘子和碗，噼里啪啦。

等她消停了，才扬着下巴对陈筌说："我不会去泰国的。"

陈筌叹了口气说："那你去外婆家吧，本来我也是这么想的。"

周襄目瞪口呆，这是她唯一一次对陈筌发脾气，还以为自己的话是威胁，原来是妥协。

她站在一地狼藉中，泪流满面，外头台风刮得遮雨檐砰砰响。

陈筌讨厌别人哭，明确地告诉过周襄很多次，有什么事好好说清楚，不要哭哭啼啼。所以她看向周襄的眼神是烦躁的："我都后悔把你生下来。"

周襄努力忍住眼泪，掐着自己的手心，嘴唇咬得泛白。

陈筌无奈地摇摇头，语气放得柔和了一些："你也知道，我当不了一个母亲，没有这个天分。"

"可我不想和你分开。"周襄哭腔浓重地说着，声音黏腻腻的，像垂死挣扎的小鱼。

陈筌狠狠地抽了口烟，等了好一会儿才说："也行，那我想想办法，把你一块儿带过去吧。"

一夜台风，大雨倾盆。

隔天，周襄没去上课，口袋里揣着八块钱，在一间茶餐厅门口躲雨，她茫然地看见对街推拿馆楼下的小影院。

然后她鬼使神差地，走了过去，连着看了几场同样的电影。

又闷又潮湿的狭小环境里，在一块幕布上，她记住了一个男人的轮廓，记住了他的名字。

在她彷徨无措的十三岁，出现过吴鸿生这个名字。

那天周襄带着张海报，穿着一身湿了又干了的校服回家。

看到了陈筌，周襄对她说："我想去外婆家。"

陈筌愣了一下，烟呛到喉咙，咳了几声没再说什么，烟灰缸里尽是烟蒂。

周襄收拾行李的时候，陈筌在她床上放了一个厚厚的信封，里面是换好的人民币，几千块钱。

她低声说："对不起，襄儿。"

周襄一直低着头，哽咽了下："没关系。"

那年她十三岁，记忆里台风掀翻了几艘停泊在港口的渔船。周襄搬着行李下楼的时候，还和楼下的叔公告了别。

出租车司机提醒她快到公寓了，周襄睁开眼，深吸了口气，调整好坐姿从包里掏出钱夹。

吴鸿生回到别墅后，屋里出奇的安静，连电视的声音都没有，他特意先走到厨房。

当看到餐桌上他准备的早餐，凉掉的粥面上结了一层薄膜，汤匙和筷子整齐地摆着。走出厨房，无意间瞥见茶几上的烟灰缸里有烟蒂，一盒黄鹤楼安静地躺在旁边。

吴鸿生立刻皱起了眉头，奔上楼去，打开房门是空无一人，但她的行李箱居然摆了出来，孤零零地立在那儿。

他有些错愕地缓缓关上门，下楼拿上车钥匙，夺门而出。

周襄把窗帘拉了一半，没遮住的另一半，是凛冽的雾气扑在玻璃窗上。

吴鸿生打来电话的时候，她因为早上没吃饭，正在洗一个苹果，水龙头的水哗哗地流着。

她将苹果切成几瓣，盛在盘子里。

过了很久，周襄仿佛可以听到楼下车轮碾过冰霜，发出脆脆的声音。

吴鸿生进门的时候，带着外头的寒气。他看见她坐在沙发里，没什么表情地盯着电视屏幕，电视剧里演员讲着对白却没有声音传出来。

他没有说话，兀自朝前走去。周襄突然转过脸来，和他对视时，像是一个漫长的镜头。

"我们分手吧。"

她的声音就这么砸下来，暖气烘闷得人难受。

吴鸿生皱了皱眉，冷静地问："理由呢？"

虽然她不想承认，但周襄和她妈妈都是一样的人。

因为太随性，所以不爱了，就真的半点不剩，注定辜负别人的付出。

唯一不同的是，周襄有自知。她害怕爱上之后，就是失去他。

不想失去他，算不算一个可笑的理由？

茶几上削好的苹果边沿泛黄，枯干得可怜，没有人动一动它。吴鸿生面对她站着，她沉默了半晌，都没有说话。

他深深地吐出一口气，走到她身边坐下。

周襄以为他该生气了，吴鸿生也以为自己会生气。可他在胸腔里扯出一阵钝重的痛之后，发现周襄红了眼眶，就那样在她自己完全没有察觉到的情况下。

他问："没有理由吗？"

语气是温柔的，依然是温柔的。

周襄愣得张张嘴，咽下喉咙噎着她的空气，难以置信地说："吴鸿生，你是不是有病啊。为什么要把感情浪费在一个不爱你的人身上？"

她趁自己还没被翻涌的酸意淹没时，努力地冲他发脾气。

然后眼泪一颗接一颗掉下来，她捂住自己的眼睛，泣不成声："你别这样了，我会心疼的。"

在视线的黑暗中，是他紧紧地拥住她，瞬间贴近的温度，侵袭到她心里的每一个角落。

吴鸿生问她："如果你不爱我，那么未来你有可能会爱上别人吗？"

周襄哭得肩膀一抽一抽的，没回答。

他说："如果不会，我们结婚吧。"

她怔怔地抬起头望着他，眼睫被泪水粘着，吴鸿生用指腹帮她抹掉脸上的泪水。

他笑了："因为除了我，没有人会把感情浪费在一个不爱他的人身上。"

周襄突然觉得原来她之前的人生苦过了头，是为了等一个"病入膏肓"的吴鸿生，而付出的代价。

她将双手从他胸膛里抽出来，搂住了他的脖颈，吻上他的唇瓣。他顺势扶住了她的后脑勺，唇舌交缠之间，有泪水咸咸的味道。

在一个缱绻温柔的深吻之后，周襄吸了吸鼻子，眉头困惑地一紧。

"你刚刚是在和我求婚吗？"

哭得太惨，她才反应过来。

吴鸿生认真地回答："我的确是在征求你的同意，但是求婚我需要准备戒指和鲜花。"

这一副正经的样子，莫名其妙地让周襄笑了出来。

吴鸿生坐在铺着遮灰床单的床上，看周襄半个身子扑进衣柜，从下面堆放着的大大小小的盒子里，找寻她藏着的海报时，E仔打来电话，非常激动地对吴鸿生说："老板你家门没锁！是不是遭贼了要不要报警啊！"

吴鸿生"哦"了一声，平静地回答："是我出门忘记关了。"

周襄转身撩开挡在眼前的衣服，刚准备问"你这么着急去哪儿"，话到嘴边又想起吴鸿生不就是来找她的嘛，结果微张着口，卡壳了之后，说："让 E 仔帮我把粥热一下。"

吴鸿生点头，对手机那边的人说道："老板娘让你把粥热一下，在餐桌上。"

听到"老板娘"这个称呼，周襄呆呆地对上他的眼睛，就急忙躲开和他的视线相撞，转回过去掀找盒子的时候心跳得慌乱。

周襄记得她曾经接受过一家杂志的情人节专题的采访，当时她以为被雷劈的概率都大过于和吴鸿生交往。

所以她仗着自己是个"老粉丝"就肆无忌惮地在接受采访时放话，说要嫁给他。

眼看着到了一月底，情人节专刊也该发售了，她还是先自首吧。

终于让周襄找到了那张尘封已久的海报，她缓缓地拿了出来，有些片段的记忆夹杂着台风的腥味和燥热席卷而来，恍如隔世。

她将海报在那人面前展开，嘴上还配着音效："当当当当……"

吴鸿生看着愣了下，她倒是有些奇妙的，说不上来的感觉。

他从周襄手里接过海报，即使保存得再好，边角还是泛黄了。他微微蹙着眉，但保有笑意："为什么这么喜欢？"

吴鸿生记得在她生日那天，她也提过这部电影。

"因为……"周襄在他身边坐下，歪着头认真地思考，"……你真的很帅。"

吴鸿生轻轻摇了摇头，哑然失笑。

周襄搂住他的脖颈，就往他怀里钻，将脸闷在他胸口说："这电影上映的时候，我真的过得不好，所以它是我在那时最好的回忆了。"

吴鸿生的大手在她背上一下下地抚摸，温暖的感觉充斥着心房，她问："我能告诉你吗？"

那些关于她患上彷徨和孤寂的病因。

吴鸿生还没回答，她就抢先说："我想告诉你。"

他揉了揉她的发顶，声音像从他胸膛里发出来的："嗯，我听着。"

周襄的外婆家在苏州，陈筌只把她送过了香港和深圳的关口，她自己提着箱行李坐了一天的火车，整个晚上都不敢睡着，因为身旁环绕着陌生人的呼吸。

弄堂两边堆放着垃圾、砖头、锅，头顶是一排排别人家挂出来的衣服，乱糟糟的感觉。

地上铺着的石板坑坑洼洼，行李箱都不好拖过去，闷热的夏天下着淅淅沥沥的小雨。她不方便打伞，远远地看见一个男人朝她走来。

这个留着两撇胡子流里流气的男人，是她舅舅，陈纷。

外婆耳朵不好使，说话要特别大声她才能听见。但是周襄喜欢趴在她耳边，凑得近近的，这样就算小声说，她也能听见。

老人家都喜欢种种花草，周襄下午放学回来总会帮她把花浇上水，日子过得虽然不算富裕，但也不算穷困，她很喜欢这样平缓的生活。

只要那个好赌的舅舅消失，一切就都完美了。她每天都在这么想着。

她依然清晰地记得，那天是立秋的黄昏，气温还是热，天是火烧过一般的焦红色。

走到楼门口她看见停在那儿的一辆摩托车，就知道是她最厌恶的人来了。

上楼，开门，她的舅舅陈纷正坐在那儿，见到她很热情地打了个招呼。周襄只点了点头。

外婆烧了几盘菜，比平时稍微多了些荤菜。

外婆一直记着周襄快高三毕业了，所以念大学的学费想叫陈纷出一点。外婆这么提出来，陈纷倒是没什么特别的反应，就光哼了两声，没表明答应还是拒绝。

他抬眼看着周襄，别有意图的目光，让她缩了下脖子，低头在饭碗里。

陈纷剔了下牙，说："周襄啊，是这样的，我有个老板呢，看上你了，你跟我去见见他？"

周襄愣了。外婆重重地拍下筷子："见什么见！你吃完饭赶紧走！"

陈纷站起来撞到了椅子，把碗筷一摔："我就快被人砍死了，怎么供着她读书！"

他又指着周襄，恶狠狠地瞪着她："我跟你说！趁早想明白了和我走，给你找的那个老板人家是真有钱，以后吃穿都不愁了你还读什么破书！"

周襄被他吓着了，外婆急忙推了她一把："你回房去！"

她反应极快地冲回房间把门锁上，在黑漆漆的环境里害怕得打着哆嗦，都忘记了开灯。

突然想起抄在故事书扉页的电话号码，是周延清的号码。

周襄跪在床头，颤着手拿起座机，借着窗外照进来的月光，把电话拨了出去。

"喂您好，哪位？"

那头熟悉的声音响起，让她一下子害怕得哭了出来："叔叔……"

"周襄？"

她哭泣的颤音一阵阵传来，周延清皱紧了眉头，赶忙问："你怎么了，你在哪儿……"

还没来得及说话，房门就被踢开了，"哐"的一声门撞在了旁边的书柜上，震落了几本课本。

"你给老子出来！"陈纷抓住她的胳膊，拽起来就往外拖。

周襄尖叫着被他拖出了房间，外婆抱着陈纷捶打他："你把襄襄放开！天杀的孽障你想干什么！"

她在挣扎时，看见沙发前的桌上放着还没削的苹果，以及一把削水果的小刀。

不知道为什么，一瞬间，她想到或许那样就可以解脱了，或许那样就不必留在这个世界上了。

所以周襄抓起了那把水果刀，吓得陈纷松开了她，连连退后，撞开了他身后的外婆。

陈纷面色慌张地指着她："干什么！你别乱来啊！"

他以为那是对准他的利刃，下一秒，周襄却将刀尖毫不犹豫地，刺进了自己的腹中。

眼看着血液在她洁白的校服上慢慢晕开，像让人亲眼目睹了一朵殷红的鲜花盛放。

红色的藤蔓顺着她的大腿缓缓滑下，渗进地板的缝隙里。

完全没有料到会是这样的结果，陈纷眼睛睁得比铜铃还大，他在外婆打破寂静的惊呼中，往后跟跄了几步逃离了这里。

"来人啊！救命啊！"外婆一边喊着，一边爬过去抱住她。

"襄襄……襄襄你别吓外婆……快来人救救我外孙女……"

邻居听到动静跑进屋里来，吓得拨打了急救电话。

周襄只是很疼，疼得说不出话来，唇色泛白，脑门渗出细细密密的汗水，最后晕了过去。

她耳际有外婆的哭声，有救护车的声音。

周延清为了她，拨通了那个几年都不去回忆的电话号码，向陈筌问清了地址，连夜赶来。

值班的医生还称赞，小姑娘捅得十分有技术含量，避开了脏器，没有什么生命危险。

周延清当时就无语了。

不过医生也建议，像这样在外界刺激下做出过激的举动，很大成分是心理方面的问题，等患者清醒后，最好进行心理辅导治疗。

周襄醒来时，第一眼看到的人就是周延清，他正好买了一碗粥，但那是他买给自己吃的。

她意识逐渐恢复，就觉得肚子快疼死了。

周延清一句安慰的话都没说，就坐在病床旁边，一口口喝完粥。看她快吊完这瓶水，他又喊护士来换。

周襄忍不住想开口，喉咙干哑得难受："你不打算说点什么吗？"

周延清瞧着她，等了会儿才说："我脾气不好你也知道，话就不多说了。这几天我都在旁边的招待所住着，手机你拿着，我不在的时候有事打我电话。"

然后在她住院观察期间，周延清每天都来看她。

外婆也偷偷和周襄感慨，多好的人啊，你妈妈就是没这个福气。

后来，周延清回去了也一直和周襄保持联系，就怕她舅舅再来骚扰。等周襄高中毕业，她告诉周延清，她报的大学录取通知书寄来了。

但是她不想外婆把棺材本都拿出来给她交学费，所以不准备念了。

周延清在电话那头，把她骂得眼睛都花了，最后说了句："学费我帮你交了，你专心念书，其他的别想了。"

周襄愣了片刻："我不能白拿你的钱。"

他说："这样吧……去我公司，幸好你长得不错，当艺人倒是能赚点钱。"

她知道周延清在开明星经纪公司，但不知道当明星具体该干什么。在年轻小姑娘都有明星梦的时候，她却没有这方面的想法，比起艺人，更想走摄影这个行当。

接着她大学还没念完，就涉足影视圈，拍戏的日程和课程总撞在一起，造成了请假的天数都多过上课的天数。

不知道为什么，校方倒是对艺人外表光鲜的职业很宽容，照样让她顺利毕业了。

周襄几乎坐在了吴鸿生的腿上，头靠着他胸口，说着："于是我就被现在的老板，扔进娱乐圈这个大染缸里了。"

吴鸿生听完她的过去，沉默了好一会儿。只是抱着她的手臂，收紧了些。

"幸好，你还有个好爸爸。"

周襄愣了下，他说的当然不是那张黑白照片里的她亲爸，而是指周延清。

她"嘁"了一声，嘬着嘴："谁认他当爸了，跟我连法律承认的关系都没有。"

吴鸿生笑了："但是你很爱他吧，对父亲那样的爱。"

周襄陷入了片响的安静中。

自她入行，周延清从来没有让她去过那些乱七八糟的饭局，公司策划都笑称她是周延清的"赔钱货女儿"，因为他总把最干净的机会留给周襄。

在这个灯红酒绿的圈子里，尽他所能地保护着她。

周襄脸贴着他的衣料，细微地应了声："嗯……"

有些泪水，被他的衣服吸收了。

吴鸿生微微地皱着眉："虽然你对他是亲人的爱，怎么我还是感觉不平衡。"

周襄仰起头，认真地说："你这样的心理变化呢，俗称，吃醋。"

他说："没办法，是我来晚了。"

幸好，你的生命里还有在我赶来前，能替我照顾你的人。

周襄摇了摇头："你来得太早，我会短命的。"

老人家都说，祸福相抵，只有承受够多的祸，才可以换来得到你的福。

/ 12 /
再见，曾经漂泊无依的深夜。

空旷的大殿内，束在房顶的轻纱，从梁上悬落似凝结的碧波。那随殿门打开灌进寒风而掀起的纱帘中，跪坐着一位胭脂色锦服的佳人，看不清面庞，只见红如血色的裙裾逶迤在身后。

他一步步迈着沉重的步伐上前，佳人知他到来，款款站起，头上金钗蝴蝶翅轻轻颤动，转身时裙裾在地上拖曳了半圈，像水波流转。

好个顾盼倾国亦倾城的美人。

可惜，她瞳仁里激滟着冷意。

美人扬起了唇角："你来了。"

他掌心慢慢握紧，鲜血渗入指甲的缝隙中："为什么？"

何至于此，置手足兄长于死地？

"为什么？你问我为什么？"

她愣了一下，仿佛听了个天大的笑话，笑得花颜生辉，但嘲弄的眼神透着难言的悲凉，似乎在笑话着自己的可悲。

"我还要问问你这是为什么呢。"

敛起张扬的笑意，她眼含厉色："为什么你出生有父教有母疼，享荣华富贵，为什么我要在绝望中挣扎，一生任人践踏欺凌！"

她退后几步拔出长剑，白光一闪，剑出鞘。

剑鞘落地，她举起剑锋对准眼前的人，眼眸幽深如夜空，从眼眶滑出的泪掠过苍白的肌肤。

她笑了："我赠你此生最后一份礼，你且选一选，是让它刺破你的喉咙，还是一剑杀了我。"

倘若她今日死在这里，无人交予漠北大使，原本一桩和亲美事，转眼就要成战火的开端。

天下苍生与独自苟活，她深知他会如何选择。

周襄此刻的表演在镜头前张力十足，和她演对手戏的冯奕这段也接得漂亮，陆侨白在监控器后眼睛一眨不眨地盯着屏幕，脸色明显很满意。

在剑锋疾走而来时，他没有片刻犹豫地闭上了眼睛。

此刻他想的并不是天下的黎民百姓，而是若只有一人能活着走出这长生殿。

他希望是她，是他亏欠太多的妹妹。

利刃刺透之声入耳，他蓦地睁开了眼睛，难以置信地转过头去。

画面顺着移去，她嫁衣的红和殷红的血色融为一体，唯有白亮的剑身，如同哭泣似的滴着血。

长剑没入她的腹中，这般果决，又这般凄美。

片晌的怔愣后，他下意识地拥住了她倒落的身子。鲜血从她身下蔓延开来，像一袭红绸缎从台阶上滚落，铺去。

她唯余一丝力气，轻声说着："哥，我想回家。"

他深吸空气中的血腥味，点头："……我们回家。"

殿外白日如灰，鹅毛大雪皑皑，他抱着红妆已逝的人儿，踏着白雪，留下滴滴殷红，走过满眼苍茫的阶梯，寒意彻骨，繁华如城。

"Cut——"

陆侨白带着鼻音的喊声通过扩音器回荡在片场，众人脸上有些愕然，连带着副导都愣了下。明明演员发挥都很到位，甚至说惊艳都不为过，当今的青年演员中这两位算是佼佼者。

帐篷里的陆侨白站起身来，举手示意时又打了个喷嚏，然后才说："抱歉，喊错了，过过过！"

大家这下都松了口气，纷纷开始收拾起手里的工作，一时间，场面仿佛从千年前穿越回到现代。

冯奕这才放下周襄，揉了揉肩骨，同时说："襄妹你该减肥了。"

周襄这套行头自己穿着都重，也难为他了，本想说声辛苦，但是嘴上却说："是你该多多锻炼。"

她和冯奕在这次合作之前并没有什么交集，最多是出席某些活动时的点头之交。通过这些天来的相处两人倒是关系融洽，没事冯奕就喜欢抛包袱讲段子，有时周襄还能帮他接梗。

导演助理捧着一束包装好的花来到她身后："恭喜周襄老师杀青！"

周襄弯腰接过："谢谢。"

冯奕在一旁吹着口哨助兴，引得周围的工作人员也向她表示祝贺。

周襄一一谢过，最后拍了两下冯奕的肩："还有两场，辛苦了。"

最后剩男主还没杀青，冯奕羡慕地说："凑合扛吧。"

不远处传来陆侨白的小扩音器："谁跟你凑合！"

离得近能听见的人都笑了。

周襄将花束递给 Joey，自己拎起裙摆，两人前后脚离开忙碌的片场。她拖着华服走进化妆间里准备换下这身戏服，满头真金的装饰，晃得颇有压力。

化妆师姐姐先给她拆了头饰，没有沉重的饰品压着脑袋，她脖子都轻松了。

戏服是繁琐的层层叠叠，所以脱的时候也很麻烦，她配合着服装师先在这里脱下厚外衣。周襄本意是想帮忙的，谁知她解不开腰带上的扣，用劲一扯。

"啪"的一声，血花四溅。

是周襄腰间藏着两袋人造血包，还有一包忘记捏开，现在被她扯爆了，喷得到处都是。

她愣了下，看着服装师姐姐脸上不比自己干净，就扑哧一声笑出声来。

Joey 按着手机抬头，看那边的人有说有笑的，心情似乎很好。于是他回了周延清的短信——今天杀青了，她目前状态不错，没受影响。

谈恋爱什么的，果然还是选对人比较重要。Joey 点着头想。

当天晚上是周襄的杀青宴。

尝了那么多顿杀青宴终于轮到她了，百感交集下她想郑重感谢大家的照顾。然而，剧组的工作人员也同样吃了那么多顿的酒楼，眼下就想吃影视基地门口的烧烤摊。

半数以上通过烧烤摊的提议，周襄没办法，接地气也不错。

天气冷，烧烤摊都设在帐篷里，本来地盘就不大，现在被剧组包场了。大家围坐在几张桌子，简陋的环境倒是更热闹，烟气缭绕。大家嘻嘻哈哈地赶在开吃前纷纷拿出手机，该拍照的拍，该发微博的发。

吃到后面，满桌串肉菜的竹签，满地啤酒空瓶，周襄身后桌都开始划酒拳了，吵吵闹闹的气氛还挺温馨。

副导一拍桌子："喝喝喝！倒了没事儿明天放假！"

陆侨白在起哄的喧闹中喊着："哎！谁说的啊！"结果声音就被盖了过去。

周襄则被一群女同胞围堵，追着问她和吴鸿生的事。因为陆导演明令禁止演员亲属来探班，影响演员进入状态，所以她们都没见过男神真人。

明显都喝到微醺的女同胞们，不肯轻易放过周襄，得着这个机会接二连三地给她灌酒。

一个手臂伸来钩住她脖子说："开始我还以为你和陆导是一对呢！"

另一个哈哈笑着："程依依同志那时候的玻璃心都碎了。"

在她们已经喝上头了毫无章法的逼问下，无奈的周襄向 Joey 投去求助的目光，却看他和副导两人拼酒正拼得兴头上。

这时左边的服装师姐姐凑了上来，张口就是："你打算什么时候要孩子啊？"

她婚都还没结！

将周襄陷于此境地的人，刚好发来短信说他到了影视基地门口，问她现在合适进去吗？周襄急忙让他别进来，她马上就出去。

开玩笑，他要是进来就只能横着出去了。

幸好大家都晕晕乎乎的，周襄打声招呼轻松就走了，也不知道是放过她，还是压根都喝蒙了。

烧烤篷里的热闹，衬得外头更加夜深人静的寒冷，都能听见脚下踩过积雪的声响。

陆侨白是十分体谅地让她赶在年前杀青了，但过不过年对周襄而言其实没有多大的意义。

前几年起码还有外婆陪她，两人多烧几盘菜，一起嗑瓜子看春晚。这两年的大年三十，周襄都是一个人，不会做饭，周围餐馆都回家过年了，她提前网购了很多进口方便面。

春晚主持人在说着一套套煽情的词，外头鞭炮响彻天际。她躺在沙发上，一年里忙忙碌碌也不觉得什么，唯有这个时候最委屈，但不知道该和谁倾诉。

走了不远的路程，周襄看见那个人背对着她的方向，倚在车旁。

他在抽烟，青灰的雾袅袅上升，散开在夜色中。

周襄想着，也许，今年会不一样了。

吴鸿生发现身后有人靠近，转过头看清她的容貌，随即掐灭了烟。他微蹙着眉，从车身绕过来到她面前，拢紧她的外套。

"你是真不怕感冒？"

周襄回过神："刚刚出来得急，你不知道那群人太可怕了，简直是查户口。"

边说着，她就扑上去抱住吴鸿生的胳膊，拖着他走向车子。

打开副驾座的车门，周襄愣了愣，座椅上一束黄玫瑰，用淡米色的纸包装，藏青的缎带绑着结。

大手越过她拿起那束花，让她的视线随之移动。

吴鸿生说："不知道该送你什么，祝贺你杀青。"

"没创意，"周襄摇摇头，又笑，"但是我喜欢。"

她不需要太多的惊喜，平平淡淡的用心，就足够了。

周襄拉了拉他，又蹦蹦跳跳跑到旁边的路灯下，找着光线的角度，捧着花说："帮我和它拍张照，发微博用。"

吴鸿生看她脸上染着抹绯红，大概是酒喝多了醺出来的，他突然就笑了，听从命令地掏出手机，对着她拍了几张照。

的确是有些晕了，周襄走到他面前差点崴到脚。吴鸿生及时从她胳膊底下将人托住，她仰头看这人的眼眸，在路灯下闪着光，恍惚得让人心生缠绵。

只要想到美好的他，是属于自己的，周襄就飞快地搂住他的脖颈，轻吻他的唇角。

吴鸿生点了下她冻凉的鼻尖："上车吧。"

车子开得四平八稳，周襄抱着怀里的花束昏昏欲睡，将闭不闭的眼里，是车窗外的城市在光斑里游走，不再是落寞的感觉，而是安心等待到家的温暖。

周襄往上坐了坐转过头，看着开车的人说："手机借给我，把刚刚的照片传给我发微博。"

"嗯？"

吴鸿生眨了眨眼，然后笑说："哦，原来是你自己发啊。"

周襄疑惑地皱起眉头，想了想，揣测着开口："该不会……"

她低下头用自己的手机点开了微博，果然。

他发了条微博。

@ 吴鸿生 V：恭喜新片杀青。

一句简简单单的话，配一张她垂眸微笑，手捧一束黄玫瑰的照片。

一盏盏路灯划过窗外，落在高速公路上画出很小的圆圈。

她拿着手机看，吴鸿生极为简洁的一条微博，信息量涵盖庞大，短短几分钟，占据各大头条。虽然不是网络人气爆棚的小鲜肉，但是存在感还是很强大的。

——这算公开恋情是吧！！吴先生请你正面回答我！！

——我就知道距离虐狗的日子不会太远。

——老公我以为你会和别人不同，原来你也不过是个颜控，但是颜控我也爱你啊！！！

——等了这么多年，终于等到你炫女票了。

今晚之后，估计在这些日子总用"疑似恋情"的疑似，可以从新闻标题中划掉了。

每刷一次都以光速上涨的评论中，周襄却一眼看到了一首打油诗，读起来还挺文艺的。

——君生我未生，我生君已老，不过没关系，尚可伴君老。

也不知道是喝多了还是上头了，反正就是懒得思考，她顺手就转发了这条评论。

"即使君已老，情敌也不少。"并且还顺口念出来了。

吴鸿生抬起眉毛："看来再过几年我就要去筹备后事了。"

周襄飞快地垂下手臂砸在大腿上，又指着他的方向。

"快朝外面呸一口。"

吴鸿生笑了笑，没有按照她说的做，视线仍然停留在前方。

从说不吉利的话要呸掉的习俗，周襄联想到了过年这件事："你要回家过年吗？"

吴鸿生摇头："我家人都在加拿大，他们没有过年的习惯。"

"噢，对呢……"周襄恍然地点着头。

她怎么忘记了吴鸿生是加拿大国籍，从这事儿，周襄又联想到了："那岂不是要办两次结婚证？"

吴鸿生偏头看了她一眼，然后含笑说："嗯，双重保险。"

他的声音像山涧的泉水，带着点清润的沙砾，让周襄转正身子，不想跟他聊天了。

吴鸿生没作声，只是一手松开方向盘，改去找到她的手，握住。

还是同一个空间，似曾相识的动作，这次周襄没有躲开。她转过手，手心朝向他，低着头看指尖交叉穿过他的指缝，用指腹或重或轻地捏着他的指骨关节。

吴鸿生专注着开车，任由她玩着自己的手。

信号灯变绿，沿路繁华的气息，像是电影布景般被卷去后头。

仅仅是一个下午而已，洋洋洒洒的雪花就在地上堆砌了一层积雪，别墅管理人员支着照明灯，在加班加点的清扫。

进门后，周襄刚想打开玄关的灯，她头一歪，向客厅微弱的光源看去。

她迅速换下鞋，放下手里的玫瑰，蹭进棉拖鞋里，踢踏着快步来到客厅外，扶着墙就愣住了。

地上、桌上、柜子上，数百支香薰的蜡烛，摇曳着火光，像夜里流淌的河面上漂着的灯。

这么浪漫的时刻，周襄却跑偏了："你在家里点着蜡烛然后出去接我，不怕起火吗？"

"是我拜托 E 仔点的，"吴鸿生边说着，边向四周看了看，找寻不到 E 仔的身影后说着，"他应该是在我们回来之前走了。"

周襄想迈进客厅都不知道从哪儿下脚，先转身问着他："今天不是停电了吧？"

吴鸿生微笑："庆祝你杀青。"

周襄"唔"了声，点着头，视线看向别处："我还以为你要求婚呢。"

吴鸿生突然疑惑地问："这个时间合适吗？"

她回头看那双漆黑明亮的眼睛，清透又深远，似乎是真诚地在询问。

哪有人求婚还问对方"你看什么时间合适我求个婚"这样的，还谈什么惊喜啊。

周襄好笑地回答："你觉得合适就合适啊。"

吴鸿生很快地揽过她的肩，将她带至客厅里，又按下她一屁股坐在沙发里。

周襄有些不明所以地看着他。

吴鸿生只说了句"等我一下"，就转身走出客厅，听脚步声是上楼去了。

周襄坐在沙发上扭着身子向他离开的方向，呆愣地眨了眨眼，暖黄的烛光包围着她。

吴鸿生再次回来的时候，手里多了一摞东西，除了文件，还有本子、皮夹。

他在周襄身旁单膝跪下，将这些先放在了地上。吴鸿生就这么自然地完成一系列动作，看得她睁着眼睛，大脑瘫痪，没法做出任何反应。

他的眉眼在烛光下，沉淀着真挚的魅力。

"你的过去我没能参与，幸好现在来得及让我弥补遗憾。我记得你说过，只要我出现，你就会朝着我的方向走来，但我想告诉你。"

吴鸿生的眼神是前所未有的认真："我不会站在原地，如果前面的人是你。"

周襄一直都认为，吴鸿生的声线是老天给予的礼物，不然怎么会如此动听。她看着他拿起身旁的那一摞东西，放在了茶几上。

一边打开皮夹，一溜银行卡整齐地出现，他一边解释："这是到今晚为止我的全部积蓄，三套房产，香港那边还有一套，另外还有一间餐厅，但是房产证不在我身边……"

他还未说完，周襄吓得搬起那堆东西，放到沙发上："拿远一点，不要烧到了。"

吴鸿生无奈地笑了笑，抓起她有些微颤的手，包裹在自己大手的掌心里，表情又变得深刻起来："你不要害怕，不要感觉有压力。"

他稍稍用力握紧，将掌心灼人的温度和他眼底的光，不偏不倚地传达给她。

"把这些交给你的原因，是希望一无所有的我，以此成为你的所有。亦如，过去一无所有的你，现在是我的所有。"

周襄抑制不住涌上心口，快要夺眶而出的冲动，吸了吸鼻子，从他掌心抽出手来，摊在他眼下。

"戒指呢？"

看着她蕴着水光的眼眶，吴鸿生温柔地笑了起来："我选了很久，都找不到满意的戒指。"

他不知从哪儿掏出一个首饰盒，在周襄面前打开来。

"直到我看见，你公寓冰箱里的那罐啤酒。"

周襄愣住了，精致的绒缎里躺着的，是金属罐上的易拉环。

来自，那时候她用来拦住电梯门关上的那罐啤酒。

周襄微张着口，一滴眼泪从她还没回过神来的脸上滚落。

吴鸿生拿出易拉环，郑重地托起她的手，缓缓套上她白皙纤长的手指。

周襄蜷曲起手指，将手收回到眼下，易拉环是修改过的，本来稍有锋利的地方全部被磨钝了。

她低着头抿唇，喉间滚动："这算什么戒指，20 克拉的鸽子蛋呢……"

听到她哽咽的声音，吴鸿生伸手轻贴在她脸颊，指腹抹去她的眼泪。

"你喜欢鸽子蛋？"

周襄一阵摇头，眼泪跟着掉落，深吸气后说着："我喜欢它。"

没有抑制住哭腔，因为非常非常喜欢。

来不及先抬头看看他，周襄就离开了沙发跪在地毯上，吴鸿生顺势将她拥进了怀中，一手靠在她脑袋上。她发丝顺滑得像绸缎，带着他熟悉的味道。

奇怪得很，周襄眼睛里源源不断地流出泪来，也不知道是不是被按了启动开关，停都停不下来，哭得倒是一点也不费力。

这之后，他们将面临一个很严肃的问题，就是整理客厅。

本着不浪费的原则，吴鸿生找来了箱子，周襄把蜡烛吹灭，一支支收纳起来。

客厅的水晶吊灯正璀璨地亮着，她收到一半，停坐在地上，看看左右手都是蜡烛。

周襄感慨：“这得停多少次电才能用得完啊？”

吴鸿生看着她的样子，就笑了出来。

周襄故意将手里的蜡烛，不重地抛了过去：“笑什么笑，还不都是你整出来的。”

厚重的窗帘布，将已经阑珊歇息的夜景隔绝。

床头的壁灯衬得卧室里一圈圈宁静，吴鸿生洗完澡从浴室里出来，她正背靠着床头，认真地翻看着书，垂眸间侧脸的轮廓美得像幅画。

他走近才看清周襄手里的，是一本漫画书，便哑然失笑。

旁边有人掀开被子，周襄就合上书侧身拉开床头柜的抽屉，扔了进去。

她钻进被窝后，吴鸿生伸手越过她的脑袋，把床头灯关上。

在黑漆漆的卧室里，被子窸窸窣窣地摩擦着。

周襄挪到他的胳膊下，抱住他精瘦的腰，耳朵贴近他的胸膛，在安静的氛围中能听见他的心跳，让她感到舒服安心。

吴鸿生问着：“在伦敦的时候，你用的是什么洗发水？”

“哎？”周襄从被子里探出头来。

他说：“味道很像平装书籍。”

周襄好奇：“你怎么会记得这么清楚？”

确实，气味而已，他为什么会记得如此清楚。

吴鸿生想了想：“因为从这个味道开始，就觉得你很特别。”

周襄愣了下，随之闷到被子里，笑得连腿都缠到他的身上。

等她笑够了，再次冒出头来：“那是我住的酒店里提供的。”

吴鸿生还没出声，她先演技上来，委屈地说："原来让你钟情的不是我，是那间酒店啊。"

当话音一落下，他就埋头吻上周襄的唇瓣。

她仰头接住这个温热的吻，抱着他的手臂更用力地将自己送给他。

客厅鱼缸里的角蛙似乎进入休眠状态，格外安静。厨房冰箱里塞满的食材中，还有明天的早餐。床头柜上放着的首饰盒里，是她郑重其事收好的戒指。

床下是两双有大小差别的拖鞋。

周襄在入眠前，对自己说了句，再见，曾经漂泊无依的深夜。

屋外的光透过薄纱帘射进来，周襄抱着被子翻了个身，差点没被亮到发白的光线晃瞎了眼睛。

她拉上被子盖过头，两手钻出来伸了个懒腰。手臂垂下来，摸了摸身旁的床，是空的。

撑起半个身子，迷迷糊糊地环视寂静的房间，找到清醒的意识之后，她拿起手机看了一眼，现在的时间是上午十一点过半。

这几天都是一夜无梦的深度睡眠，打破了周襄九点之前必然起床，逐渐老龄化的作息习惯。尤其是昨晚，郑温蒂跟她打了一通非常长的电话。

围绕着郑温蒂和她的青梅竹马 CEO 秦，几乎就是温蒂小公主深陷的各种感情烦恼。

像什么"他说他爱我，可我对他没有那么深的感情啊，最多就是在一起不反感，还挺喜欢他的，但是我怕最后耽误他啊"之类的苦恼。

不需要周襄开解，只要她听着。

到最后，周襄打了个哈欠，眼皮都快要睁不开时，郑温蒂问了她一个问题——要怎么把喜欢变成爱？

好难，周襄答不上来，主要是她太困了。

于是她翻个身，旁边就是也还没睡、正在床头灯下看书的吴鸿生。暖色的灯光描过他的侧脸，柔和得一塌糊涂。

周襄看了他一会儿，直到他主动转过头来，与她对视。

她把郑温蒂的这个问题重复了一遍。

吴鸿生想了想，就笑了："其实，想要为了谁把喜欢变成爱的时候，不就已经是爱上了？"

周襄愣住，顿时清醒了不少。

她拿着手机，刚开口："你……"

郑温蒂截断说："我听到了。"

周襄"哦"了声，又开口："我……"

她再次截断："挂了吧，晚安！"

紧接着就是"嘟嘟嘟"的忙音，周襄有些茫然地将手机举在脸上，下一秒就被人夺走了。

"小心掉在脸上。"

吴鸿生把她的手机放在床头柜，又说："很晚了，快睡吧。"

她蹭过来，圈住他的腰，闭上眼睛说："睡不着，你给我念段书吧。"

吴鸿生失笑："Michelangelo 的传记你要听吗？"

等了一会儿没得到回应，他低头看看周襄，人已经睡着了。他轻轻合上手里的书，小心翼翼地侧身关上床头灯。

光影消失之后，静谧得只能听见呼吸声。

此刻周襄放下手机，掀开被子，打开换衣间的门，随手抄下一件男士针织衫，往头上套。

她从卧室走出来时，正好听到楼下大门关上的震颤。她疑惑地微蹙起眉下楼，踩着楼梯又听见车子引擎驶过的声音。

走到客厅扫了一眼，茶几上摆着咖啡杯。

拿起杯子，洁白的杯壁上挂着一个口红印。周襄挑眉。

"哗哗"的水流声响从厨房传来，她拎着杯子转身走去。

吴鸿生将煮过粥的砂锅灌着水，在水柱下突然多出一个杯子，被一只纤白的手拿着冲洗。

他偏过头，倾下身去亲吻周襄的额角："早安。"

"午安。"周襄抖了抖杯子里的水珠，把杯子挂放在原位，淡淡地问了句，"有谁来过了？"

吴鸿生关了水龙头："Lucie，她刚走。"

边说话，他边侧过身看着周襄走向餐桌，随即自己也跟了上去，在她对面拉开椅子坐下。

吴鸿生交环着手臂放在桌上，认真地看着她垂下的眼眸说："她想说的我听完了，而我想说的，也都告诉她了。"

说完，看她表情淡然地点点头，揭开已经不烫手的碗盖，拿起汤匙，拨了拨粥面。

周襄是想着，这都没什么要紧，既然选择用余生去陪他蹉跎，那就是无条件的信任。只希望这位"失而复得"不要放弃治疗，祝她早日康复。

舀起一勺粥刚要送入口中，她手顿住，抬眼看着他，急忙解释："啊，我不是觉得无所谓，是因为我……"

吴鸿生笑着打断她，亦是接下去说："你相信我。"

周襄愣了下："你这么了解我，我有点害怕。"

他往桌上凑近周襄面前，神神秘秘地说："其实我昨晚在你脑袋里植入了一枚芯片。"

吴鸿生指了指自己的耳朵："可以听见你的想法。"

周襄抿嘴摇头，点评着："不好笑。"

"那你还笑哦。"

这是周襄一觉醒来，算不上早餐，也不像午餐的一顿饭。面前坐着的人从头到脚都是她喜欢的样子。池子里的砂锅载着满满当当的水，水龙头滴下的水珠点出一圈圈涟漪。

看她专注吃饭，吴鸿生说着："她本来想见见你的，但我说，我太太还在睡觉，如果还有机会遇见，再打招呼吧。"

周襄表面平静地舀着粥，但是在刚刚他自然地给她冠上"我太太"这个称呼时，确实冒出了些悸动，又给按回心里去了。

他又歪头，说："原来你喜欢日本料理？"

周襄差点呛到。

吴鸿生伸手抽了张纸，一边轻轻擦拭她嘴角，一边说着："鱼片盖米饭，应该不难。"

"用心钻研，我等你好消息，吴先生。"

"不会让你等太久的，吴太太。"

吴鸿生站在水池前，袖子挽在小臂上，冲洗着碗具。

周襄坐在料理台上，剥着橘子皮，一点点扔在脚下的垃圾桶里。

她掰了一瓣橘子塞进吴鸿生嘴里，听他含糊地说着："快到过年了，不用回去看看外婆吗？"

周襄摘去橘子上的"白线"："外婆不让我过年回去看她，她说晦气。"

吴鸿生转过头来，皱着眉头正是疑惑的表情，然后又被她往嘴里塞进一瓣橘子。

周襄平静地说："外婆她身体一直不太好，去年夏天，就走了。"说完才往自己嘴里丢了一瓣橘子，酸酸甜甜的果汁在口中溢开。

吴鸿生没料到会是这样的情况，一时视线移下，像在搜寻着安慰她的话语。

但周襄看到他的神情，笑着转移话题："我发现书房里多了几本关于心理学的书，前几天还没有呢。"

吴鸿生知道了她不想再去提起已经逝去的遗憾，也正好借她这个话题说着："观察敏锐的吴太太，要不要听听我研究后的建议。"

周襄就猜到他平时都不提，肯定心里还记挂着她有抑郁症的事。

"你说。"

吴鸿生擦干了手，先捏下她嘴巴上挂着橘子瓣上的"白线"，然后才说："我想带你回香港走走。"

治病要找到根源，而周襄噩梦开始的地方，大概就是几乎每年都要被台风肆虐的西贡。

吴鸿生是对的，这几年她找不到理由回去，也不敢回去，因为本能地去躲避那里的一切，所以渐渐变成了恐惧的心理。

但是她说："如果是你陪着我，应该就不怕了。"

吴鸿生拉近她的胳膊，轻吻她的鼻尖，羽毛般的吻又落到她的唇上。

有时候想用行动回应的心情，语言反而显得贫乏。

去香港的时间选在了两天后，还没有亮透的清晨，早一些可以尽量避开机场客流量大的时间段。

只可惜，连周襄都被镜头磨炼出了一种自带的气场，更别说是吴鸿生了。她正抬头看登机口的数字，就听见周围此起彼伏的声音。

"哎哎哎！那不是吴鸿生吗！"

"真的假的！天，我男神啊！"

"旁边那是周襄吧？"

"天啊，真人比电视里好看啊！"

……

听到有人很激动地在喊她的名字，周襄回头微笑了一下，尽量去躲开那些举着对准他们的手机。吴鸿生交完行李，很坦然地牵起她，往 VIP 休息室走。

在等候登机的时间，吴鸿生眼一瞥，突然扬眉，带着好奇的目光拿起手边的杂志。

周襄给自己倒了杯茶，还没来得及喝上一口，看到他手里拿着的杂志就是曾经在伦敦采访过她的那家杂志，封面上的小标题赫然写着《周襄：关于我的理想型》。

她没忘记那次采访时的问题是，你的理想对象是什么样的？

而她的回答是……

周襄飞快地夺过杂志，冷静地说："多看点文学类的书籍，这种没营养的杂志不适合你。"

不过该看到的部分，吴鸿生也都看到了："所以你一直想嫁给我？"

她啪地合上杂志，扔在一边："怎么了，想嫁你的人多到能填海。"

吴鸿生点头："嗯，我真厉害。"

周襄正打算"喊"他一声，就听见他正经地说完了后半句："……能把你从海里捞出来。"

航班全程四个多小时，周襄喝了一壶茶之后，就精神奕奕地在飞机上看完了两部电影，都是惊悚片。连吴鸿生都皱眉头的画面，她看得目不转睛。

在等候他们的男人的风衣里穿着正装，对吴鸿生笑："您好，吴先生。"对周襄的笑容更甚，"您好，吴太太。"

从陌生人嘴巴里听到这个称呼，还真的害羞了，她仰头瞪了一眼吴鸿生，真是会介绍啊。

陌生的男人只是车行的服务人员，把车钥匙交过去，看着他们上车就算结束任务了。

开往新界的路途很远，周襄却感觉距离记忆最初越来越近了。

近到仿佛能闻见海风吹来的腥味，能听到台风敲打雨棚的声音。她没察觉到自己攥紧的拳，而吴鸿生的掌心已经伸过来，包裹住了她的手。

周襄偏头看他。

也许，通过他的眼眸去浏览这些风景，就像把她潦草的生命，再工整地走一遍。

香港，西贡。

这里三面环海，是海鲜爱好者的胜地。

周襄还以为自己闻够了海风的腥味，再次回到这个半岛，竟然还有一种眷恋的情愫。

岛在对岸隔着远海，考虑车子过海太麻烦，就停在按时收费的停车位。周襄走的那年，好像还没有开设这个停车场，越来越会规划了。

西贡不像香港岛那边繁华，多数是高端大气的购物天堂，这里很小，很安静。而且现在也不是旅游旺季，所以游人还是挺少的。

周襄蹦到沿海的石堤上走着，吴鸿生稳稳地牵住她。

她边走边说："要快一点呢可以坐艇，想看风景就坐街渡。"

周襄看看蔚蓝的天空，想了想之后，转头对他说："时间还早，我们坐街渡吧。"

毕竟是冬季，海风吹来是挺冷的，他们上了街渡就奔到二层有窗户隔着的位子，还是有游客的，所以周襄把围巾拉得高了些。

开船时的鸣笛呜呜作响，能隐约听见海潮拍打着船体的声浪。

她在吴鸿生的臂弯里，指着远处的沙洲说："那是桥咀洲，它跟那边的桥头岛是连着的。潮水退下来的时候，可以从中间的沙堤走过去。"

吴鸿生静静地听着她滔滔不绝的介绍："……夏天有很多人来这里滑水的。"

周襄却没感觉到自己，对这里是那么的了解。

走在窄街中，四周的楼房熟悉而又陌生。挤挤挨挨的招牌都换了，原来她记得有一家特别好吃的蛋挞店还在，比两旁的店门装修风格要老旧些。

周襄站在一栋楼房下，嘴角还沾着酥饼的碎，对吴鸿生抬抬下巴："这里就是我小时候住的地方。"

吴鸿生用指腹轻轻扫开她嘴边的碎屑，就听她笑着说道："我楼下的阿公，缺了两颗门牙，平时不爱说话，因为怕人笑话他说话漏风。"

她话音刚落，就听见身后传来："哎？"

周襄下意识地回过头，老妇人戴着毛线帽子，从鬓角可以看出满头的银发，佝偻着背，一手拄着拐杖，另一手提着袋桃子。

她步履蹒跚地往前挪了两步，仔细地瞧瞧周襄："哎呀，你是唔系楼上的？"

周襄抿唇，艰难地咽下喉头的酸涩："……阿婆。"

记得当时离开这里，周襄还跟楼下的阿公打了声招呼。阿公背对着她靠在躺椅里，看着电视，只是抬手挥了挥。

面对供桌上红框里的黑白照片，周襄脱下围巾的手有些颤抖。

照片里的阿公紧闭着嘴，表情似笑非笑，有点滑稽，可能还是怕人说他的门牙，才不愿意笑开。

阿婆手很软，打了几下火，才点着香："你那天走啊，阿公估话你是出去玩嘞。"

"谁知道呢，阿公再也没等到你回来。"她笑着把细长的香，递给周襄。

祭拜过后，阿婆让周襄吃桃子，但是周襄哭得泪流满面，最后只能抱着盒纸巾擦眼泪。

阿婆又让忙着给周襄擦眼泪的人吃桃子，被吴鸿生婉拒了之后，阿婆眯起眼睛，指着他："哎呀，你是唔系……"

直到他们揣着个桃子走时，阿婆也没想起来吴鸿生的名字。

午间日头正好，冬天的阳光，暖暖地扑在前面买红豆沙的他身上。难怪人都说，男人淘钱的时候最迷人，虽然吴鸿生只是去买一杯红豆沙。

吴鸿生转身，就看见她随意地坐在拦街道的锁链上，琥珀色的瞳孔里只有他，带着缱绻的笑意。

阳光下有毛茸茸的尘埃在浮沉。

周襄握着杯红豆沙，一勺喂给他，一勺舀给自己。

两人快要走到一座桥上，周襄仰头喝完最后一口红豆沙，拍拍他的手臂："前面那个叫鱼排。"

，　　远处用塑料桶拼起来的海上平台，也是西贡的特色。桥的两旁是数十艘停泊的船，头尾相连，船里都是一筐筐的海鲜。

桥上都是围观拍照的游客，多数是中年人，没认出他俩。

"一般外地的游客来啊，都是到餐厅去吃海鲜，特别贵呀。"

周襄看看四周，悄悄地说："其实只要去鱼排找渔民买海鲜很便宜的，直接拎到餐厅就可以让他们煮。"

吴鸿生笑着，也低声问："为什么不让他们听见？"

周襄耸肩："好歹也是这里长大的，不能让人没钱赚啊。"

吴鸿生露出了然的表情，和她一起做了个嘘声的手势。

提着两个装满鱼虾蟹的黑袋子，他们找了一间小餐馆，周襄领着他熟门熟路地绕过门口挑海鲜的一面水箱，直接将买来的海鲜撩在厨房里的空篮子中。

老板一看她这举动，知道是这地方的人，也不废话就过来打开袋子，从腰包里掏出计算器，噼里啪啦地按着，跟她算着价格。

吴鸿生此时张望着厨房里的火光飞升，有点跃跃欲试的感觉，最终被周襄拉出了厨房。

搬开椅子坐下后，她说着："还说给我治病呢，怎么好像变成我带着你旅游来了。"

吴鸿生帮她打开汽水，伴随着气泡嘶的声音，他语调平缓地说："为了补偿你，过几天带你去加拿大旅游，我来当导游。"

周襄蹙着眉："别用旅游的借口，你是想让我见公婆吧。"

吴鸿生笑了起来："我太太真的不好骗啊。"

其实在欧洲，长辈们对子女的婚姻几乎是不干涉的，不过见一见也好。

海鲜上桌时，周襄刚举起筷子，手机先嗡嗡嗡地在口袋里振动。她放下筷子，掏出手机来，显示的联系人是大老板。

Joey 刷微博刷到路人在机场拍的她和吴鸿生的照片，本着敬业的态度告诉了周延清。

所以周襄一接电话，就是对方吼过来句："你跑哪儿去了？"

她卡了下："呃，我回西贡了。"

周延清在听到她说的这个地名时，不可例外地愣了愣。不仅仅是周襄，对这里有着回忆。电话那头暂时没了声，她对面坐着的人打了个手势，意思是他想接电话。

周襄眨眨眼，对手机说："等等，那个……有人要跟你说句话。"

周延清刚回过神来，就听见那边沉稳的声音传来。

"您好，我是吴鸿生。"

"……您好。"

不用应付大老板了，周襄趁机夹起一筷子新鲜的鱼肉，往嘴里送。

吴鸿生说着："我和周襄，决定结婚了。"

周延清疑惑地开口："你怎么这么想不开？"

能听见电话里的声音，周襄猛地吸气拍下筷子。

吴鸿生笑着对她点点头，以示安慰。她愤愤地拿起汤勺，戳向汤里的花蛤。

他敛去笑意，无比认真地说："所以，我很冒昧地想请您在婚礼时，作为周襄的父辈出席。"

她的手顿住，抬眼正好对上吴鸿生柔和的目光。

周延清从皮椅里站起来，走到书柜前，沉默了半晌，才说："行了，我知道了。你们从香港回来以后，先过来和我喝两杯。"

"一定。"

挂了电话，周延清拿出书柜上的相框，里面是年轻时的他抱着一个小女孩，她举着半块大西瓜，背景是在西贡的码头。

他深深吸了口气，似有若无地勾起嘴角。

一顿饱含海味的午餐过后，已经是下午了。

周导游称职地牵着他在街上散步，走到装修得像饰品店的邮局门前。

她笑着："喏！"

吴鸿生看见门口立着的信箱："邮局？"

"嗯，这里有一个很特别的服务，叫慢递。"

周襄一边推开门，一边说："就是可以保存到几年后，再寄出去。"

话音刚落，吴鸿生的大手就越过她的头，先一步推开门。

墙上整齐地挂着各式各样的明信片，周襄眼睛一亮，取下一盒城市照片。吴鸿生好奇地探头看来："伦敦？"

她挑眉，迫不及待地就买了下来。

邮局里有用来供人写字的桌椅，他们面对着宁静的街景坐下。她打开盒子，倒出所有的明信片，一张张地看过去，直到发现萨默塞特宫的写真照。

吴鸿生也扬起眉骨，伸手过来，故意和她争夺。

两人争闹了一会儿，周襄恼怒地皱着眉拍了下他的肩膀。

吴鸿生笑着让她抢走手中的明信片。

其实他早就挑好了别的照片，是一张再普通不过的伦敦街景，似曾那夜她走过的路。

周襄写得很专注，盖上笔帽，吹干了墨水。

她用双手递给吴鸿生："好了，给。"

他果然愣了下。

周襄笑起来："我的时间设定是一秒！"

和吴鸿生相处的时光太漫长，她等不及，想要告诉他——

我过去以为无论走到哪里，无论沿途多繁华，都像在只有我一个人的世界里流浪。

当你出现时，我也以为你会是解药。但其实，你不是。

你是大雨过后，如约而至的阳光。

周襄轻轻地靠着他的肩，悄声告诉他："老人常说，多晒晒太阳，病就好了。"

所以有了你，才让我的疾病，不药而愈。

窗前笼着一层阳光，他温柔的笑容和垂下的睫毛显得格外清晰。

吴鸿生态度端正地选择将明信片寄出去，虽然没有偷看到内容，但是周襄瞄到他填写的寄信日期。

他写的是，三十年后。

她惊呼："到那时这邮局都拆了吧？"

吴鸿生笑了出来："你可以再大声一点。"

周襄尴尬地避开邮局员工的视线。

带他走这条路，就是想去看一看，最初认识他的地方。

可是等他们到达这里，周襄十分沮丧地站在原地。

对面的姚记茶餐厅还在，楼上推拿店的招牌也还在，凭什么她的小电影院就被取缔了。

原来贴满海报的墙也被重新粉刷过，特别干净，一点痕迹都没留下。

听到抚摸她脑袋的人，轻声叹着："大概是因为违法经营吧。"

周襄扬起下巴："能对你的媒人说话客气点吗？"

他义正严词地改口："太可恶了，谁让取缔的！"

周襄扑哧一声笑出来。

悠闲地走到了海边，天色一半红彤彤的，对岸的山影都染上了橘红。

他们面朝着海潮翻涌，坐在长椅上。船笛在远处鸣响，身后是路过的小孩吵吵闹闹的声音。

周襄抱着他的手臂，脑袋靠着他的肩："味道还是很腥。"

"嗯？"

吴鸿生捏捏她的手。

微风吹拂而来，绮丽的霞光洒在海的波浪上，闪闪发亮。像杯酒，让人沉醉在这景色里。

周襄突然想到了件事，说："我以前在日本拍电影的时候，读过一本小说。"

那是专看漫画的她，读过最文艺的一本书了。

"书名叫什么我也不记得了，里面女主告白的话，我始终不明白。"

吴鸿生问："她说了什么？"

"她大晚上把男主约出来，跟他说了一句，今晚月色好美。我问过一位日本朋友，他说这是我爱你的意思。"

周襄顿了顿，看着眼前的景色："就在刚才，我终于知道是为什么了。"

生活中有那么多漂亮的东西，但她平常没有心情去留意。直到某天出现了一个，让她想与他分享生活中所有美好事物的人。

她说："月亮每晚都有，但和他一起看的，是最美的。"

才发现不是美好的事物变多了，是因为有他在。

吴鸿生低笑了声，然后说："今天的晚霞很美。"

周襄愣了下，仰头注视着他灿若星辰的眼眸。

她笑了："我也是这么觉得。"

致我的爱人

当你看到这封信时，如果我不在你身旁。

那么原因只可能是不可抗力的生老病死，已将我带走。

三十年虽然不长，但你一定听够了我说话。以下只有一个内容，望你阅读：

曾经不恰当地，形容你为人生路上碰巧见到的花，我深感歉意，在此更正——

你是我此生遇见，最美的风景。

/ 番外·上 /

摄影棚内，三架柔光箱环绕着布景中的周襄，相机快门声不断在她耳边响起。与此同时，春秋影视公司官方微博发出一则声明，瞬间成为各大媒体新闻网站的焦点。

该声明主要传达两个讯息：一是，吴鸿生本人已于二月底，与聚星天地传媒公司正式解除合约关系，成立个人工作室；二是，他和女演员周襄，将在加拿大举行婚礼，时间暂定六月。

虽然整篇文字比较官方，把吴鸿生与周襄相恋的过程一笔带过，却有一句话写得很清楚，两人相识是在十一月，而被曝光同居也是在年初，就是到今为止他们恋爱时间不满一年。

这段恋情开始时，有不看好的，还有怀疑是为各自新戏炒作的，尤其是在刚公开周襄参演春秋制作的电影不久，没料到剧情急转直下突然就闪婚，于是揣测他们是奉子成婚的居多。

　　四十分钟后，周襄总算是完成拍摄任务。Daisy 拿着一双棉拖鞋即刻走上来，她扶着周襄换下后跟足有 15cm 的高跟鞋。

　　Daisy 出现在周襄身边，是因为吴老板前天跟剧组一起动身去往云南，据说要在梅里雪山取景，给她自主选择的机会，是留在这里管理周襄的日常生活，还是跟着他一块儿去爬雪山。Daisy 义无反顾地选择留下，反正周襄现在正好缺助理，绝不是她害怕命丧雪山之巅。

　　顺便提起那位杳无音讯的助理，周襄有点想哭，如果她是活在小说里的女主角，那么估计到小说完结，还是见不到她的助理。

　　坐在保姆车里赶往下个行程地点的时间里，周襄发现自己手机有三十几个未接电话，几乎全是不认识的号码。她猜测多半是媒体，因为她和吴鸿生被爆恋情的那段时间，也接受过这样的磨砺。

　　周襄习以为常地点开微博，马上就看见自己的名字挂在热搜榜，由春秋影视发布的那条微博，已经被转发过三万次，评论突破六万。

　　她仿佛看到 Joey 一边夹着手机，一边手指飞快地在键盘上回复着邮件，忙碌到接近快抓狂的模样，虽然事先已经知道今天春秋会发新闻。

　　象征性地心疼一下 Joey，周襄继续翻着手机页面，看到某八卦营销号发的长微博，内容是剖析她如何征服乐坛小鲜肉许欢哲，再到国民影帝吴鸿生，甚至连她和杨禾轩那些捕风捉影的事，也被拉出来凑数。

　　周襄咂着嘴摇摇头，收起这条长微博，往下划着屏幕，无意间看到吴鸿生年末出席首尔电影节的照片。他没有女伴，独自走上红地毯，一身简简单单的黑西装、白衬衫、牛津鞋，也能穿得干净挺拔，气质不凡。这组照片的配字是，被时间遗忘的男人。

　　她看走神时，手机屏幕变成来电提醒，联系人是齐芸姐，公司的经纪人，问她现在到哪儿了。

　　当天最后的行程是为某品牌时装站台，周襄刚刚在背景板上签完名，下来就被一堆记者团团包围住，一个个问题轰炸式抛来。

　　"事业还在上升期，这么早结婚不会有影响吗？"

　　"请问你们的婚礼到时候会对外公开吗？"

　　"外界说你们是奉子成婚，请问这是真的吗？"

　　……

　　翌日，没有通告，大概是昨晚应付媒体精神疲惫，周襄一觉睡到中午，发现自己就算再累，九点前必然自然醒的毛病，最近似乎没有发作。

　　在床上坐起身伸懒腰，她环顾四周，只是枕边少一个人，为什么显得房间大出许多。

　　她掀开被子下床，再下楼，走到厨房，打开冰箱，除了生鲜食物，再没别的。忽然记起，因为长期喝冷饮对肠胃不好，所以她的苏打水全被吴鸿生列入禁止出现在冰箱的黑名单中。

　　周襄打开头顶的橱柜，拿下一罐苏打水，随着她拉开易拉环，"刺"的一声，水汽冒出来。离开厨房，瞥见餐厅桌上摆着一份早餐，她走过去拿起餐盖，下面是一份煎蛋培根的三明治，盘下压着 Daisy 留的字条。

　　吴鸿生真是在逐步改善她的生活质量，顺便培养她的惰性。

　　她搬来笔记本放在餐桌上，咬着三明治点开今日推送的新闻，娱乐版的头条就是：周襄为 F&N 时装站台，否认奉子成婚一说，称目前没有造人计划。

新闻下方的评论区更是热闹，大部分是来自粉丝的祝福，也有说她过几个月肚子藏不住就打脸了，或者是说她甩掉许欢哲就是因为勾搭上了吴鸿生。

周襄关掉网页，盯着桌面壁纸上的罗马塞维鲁凯旋门发呆，她回顾自己入行的初衷，是还周延清的钱以及照顾外婆。外婆去世后她把老房子卖的钱，全寄给她妈妈，后来继续当公众人物是要维持自己的生活，那么现在呢？

产生这个念头开始，她就想找人商量，第一位人选是郑温蒂。

周襄拿起手机，点开通讯录将号码拨过去，等待接通后，她先谨慎地问道："你忙吗？"

郑温蒂想也不想地回答："忙。"

"那你接着忙吧。"周襄说着，预备挂断电话。

郑温蒂急忙跟上说："不是，我刚好有件事，不知道该不该跟你说。"

"所有以'该不该跟你说'开头的话，都是不该说的。"

"杨禾轩向我表白了，"郑温蒂像没听见她前面那句话似的说，"就在你打来电话的十分钟前。"

周襄愣住半晌，蓦然记起他俩正在拍摄同一部剧，随即说道："你这情况比我要紧点，那你是怎么想的？"

郑温蒂不答反问："你什么情况？"

周襄口吻平淡地说道："我只是想退出娱乐圈而已。"

她说完，听那边静下良久，才开口："这事儿不应该和我商量，你应该找吴鸿生去。"

"找他商量，他肯定会说'好啊，做你喜欢的事'。他这样一说，那我就什么也不想管了。"

周襄觉得自己越来越能揣测到吴鸿生的想法，从他每个动作、神态到语气。

看来注定商谈无果，郑温蒂叹一口气，说道："我们各自冷静下来，好好思考人生吧。"

按郑温蒂所说，就这问题周襄冥思苦想整整一天，仍然犹豫不定，于是找上第二位人选，她的经纪人。

电影《鹤归》关机新闻发布会，大屏幕播放完先导预告片，周襄作为唯一的女演员出席，在几位男主演前上场。一袭 Valentino 高级定制款裙装，裙摆下是修长的小腿，仙气飘飘，不忘戴着 Ski 手表，尽职尽责地代言。

再配合一系列访问互动后，主持人宣布发布会圆满结束，接下来是自由采访时间，周襄态度从容地应对完媒体回到化妆室，已经是晚上十点过半。

她换上自己的衣服走出更衣间，站在镜前整理头发时，余光看着 Joey 一直举着手机在接各种电话。

过一会儿，总算等他收起手机空出时间来，周襄瞥一眼站得稍远的造型师们，她马上见缝插针地低声说道："Joey，我想退出娱乐圈。"

Joey 一脸不能理解："What？"

他诧异过后，看着周襄无比认真的神情。

两人默默对视几秒，Joey 弱弱地问她："Boss 知道吗？"

周襄诚实回答："我没敢跟他说。"

"你确实不敢。"Joey 很快地接上道。

周襄张口欲反驳，但他说得没错，于是她憋了一会儿说："所以你先不要帮我接代言。"自从知名度上去了，影视制作单位和广告商也是纷纷向她投来橄榄枝。

她这句话一说出口，Joey 惊问道："你是已经决定要隐退了？"

周襄抿嘴片刻，说："让我再考虑看看。"

翻来覆去地考虑一个晚上，第二天风和日丽的上午，她戴上墨镜和帽子，找来一辆计程车去到公司。在公司里碰巧遇到的后辈小鲜肉陈逆，他成为她的第三位咨询人选。

他在沙发旦好好地玩着手机游戏，周襄突然在他对面坐下，摘下墨镜直视他。

被这样盯着好一会儿，陈逆有些惶恐地问："周襄姐，你有什么事吗？"

周襄叹口气，指望一个小孩能给她什么建议呢，于是她说道："没事儿，你继续玩。"

她一边说着，一边站起身时，陈逆赶忙伸手拦下："我有事！"

周襄露出疑惑的表情看着他，然后听他问："我就想知道，你是怎么和吴鸿生认识的？"

"不管是不是私下，都带上前辈的称呼好吗，不怕别人黑你啊？"

陈逆"哎哟"一声："这不都快是一家人嘛。"

周襄嫌弃地瞥着他："谁跟你一家人。"

陈逆不依不饶地撒娇道："我就是特别好奇，你说嘛！"

周襄没辙，扫一眼他手机屏幕里暂停的游戏画面，接着说道："我在伦敦差点被人爆头，他出手相救，后来回国一路给我技能加持，还自带治愈属性，让我十分感动，并且爱上他。"

陈逆听完眨眨眼，缓缓地开口："周襄姐，我觉得你以后少玩点游戏。"望向她的目光真挚。

周襄瞪眼："我这不是为了让你能听懂吗！"

自古云，想通关，必须打 Boss 啊。

所以，周襄此刻端端正正地坐在周延清办公桌前，接受他刀眼的洗礼："你再说一遍，你要干什么？"

周襄笃定地说："退出娱乐圈。"

周延清抬手抽一口烟，从鼻腔里吐出的烟雾比较轻薄，散落在光线均匀的空气中。

她没有胆子催促，只等他把烟抽完，烟蒂按灭在玻璃的烟灰缸里，说道："违约金是你签约至今收入的百分之四十。"

周襄睁大眼睛："合同上可不是这么写的！"

周延清更是惊讶："我的天哪，你居然看过合同？"

她鼓起腮帮子，也不敢辩驳。周延清瞥着她这副有委屈不能诉的样子，轻哼一声，转而问道："你不当演员，想干什么去？"

周襄微带怯懦，声音轻轻地说："采风。"

"采什么玩意儿？"周延清皱起眉头来。

她直起腰，坚定地说："想当摄影师。"

就在刚刚的几秒钟内，周襄豁然想通了。她在演艺道路上，并没有非拿影后不可的志向，甚至没有立下任何目标，去为之奋斗，大概因为如此，才导致她出道几年一直不温不火。

既然这样，为什么不干脆去做她感兴趣、心甘情愿付出时间来成就的事业。

周延清盯着她看了好一会儿，把周襄看到头皮毛毛的。过后，他转向身后的落地窗，语气没什么起落地说道："等财务核算后，具体数字我会发到你邮箱。"

周襄心头涌上莫名的感动，站起来说："谢谢大老板这些年的照顾。"

周延清头也不回，不耐烦地应道："赶紧走，别烦我。"

艺人退圈如果不是道德上的错误，或是涉及法律层面，并不需要开发布会，停止接洽代言，等电影宣传期过去，打点好媒体，就可以渐渐淡出娱乐圈。

尤其《鹤归》还是春秋制片，她出不出现配合宣传，全看个人意愿了。

周襄回到家正好赶上 Daisy 和钟点工的阿姨没走，她坐在餐桌旁用午餐时，说出自己将要退出娱乐圈的消息。

Daisy 随口就问道："这件事你跟吴老板说过吗？"

周襄筷子咬在嘴角稍稍一愣，经她提醒，方才想起，最重要的人居然忘记告知了。

/ 番外·下 /

　　宁静的午后时光，周襄打开音响，点上精油灯，站在镜子前随意地绾起头发，解开睡袍，跨进浴缸中，缓缓躺下让温热的水漫过胸口。

　　周襄闭上眼深呼吸，随后拿过浴缸边的手机，她睁开眼在最近通话列表，不用往下拉都能看到一个吴字，随即点一下这个号码。

　　她抬手在水面上拨动几下，电话就接通了，周襄眼睛眨一眨，先问道："吴先生，你在忙吗？"

　　"不忙。"吴鸿生低润的嗓音清晰地传来，另外掺杂一些听不真切的对话。

　　"可我都听见你那边在谈事情的声音了。"

　　吴鸿生从座椅里站起来说着："他们在试特效，我不忙。"

所指的"他们"刚刚正围绕一个画面展开激烈的讨论，其中包括与高天宴意见相左的吴鸿生。但现在高天宴眼睁睁看他举着手机，就这么走出布景外去讲电话，顺便回头打了一个"交给你定"的手势。

高天宴醒过神来想着，千万不能谈恋爱结婚，太可怕了，简直像中蛊一样。

周襄认真地说道："我有件事要告诉你。"

吴鸿生将另一只手放在裤侧旁的口袋里，目光温柔地望向窗外的景色："你说，我听着。"

周襄缓慢地说："我决定退出娱乐圈了。"

吴鸿生扬起眉骨，拉长音"嗯"了一声，说："挺突然的……"

她一边弓起食指弹着水花，一边问："所以，你有什么想说的吗？"

"有。"吴鸿生很快地回答，然后问道，"中午吃过了吗？"

周襄早有预感他肯定不会有意见，或者是过度纵容。当然，他对此振振有词："我为什么不能纵容你，这是我作为丈夫的权利，也是我表达感情的方式。"

"吃过啦，你忙吧。"她回答完，突然想起什么，连忙说，"哦，还有！"

吴鸿生疑惑："嗯？"

周襄在浴缸里坐起半身："我准备去意大利走走。"

她低垂眼眸，轻声补上一句："趁你不在的这段时间。"

吴鸿生显然没注意到她略显寂寞的语气，而是问道："你一个人？"

她说："再找一个私人导游。"

他果断地回道："导游我来找，你准备几号走？"

周襄想了想："月底吧。"她摊开手心，停住一半的水面，一下握紧发出"啵"的声音。

吴鸿生听到这声音，瞬间就猜到："你在洗澡？"

她一愣，因为不由得想起从香港回来后的某个晚上，她喝光一瓶红酒，然后醉得全身轻飘飘地站到餐桌上跳舞。吴鸿生费劲地制止住她，按在桌面上。

两人面庞近到能吞咽彼此的气息，他眼里的湖水泛起情愫，于是在餐桌旁征战一次。只是她吐完，还得帮她洗澡，这样发展得顺理成章，他们又在浴室里翻云覆雨。

周襄稍微清醒点，躺在浴缸里靠着他的胸膛，无意识地就喜欢把水这样握着玩。

"别泡太久。"吴鸿生声音低低说，就像那晚在她耳边拂过的气息。

再加上这浴缸里的热水，她的脸在分秒间烫得不行，轻轻应了一声："嗯。"

十点五十分的航班从首都机场出发，在阿姆斯特丹中转逗留两个小时，晚上七点半到达罗马的费尤米西诺机场，落地窗外正是夜幕。

在她的人来之前，先把行李寄给她的导游了，所以周襄轻松地拖着随身的小行李箱。从到达口走出来，她的视线扫过人群，定格在一个扎着棕黑马尾、小麦肤色、眼睛很大的女生。

她手里举着的纸牌，写有周襄的名字，而她看到周襄也踮起脚，挥动着手臂。

周襄走到她面前，还没有来得及打招呼，就见她双手合十，放在胸口："萨瓦迪卡。"

"我是来到泰国了吗？"周襄顿然说道。

"没有没有，周小姐你好，我叫Pinky，是中泰混血。"她笑起来露出洁白的牙齿。

周襄随着笑道："叫我周襄就好。"

Pinky安排得很仔细，租好这半个月的车，让司机跟着她们的行程走。在去酒店的路上，周襄不由自主地笑出来，因为想想有点怪，一个中泰混血带她游意大利。

她考虑到周襄一路劳顿，晚餐不去太远的地方，就在附近很有特色的餐馆。周襄一听，便不想在酒店多待，拿上她的单反相机就出发。

Pinky带她去的餐馆位于庞培剧场的地下室，是一家老派罗马餐厅。服务员用意语与Pinky对话，再由她翻译给周襄听，她们点了添加藏红花的拌饭、意大利小方饺，还有一盘名字念起来拗口的东西，端上来一看是牛肉片，闻着有一股浓浓的葡萄酒味。

享用完晚餐，Pinky带她一起去和大厨拥抱，因为意大利人在饭后，赞美厨师的厨艺，算是一件十分常见的事。

酒足饭饱后心情悠闲地漫步在路上，周襄发现街边有许多熟食店卖的是烘焙面包，还有很多的披萨店，食物的气味混着沿途鲜花店的花香，奇妙却不违和。

她们散步走过几间教堂，错过时间不能进去参观，周襄举起相机拍下这些或古典式、或罗马式的建筑，终于碰上一间拜占庭式的教堂，还没有闭门。

虽然这间教堂外观朴素，走进内部装饰却华丽壮观，镶嵌着马赛克的图案，远看就像画一般。

Pinky在她身边说道："这些马赛克的彩绘，在罗马有两千多年的历史了，所以大部分的罗马人都会懂得画一些。"

周襄仰着头观赏这宏伟的空间风景，瞬间觉得自己好渺小，也感觉心里宽阔许多。

即使人们说，穷尽一生也难以阅尽罗马，但是到这个地方，肯定要到斗兽场走一圈。

第二天的早上，因为古罗马大斗兽场八点半准时开放，所以她们提早半个小时来排队。所幸淡季队伍不算长，周襄戴着墨镜，还是被许多中国游客认出来求合影，差点演变成粉丝见面会。

她们在进入其中观览时，Pinky 特意提醒道："小心你的包，这里小偷很多。"

这座斗兽场建于暴君尼禄富丽堂皇的金宫原址上，这里举行过无数场的角斗比赛。外墙的圆柱把三道拱门连成一体，墙面是石灰石砌成的，几百根墙柱支撑斗兽场上方的帆布篷。

竞技场内被沙砾覆盖的木地板，据说是为了防止角斗士们摔倒，还可以吸走他们流下的鲜血。看着艳阳下的竞技场，仿佛能看见死囚们与饥饿的狮子搏斗的画面。

周襄刚放下拿着相机的手，Pinky 就凑到她身边，眼睛一亮，赞叹道："哇呜，你不是演员吗，拍照好专业哦！"

周襄被夸得有些不好意思："我以前就喜欢摄影，读过很多这方面的书籍。"

四天待在罗马，第五天她们启程去往威尼斯，需要两个小时左右的车程。

这几天周襄学会几句意语，也知道一些关于这里的趣事。比如，在意大利很多节日与宗教无关，完全是为美食诞生的，还有两百多种品牌的瓶装水供她选择，对于她这个苏打水爱好者来说，简直恨不得打包起来全寄回国。

再比如——"在意大利，信号灯真的只是信号，你可以不遵守的。"Pinky 拉着她穿过红灯时说。

听说威尼斯是一座正在沉没的城市，因为洪水、潮汐等等各种原因。按照 Pinky 制订的计划，她们先去参观了圣马可广场，一条条街道上挤满琳琅满目的店铺，午餐在异国风情的餐馆里享用，一杯葡萄酒，配印度咖喱饭，诡异搭配，不影响美味。

夜晚她们在大运河区的一间酒吧度过，冷冷的音乐也有另一番感受。鸡尾酒在光影中摇曳着波纹，周襄看着周围形形色色的男女，突然好想知道，他现在在做些什么。

为了转换心情，她问 Pinky："你为什么当导游？"

"因为爱呀，"Pinky 脱口而出地回答，然后再缓慢地解释，"我爱这个国家，它就像我的爱人一样，爱的方式有很多种，我的方式是让别人知道它的好，和享受它带给我的喜悦。"

她说完，反问周襄："你呢？"

周襄一脸茫然地看着她，眨眨眼。

Pinky 眯起眼睛："我偶尔也会刷微博的好不好，而且我的老师说，是一位先生找的导游，本来老师想自己来的，可是他说，是男人就不行。"

周襄听后失笑，发现自己不是想知道他在做什么，只是在想他。

所以回酒店后，她打开笔记本斟酌半天，没有写下任何文字，就把这几天拍的照片，发到吴鸿生的邮箱。

第二天她们参观了学院美术馆，散步到绿园城堡公园的长椅上休息，沐浴着日光，呼吸悠长。

　　"我想吃冰激凌，等我一会儿。"Pinky 说着站起来，正要往前面的冰激凌车跑去，又突然回头，生怕她不信似的说，"意大利的冰激凌可好吃了。"

　　周襄笑着看她跑远的背影，口袋里的手机忽然振动起来，她掏出一瞧，脸上浮现笑意，看到来电人的名字，就像葡萄酒倒进心脏，让人慢慢沉醉。

　　接起电话的时候，她在威尼斯，阳光灿烂，边缘耀眼。

　　而他在云南迪庆州，夜景沉静，灯火点点。

　　周襄稍挑眉："看到照片了？"

　　吴鸿生声音含笑地回答："看到了。"

　　他在旅馆大厅，坐在笔记本前，手边放着一杯咖啡，屏幕里的照片是别人拍的周襄。背着光站在威尼斯的大理石桥旁边，她嘴角扬着微笑，形容不出当光线透过她发丝的感觉，明亮、温暖、流淌过他的未来。

　　吴鸿生不由得说着："很美。"

　　周襄抿唇也难掩笑意："告诉你一个好消息，迷惘这么久，我终于找到目标了。"

　　"那很好啊，你的目标是什么？"

　　这句话她在心里来来回回酝酿很久，要张口时，觉得眼眶微热，她说："我想把世界上所有美丽的风景，都给你看。"

　　吴鸿生一愣，然后低眸笑了。

　　愿在有生之年，为一个人，走遍世界。

　　顺便告诉他，等你忙完浮华俗事，欢迎加入，我后半生的旅程。

完